Florian Forestier

Un si beau bleu

roman

belfond

DU MÊME AUTEUR

Basculer, Belfond, 2021

CHEZ D'AUTRES ÉDITEURS

Désubériser, reprendre le contrôle, Éditions du Faubourg, 2020
Mes labyrinthes. Une place pour l'autisme, Éditions du Faubourg, 2023

Certains mots du vocabulaire de l'alpinisme suivis d'un astérisque sont réunis dans un glossaire en fin d'ouvrage.

Belfond | un département **place des éditeurs**

place des éditeurs

À Julien, maître de montagne et compagnon de cordée,
mon lièvre, mon saint-bernard

Au docteur Nuaje

1

« Grimpez si vous le voulez,
mais n'oubliez jamais que le courage
et la force ne sont rien sans prudence,
et qu'un seul moment de négligence
peut détruire une vie entière de bonheur. »

Edward Whymper

J'ai quarante ans. J'ai voyagé. Mais chaque fois que je pars, c'est le même cinéma. Je finis à genoux dans la chambre de ma mère – mon ancienne chambre. La caisse est sous le lit qui a subi toutes mes pensées humides d'adolescent. Elle déborde. Il faut arracher les crampons aux chaussettes, elles s'agrippent par paquets, gigotent, s'éparpillent. Les crampons cette fois ça devrait être bon. Et puis les gants. Enfin, espérons. Ça va faire la troisième paire que j'achète. Gants d'hiver, gants d'escalade, gants d'on ne sait quoi. Pourvu qu'ils tiennent ceux-là. Ceux de jardinage, ça n'allait vraiment pas. Trop raides, trop glissants. Les barreaux des vias ferratas fuyaient entre les mains. Avec cette sensation, impossible de grimper. Au bout de trois mètres le blocage, la paralysie venue du fond du corps. Où traîne cette paire de gants ! Pourquoi tant de choses empilées dans cette caisse, jetées n'importe comment ?

Du bout du doigt, j'effleure les douze pointes noires. Au magasin, ils m'ont vendu des rêves de goulottes abruptes, de pentes pures comme des miroirs, d'un nouveau moi léger, poussé par le vent des cimes. Je me suis promis de m'exercer, d'apprendre à les ajuster. Bien distinguer le bon côté, la boucle vers l'extérieur, passer la sangle dans un anneau puis dans un autre, tirer un coup sec, c'est l'étape que je continue à rater, la dernière fois en refuge le gardien à qui j'ai demandé de vérifier a laissé planer le doute, pour une balade, ça irait, mais on ne pouvait pas vraiment dire que c'était serré comme il faut.

Je sors enfin ma tête de la caisse d'affaires et respire, à petits coups mourants, comme après une longue apnée. Tout mon poids pèse sur mes genoux. Ils me font mal. Le long des étagères, le chat me nargue. En équilibre, juché sur la masse de couvertures de bandes dessinées. C'est effrayant, le nombre d'*Astérix* et de *Blake et Mortimer* publiés depuis que je ne les lis plus. Effrayant, le nombre d'années accumulées.

La porte de la chambre est ouverte. Du couloir, ma mère me voit me cogner et m'entend soupirer, gémir même. Bientôt elle parlera. Quand je voudrai savoir où est le piolet, son anxiété montera d'un degré. Elle se plaindra. Il faut chercher dans la cave. Elle m'empêchera d'y aller et elle aura raison. Avec ma maladresse, dans cette cave qui déborde pire que les cartons. Ma mère se plaindra encore. À son âge, elle ne devrait plus avoir à faire ça. Ce serait à moi de l'aider. Elle finira par descendre, se parlant à elle-même. Dans sa voix résonnera le cri qu'une autre version d'elle a dû pousser en découvrant le corps de son fils au pied d'un mur, écrasé par le balancier d'un passage à niveau, ou dans le lac, brassé comme une poupée de feuilles dans le sillage d'un bateau. Je devrai encore me battre pour me dépêtrer de ses reproches. Lui dire… Quoi au fait ? Chaque fois, je pars avec un espoir, redevenir moi, trouver le secret du garçon que j'ai été. Enfin, elle l'a bien vu, elle voit, sur les photos, mon visage quand je reviens. Ma silhouette, mon sourire, mon éclatant sourire, cette joie, cette force, cette vie. Les filles ne se trompent pas, elles les inondent de cœurs, ces photos. Celles qui me connaissent m'écrivent parfois de jolis mots qui soupirent. Quel dommage, oh, quel dommage que je ne sois pas vraiment comme ça.

Enfant, j'escaladais tout, les arbres, les échafaudages, les portiques. En bas de notre immeuble, il y avait un terrain de football, quelques maisons plus loin, une colline chatouillée d'un labyrinthe d'escaliers. Plus haut encore, ça donnait dans la forêt, des pentes raides couvertes de feuilles, rochers instables, échelles de mirador. Au sommet, je grimpais sur des ruines alors mal consolidées, dangereuses, armées de pics rouillés. Confondant ma vigueur avec de l'agilité, ma résilience avec du courage, je me prenais pour un aventurier, un prodige, une indestructible flèche dont les blessures faisaient parfois des croûtes longues à cicatriser. Il a fallu devenir adulte pour que je comprenne que je me croyais bon là où je n'étais qu'infatigable.

Ma mère, elle, n'a jamais oublié le temps où son fils s'imaginait invulnérable. Ce midi, elle a la voix d'il y a trente ans. Elle n'a pas tellement changé, sinon qu'elle se lève plus tard maintenant, et cligne encore des yeux dans sa robe de chambre rose. Tu es sûr que ça va, me demande-t-elle avec une douceur effrayée. Un torrent d'amour à verser sur moi seul, qui depuis des années ne s'exprime quasiment plus que par ces mots qui reviennent trois fois, cinq fois quand nous nous téléphonons. Ces tout petits mots. – Ça va ? Fragiles, impuissants, dont elle sait si bien la maladresse. – Ça va ? Auxquels je ne trouve jamais rien à répondre, à chaque fois dans mes profondeurs à moi c'est la lutte acharnée de l'angoisse qui fond avec ses serres sur la nuée de tout petits mots d'amour féroces eux aussi, mais aveugles, et qui se cognent à tout, remontent. C'est là pourtant. Mais ça ne vient pas.

Florian, murmure encore ma mère. Elle n'ose pas avancer, elle tremble tellement en déposant le déjeuner qu'un peu de jus d'orange se renverse. – J'ai regardé la météo, tu sais. Ils ont passé des messages. Tu ne devrais pas partir par ce temps. C'est trop chaud. Je t'ai découpé un article sur la fonte des glaciers. Un très bon article. Je te l'apporte si tu veux. Il explique très bien pourquoi il est imprudent de partir. Il y a même un refuge qui est tombé de l'autre côté de la frontière à cause de ça. Je corrige. – Il n'est pas tombé de l'autre côté de la frontière. On a dû redessiner la frontière parce qu'un glacier avait fondu. Et ça ne date pas de cette année.

Ma mère se tourne vers la caisse, se baisse (quelle souplesse pour une femme de son âge !), ramasse une chaussette, la tord dans ses mains, fait mine de sortir, puis se retourne. Rappelle-moi le nom de l'endroit d'où tu pars. Je serai forcé de répéter plusieurs fois, épeler, elle vit en Suisse depuis quarante ans, mais ça ne rentre pas. Je ne sais pas non plus pourquoi c'est évident pour moi, comme les départements, les dates de grandes batailles chez les Français. Je n'habite pas ce pays, je n'y fais que des allers-retours, pourtant, je connais tout, le Cervin, l'Eiger, ces noms me parlent comme à d'autres les titres de chanson de David Bowie, j'ai grandi parmi eux.

Tu ne veux vraiment pas me donner ton planning ? – Je ne sais pas précisément. D'abord, je retrouve ce guide en Italie. Nous avons deux courses prévues, une troisième peut-être si ça se passe bien. – Et tes amis ? – Plutôt dans quinze jours ou trois semaines. – Tu ne peux pas me dire quand. – Ce n'est pas fixé. Ils m'agacent. – Tu reviendras entre-temps. – Je ne sais pas. Ça dépend justement. – Tu peux me donner leurs coordonnées ? – Non. – Pourquoi. – Parce que tu exagères. – Je peux savoir qui ils sont au moins. – Je t'ai déjà dit. Ambroise. – Ambroise comment ? – Ça ne te dira rien. Un noble, un écrivain. Un ami de la rentrée littéraire. – Pourquoi l'emmènes-tu là ? – Il avait prévu d'y aller sans moi. C'est un hasard. – Il fait de la marche ? – Oui, mais pas tout à fait comme moi. Il écrit un livre en ce moment. Sur la Suisse. L'épopée des chemins de fer et des crémaillères. Du béton. Les barrages dans les vallées. De plus en plus hauts, monstrueux. Le truc épique que ça a été. La vie des ouvriers, les chantiers, toute une époque. Avec tous ses voyages, c'est ici qu'il trouve que c'est le plus beau. Il a pu comparer. Il est un tout petit peu réac, il faut dire. – Un barrage. Pas cette horreur de Grande Dixence quand même ! – Non. – Ambroise, quel nom ridicule franchement.

Ma mère reprend son autre voix, forte et posée, de cantatrice qui a chanté l'air de la Reine de la Nuit. – Je me souviendrai toute ma vie. Quand je me suis réveillée dans cet hôtel et que j'ai découvert ce barrage au-dessus. Ce monstre. Comment peut-on vivre dans des endroits pareils ? Ça n'est pas mieux que d'habiter sous un volcan. Qu'est-ce que c'est comme genre de personne, ton ami ? – Un ami. – Mais encore ? – Un type qui s'en sort bien. Je ne sais pas comment il a fait, mais de tous ceux que je connais, c'est peut-être celui que j'aurais le plus envie d'être. Professionnellement, je veux dire. Consultant pour l'argent, éditeur et libraire pour l'influence, écrivain. – Quel genre d'écrivain ? – Je te l'ai dit. Tu n'as qu'à lire son dernier livre. Je l'ai. Il a même été finaliste d'un grand prix. – Lequel. – On s'en fout, franchement. Tu ne connais pas tout ça. C'est parisien. – Je veux savoir si c'est quelqu'un de confiance. – Lis son livre et tu sauras. Nous ne sommes pas d'accord sur grand-chose, sauf sur la façon d'écrire.

À mon tour, je déclame. – Il aime la grandeur, le souffle, il veut regarder l'abîme en face, nous allons nous saouler de vertige, de risque, de fatigue. Il est très chiant aussi. – Tu te crois drôle… – Sérieusement, quand je dis qu'il est chiant, ça veut surtout dire organisé. Limite psychorigide parfois. Il marche beaucoup moins vite qu'il n'écrit. – Tu vois, tu dis toi-même que toi tu n'es pas prudent. – Maman… – Et la fille ? – Judith.

Je ne la connais pas bien. Il l'a rencontrée quelque part en Asie ou en Californie. Plutôt riche, je crois. Peut-être libre, il m'a dit. Enfin, c'est un peu l'idée. Me la faire rencontrer. – Tu ne la connais pas et tu pars quand même avec elle. – Je ne pars pas avec elle. Je la rejoins un moment pendant mon séjour.

Nos voix sont redevenues calmes. – Bon, reprend ma mère. Et ton guide ? Comment s'appelle ton guide ? Gabriele ? Daniele ? C'est celui que j'ai appelé ? Je soupire. – Oui, c'est lui. Et il s'appelle Raffaele. Je répète Raffalele. Je m'emmêle. Est-ce qu'elle n'entend plus, ou est-ce que ça vient de moi ? Du stress qui contracte ma mâchoire et vole les sons. J'ai l'impression de parler la bouche pleine de cailloux, je distingue à peine les syllabes.

L'assiette est vide. J'ai dévoré. Chez ma mère, tout est mieux cuit, plus doré, même le café sent meilleur. Si seulement ces disputes n'étaient que des disputes. Si l'angoisse épaisse, des enterrements et des matins d'examen, ne remontait pas chaque fois si vite en moi, en nous. – Tu n'es pas obligé de faire quelque chose d'aussi extraordinaire, tu sais, dit ma mère. – Mais ça n'a rien d'extraordinaire. Je vois seulement que ça te stresse. Tu ferais mieux de choisir une balade tranquille. Pour profiter de l'été, pour une fois… Tu ne sais pas ne rien faire. Il y a un petit parfum amollissant dans sa voix, ou bien est-ce le bleu de la fenêtre, le bleu piscine, sieste, éclats d'eau, et l'appel plus grisâtre du rien, l'ennui pur.

La porte claque d'un coup qui résonne dans l'escalier. Les voisins ! Comme d'habitude, ils ont dû tout entendre, ils écoutent tout, et ne me saluent que de façon lointaine et furtive, sans un mot, d'un simple signe de tête, c'est simple, dans cet immeuble je ne croise que des ombres. Mais déjà je saute de marche en marche, je cours vers la sortie, la liberté. Tant que je resterai, ma mère pèsera sur moi, je ne pourrai éprouver que cette colère.

2

« Le vrai voyageur ne doit avoir aucun objectif. »

Gao Xingjian,
La Montagne de l'âme

Le nom de Raffaele, c'est le docteur Nuaje qui me l'a soufflé il y a deux ans. Tout s'était arrêté pour nous aussi. Nos séances se poursuivaient à distance. La mienne avait été repoussée à presque 23 heures. J'étais en Suisse. J'avais le droit de me promener. Je marchais dans la nuit parfumée, sous les châtaigniers autour de chez ma mère. Mon psychiatre, lui, m'écoutait depuis son bureau – je le devinais au bruit d'un stylo sur une feuille, ça pouvait durer un moment. Je parlais de mes exercices depuis le début de la crise, mes footings, mes randonnées toujours plus longues. J'avais filé en Suisse sans imaginer que nous y aurions ce droit. L'été viendrait. Je l'aborderais en forme. Cette année, je pourrais monter plus haut. Monter vraiment. Le docteur Nuaje m'écoutait sans vouloir tout débrouiller. La montagne, bon, je l'avais dans la tête sans savoir ce que j'y cherchais ; il passait son temps à entendre des gens pleins de désirs bêtes et sourds, et qui les faisaient vivre.

Peut-être, disais-je, que c'est pour les sensations. J'essayais de trouver les mots à la volée. Il les connaissait sûrement. Je lui parlais de ma fuite, j'avais hésité puis je m'étais lancé avec d'infinies précautions dans la traversée d'un Paris tout vide, après une nuit agitée, avec un petit sac pour ne pas attirer l'attention, un air timide et la peur du préfet de police. À mon arrivée à Bâle, j'avais eu la surprise de découvrir des gens dans les rues. Le sentiment d'être à l'abri de bien plus que le virus, le soulagement de laisser derrière moi l'électricité, la guerre dans l'air. Je l'admettais. Le reste du monde était trop grand pour moi. Je ne revenais pas victorieux, mais faute de mieux, pour me calfeutrer et me retrouver. Du moins, retrouver de petites choses qui traînaient encore dans le coin autour de chez ma mère, dans les ruines, les forêts. Ce qui tenait.

Peut-être aussi parce que je suis quelqu'un qui s'imagine qu'un acte suffit à nous perdre ou à nous sauver. Un livre, une ascension, une rencontre, et je pourrais enfin être moi.

De temps à autre, le docteur Nuaje m'interrompait. Parfois, pour me donner des conseils. Il réfléchissait tout haut. – Ainsi, la Ritaline vous sert, disait-il entre un mail et un SMS, peut-être en corrigeant la communication qu'il donnerait demain, par Zoom aussi, à la Salpêtrière, sur les effets ambivalents du confinement pour les adolescents atteints de troubles envahissants du développement. Le président lui-même en avait dit un mot le 2 avril. Pour la Journée de l'autisme. – Quel autre médicament prenez-vous, sinon ? Attendez, attendez que je regarde. De la mélatonine, pour vos insomnies ? Du Stilnox ? Les doses vous semblent satisfaisantes ? À tout hasard, on pourrait peut-être envisager d'essayer un nouveau dérivé, qui est en phase de test, pas remboursé, donc, mais dont on espère beaucoup. Qu'en pensez-vous ? Pourquoi ne pas prendre des cours de yoga à distance ? Vous pourriez vous donner des objectifs qui vous motiveraient. Par exemple, maîtriser la position du *sirsasana*. Vous connaissez ? La tête en bas, en équilibre sur les coudes. Ça vous plairait sûrement. Pour les chakras, en tout cas, il n'y a pas mieux.

Je l'acceptais parce qu'il sentait, le type, quand il y avait plus que mes monologues en moi. Les fois où ça tremblait, où quelque chose encore bien au fond se préparait, qu'il devinait, lui. Et s'arrêtait alors, avec la voix d'un vrai médecin soudain, il cherchait avec moi. Ce genre de voix, vous savez, on n'a pas forcément envie de vivre avec, mais elle vous retient quand ça s'effondre. Pour l'essentiel, il était là. Il ne trouvait pas toujours, parfois, il me fallait couler un peu, mais c'était bien mieux, bien plus que tout ce que j'avais jamais connu.

Ce soir, il en était venu au fait. – De quoi auriez-vous besoin, demanda-t-il, pour rendre tout ça réel ? Je veux dire, qu'est-ce qui vous a empêché de vous lancer les autres années. – De me lancer ? – De pratiquer l'alpinisme pour de bon. Ne plus vous contenter d'en parler. Je sais, souvent pour vous, parler c'est presque déjà posséder, mais presque ce n'est pas ça non plus. Alors, dites-moi.

À Paris, ça ne marchait tout simplement pas. La montagne restait un mot. Il manquait d'abord la forme physique. C'était en train de se régler. Mais surtout, j'avais besoin d'un guide. Et qu'est-ce qui vous empêche d'en trouver un ? A priori, rien. Au vrai, plein de choses. Vous savez, docteur, je ne vous consulte quand même pas pour rien. La montagne, c'est plus dur et plus intimidant que l'amour. Avec une femme, je ne risque pas ma vie, et pourtant, vous savez comme je me bloque. En montagne, si je ne le sens pas, ça se bloquera dès le matin. C'est simple, je ne partirai pas. Je me connais, je connais mon corps. Je ne peux pas partir avec n'importe qui.

– Moi, je peux vous indiquer un guide, avait-il dit. C'est un patient qui m'en a parlé. Un personnage intéressant d'ailleurs. Un homme d'un certain âge avec des responsabilités qui a fait un burn-out. Il a commencé par une ascension assez simple. Laquelle ? Je ne suis pas certain de me souvenir. – Peut-être l'arête des Cosmiques ? – Peut-être, oui. Ou les aiguilles d'Entrèves. Le bureau des guides de Chamonix propose souvent l'une ou l'autre. Le docteur Nuaje m'a coupé. – Vous pourriez travailler à limiter ce type de questions… comment vous dire, autistiques. Je ne suis pas alpiniste, je ne connais rien à tout ça, et vous le savez, arrêtez de me balancer tous ces noms, ce n'est pas le sujet. Honnêtement, à l'instant, je m'en fiche un peu. Le sujet, c'est mon patient. Vous auriez dû le voir. Surtout à l'époque. Il était, comment dire… Sur l'écran, le psychiatre gonflait ses joues, mimait je ne sais quoi, une voile qui s'épand, une montgolfière qui s'élève, grossit. Ce n'était pas un grand aventurier, disons. Pendant la crise sanitaire, il a fait comme tout le monde. Enfin, comme tous les cadres sup. Il s'est remis au sport. C'est moi qui l'y ai encouragé. Bon… Nuaje n'avait pas le droit de me donner les détails. Il ne croyait pas que cet homme irait jusqu'au bout, mais en fin de compte, il l'avait fait. Son guide l'y avait poussé. Il avait soufflé, mais continué, haletant, les yeux baissés sur la trace, remarquant à peine les cordées que peu à peu ils dépassaient.

– Ensuite, a dit le psychiatre, ils ont réussi d'autres ascensions. Je crois que le guide l'a même invité chez lui. – Invité ? – Une sorte d'école, il me semble. En tout cas, si je voulais essayer la montagne, c'est ce Raffaele que je contacterais. Ce n'est pas un Chamoniard. Il habite de l'autre côté, en Italie. Tardio, il s'appelle. Je crois que son frère, Vincente, est assez connu.

J'ai cherché un papier pour noter. Ce n'était pas la première fois que le docteur Nuaje me dépannait. L'homme à qui je parlais m'avait envoyé à l'école, au travail, aux filles, j'avais tout fait grâce à lui, presque bien, pas tout à fait dans les temps, je m'étais mis à vivre une vie d'abord pénible et fatigante, où peu à peu le chaos a débouché sur des voyages, des histoires. Ça finirait par marcher. Je n'étais pas tout à fait sauvé. Il me restait à monter sur le Cervin, à trouver ces choses qu'on nomme la paix avec moi-même, l'âme sœur, apprendre à vivre.

– Écoutez, je vais vous envoyer tout ça. Mais oui, je crois que c'étaient bien les aiguilles d'Entrèves. Les photos de ma fille, je n'en revenais pas.

3

« Puisque la montagne ne vient pas à nous,
allons à la montagne. »

Mahomet

J'ai tapé le nom de Raffaele sur Google. Il avait dû construire son site tout seul. Trois langues, de grandes lettres bleues qui n'avaient pas envie de faire des mots. Sa présentation résumait son passé de militaire et d'athlète, son expérience des faces nord et quelques premières avec son frère Vincente. Les éléments classiques des pages professionnelles de guides ou d'alpinistes : citations, témoignages, photos. L'une d'elles montrait Raffaele en équilibre sur ses mains. Son corps vous communiquait une impression carrée : avec lui tout filait comme il faut dans la logique des choses. Il ne souriait pas. Légèrement de biais, il tournait vers l'objectif des yeux très bleus et très intenses. Certaines personnes ne peuvent rester longtemps de simples individus : Raffaele en était. Il débordait. Le docteur Nuaje l'avait senti.

J'ai commencé par le suivre sur Facebook. J'ai suivi d'autres guides. Le confinement était tombé sur eux aussi. J'imaginais à peine la catastrophe que ça faisait dans leur vie. Beaucoup se photographiaient en train de s'exercer. Raffaele n'y manquait pas. *One day, one kilometer.* Derrière lui, la neige, la glace, et des couloirs sauvages. Ses kilomètres semblaient très grands. Au bout de quelques jours, je lui ai écrit. La maigreur de mon carnet de courses ne posait pas un problème insoluble, a-t-il dit. C'est la condition qui est le principal. Il m'a demandé où je me situais sur ce point. Mes randos ressemblaient de plus en plus à des trails. La dent de Morcles depuis le fond de vallée. En une étape, le tour des Muverans. Toute la Hardergrat d'un trait. Quand j'étais parti pour la faire, ma mère m'avait rappelé pour demander. – Adlergrat, c'est ça ? – Non ! Je ne me rendais pas compte que je criais. Non, Hardergrat. Har-der-grat. J'ai gardé pour moi qu'au pire endroit, je m'étais agenouillé. Un moment, j'avais cru ne pas passer. Raffaele a approuvé. Nous avons discuté d'un programme. Je n'ai pas osé dire ce à quoi je songeais. Le nom du sommet. Le fameux nom. Pas encore.

Si nous prévoyions deux sorties, m'a dit Raffaele, je pourrais habiter chez lui dans l'intervalle. D'autres clients lui rendaient régulièrement visite. Certains cherchaient on ne sait quoi, venaient à lui presque en thérapie. Ah, ça, *ma purtroppo*, je ne peux pas me faire payer aussi fort que ton médecin. À propos, quel était mon budget ? Il coûtait peut-être un peu plus cher que le guide standard, m'a-t-il prévenu. Ses prestations étaient d'un tout autre niveau. Avant de raccrocher, il m'a prévenu que psychiatre ou pas, la montagne ne plaisantait pas. Il ne se montrerait pas toujours doux là-haut. C'est en criant sur les gens qu'on leur sauve la vie. Je n'ai rien répondu, mais ça ne m'a pas plu.

4

« La Suisse, à l'heure qu'il est, *vé !*
monsieur Tartarin, n'est plus qu'un vaste Kursaal,
ouvert de juin en septembre [...].
Il en fallait de l'argent, figurez-vous bien,
pour affermer, peigner et pomponner tout ce territoire,
lacs, forêts, montagnes et cascades,
entretenir un peuple d'employés, de comparses,
et sur les plus hautes cimes
installer des hôtels mirobolants,
avec gaz, télégraphes, téléphones !... »

Alphonse Daudet,
Tartarin sur les Alpes

La Suisse, j'y suis seulement né. Je viens chercher autre chose que les gens qui y vivent. Ici, les trains mènent vraiment partout. On les attrape à n'importe quel moment de la journée sans se soucier de l'heure et du chemin par lequel on rentrera. On s'y repose, on s'y laisse inspirer par la promesse d'immenses espaces plissés au cœur des montagnes. Ici, tout me rassure. La carte du pays sur la porte, entre les wagons, tous ces trajets qui se tendent comme les doigts d'un enfant arbre. Vers les vallées, les noms, les cols, les ailleurs, puis se rejoignent de l'autre côté. C'est d'abord que j'ai grandi dans ces noms. Certains claquant au milieu de la carte, d'autres couleur de lune et de neige qui perlent tout au fond : le Sanetsch frontière tout usée de poussière, le Grimsel très loin là-bas après ses mers, ses déserts, ses brouillards, plus loin encore, au bout de tout, le Susten d'un trait fin d'encre bleue.

L'extraordinaire, vraiment, c'est que tout se rejoint. Ça commence chaque fois par le Jura. Chaque vallée comme un petit monde. Par la fenêtre, des vallées peu profondes, fermées comme de petits bassins. Tu y vois des formes très clairement dessinées, des routes qui vont vers la forêt, et la forêt elle-même, juste à côté, petite et verte, qui donne tout de suite sur d'autres vallées. Un paysage à la bonne taille, qu'on embrasse, qu'on replie en un regard comme une chambre pleine de chemins secrets. Il n'est pas comme les fleurs immenses des hautes montagnes, des steppes, des falaises. Il n'arrache pas l'âme, il la repose, il la referme.

Quand la nuit tombe, la couleur vire au jaune, l'obscurité qui court à fleur de terre a des relents orange. Alors le monde naît une deuxième et courte fois. Il y aurait de quoi redevenir enfant, et recommencer à suivre comme avant les méandres et les collinettes, à traquer les sources et les étangs comme autant de confins distincts, à t'y perdre toute une journée sans t'ennuyer. Mais tu ne sais plus comment faire et tu t'y cognes la tête.

Et puis, quand tu étais enfant, le train te faisait peur, bien que tu ne saches pas pourquoi. Le train, c'était un interdit. Tu pleurais en entendant parler des voyages qui risquaient de t'y faire monter. Le mot « Italie » suffisait à faire couler tes larmes pendant six mois. Ton père se bouchait les oreilles et sortait, mais ta mère ne croyait pas au caprice, elle sentait que tes gémissements révélaient quelque chose d'important. En eux, elle se sentait peut-être elle-même, sa peur de tout.

Cette peur, je la traîne encore avec moi. Dans ce sac lourd, énorme, une maison, un infini où me cacher le soir. Pas de corde. Des livres. Des cahiers où noter des idées. Des vêtements que je n'enfilerai pas, des objets neufs qui resteront perdus au fond des poches. On dirait un peu Obélix et son menhir. Quel effort de traîner tout ça dans le soleil.

5

« Une heure d'ascension dans les montagnes
fait d'un gredin et d'un saint
deux créatures à peu près semblables.
La fatigue est le plus court chemin vers l'égalité,
vers la fraternité. Et durant le sommeil
s'ajoute la liberté. »

Friedrich Nietzsche,
Humain, trop humain

À Lausanne, mon sac a basculé. J'ai voulu le ramasser, tiré, si fort que le sang m'est monté à la tête. – Votre piolet ! J'ai levé les yeux. C'est un peu comme ça que j'avais rencontré Eva l'an dernier. J'aurais pu en rester amoureux. La fille pointait quelque chose. – Votre piolet. J'ai continué à tirer sur mon sac. – Votre piolet est coincé. J'ai regardé. Heureusement, le bord tranchant n'avait pas entamé le siège. Je me suis excusé. J'ai voulu poursuivre la conversation, mais le vignoble est apparu par la vitre.

Au niveau de Montreux, un homme est entré avec un sac aussi, sa démarche pleine de bruit qu'il n'avait même pas besoin de faire pour qu'on l'entende. Il est venu vers moi, et il n'y a plus rien eu que son visage réjoui. – Quel est le programme ? J'ai répondu que je ne savais pas vraiment, ça dépendrait du guide. Il m'a dit qu'il était monté sur beaucoup de montagnes. Passé dessous, aussi. Je n'ai pas compris tout de suite à quel point c'était drôle, alors il lui a fallu rire lui-même. Des tunnels, il en avait construit beaucoup. Enfin... participé. Il aurait aimé être du grand chantier d'ailleurs, au Lötschberg, maintenant, toute l'Europe est forcée de passer là-dessous, on n'en parle pas beaucoup, mais c'est un peu le North Stream de la Suisse. Un homme heureux, qui avait vécu, laissé des traces utiles.

Il a brandi un piolet, le même modèle que le mien. Il a beaucoup servi, a-t-il dit. Cette année, il ira au Cervin. J'ai tout de suite été intéressé. J'avais envie moi aussi. Depuis le début, c'était mon objectif. Je n'avais pas osé en parler, le dire à Raffaele. Peut-être devinerait-il ? Proposerait-il ? Je l'espérais. Le Cervin dans les Alpes c'est trop la tour Eiffel. La montagne la plus photographiée du monde, devant le mont Fuji. Les Français ne le connaissent plus que par l'emballage des Toblerone, ils ont oublié qu'autrefois pour eux aussi c'était une star. La correspondance des écrivains en était pleine. La première ascension, c'était la lune de l'époque. Une conquête menée par les Anglais, et que le monde entier suivait. L'accident avait marqué son temps comme l'explosion des navettes Challenger et Columbia. Les quatre morts à la descente, on en avait fait des nuits blanches à Buckingham Palace. Quel scandale, quelle honte pour l'Empire. De fait, on s'en était arraché les gravures à Paris. Depuis, on avait construit d'autres noms, d'autres exploits, mais en Suisse, le Cervin ça comptait encore. Ça vous posait.

Je n'ai pas reculé quand il s'est approché, j'ai soutenu son haleine germanique. Le Cervin, oui, par la voie italienne. Il y a quelques années quand il avait essayé, la météo était mauvaise. J'ai fait seulement la voie normale, l'arête du Hörnli. Je les ai tous faits, les 4 000, tous ceux de la Suisse, les 48. Je regarde ses membres secs, le petit ventre qui lui coule par-dessus la ceinture. Pour lui, vivre semble si facile. Je demande. – Vous avez mis longtemps ? – Trente ans. – Vous avez commencé jeune. – J'avais quarante ans. – Vous avez soixante-dix ans ! Il attendait visiblement ma surprise. Il n'est pas beau, il n'y a pas de lumière en lui, mais en cet instant, je me dis que je ne peux espérer faire plus de ma vie que de lui ressembler à son âge.

En face de nous, la fille a décroché, elle lit, le titre de son livre apaise mes derniers remords. Ça n'était pas possible entre nous. L'homme parle de son premier 4 000, de l'ascension qui lui a laissé les plus beaux souvenirs. Le train arrive à Sion. Par la vitre, des vignes écharpent des contreforts en vagues, creusés d'incroyables sillons qui s'enfoncent vers des noms merveilleux. Là, c'est Derborence. Derrière, les Diablerets. Chaque fois, je les mange des yeux. Ça disparaît. L'homme reprend toute la place, je n'ai plus rien que lui. Je lui demande. – Et des difficiles ? Vous en avez fait ? – Pas les très difficiles. Pas l'Eigernordwand. Il rit. La face nord de l'Eiger, une des trois grandes, la plus haute et la plus difficile. Autre époque, autre exploit. Cette fois, ça avait été les Allemands. Il rit encore. Lui aussi, il s'accroche à la conversation. Sa vie n'est peut-être pas si parfaite. Sous ce sourire, j'entrevois ce silence qu'il ne sait sans doute pas dire lui-même, qui m'a serré si fort que j'ai fui ce pays autrefois. Ce calme, ce peu de mots qui rend seul, sans rien pour faire sortir tout ce qu'il y a de sale et de terrible dessous. Raffaele m'a pourtant prévenu. Je te le dis tout de suite, il n'y a pas Dieu, là-haut. Raffaele n'aime pas qu'on exige des montagnes ce qu'elles ne peuvent pas donner, mais je ne pense pas que ce retraité soit monté chercher Dieu.

Le Cervin, vous avez trouvé ça comment ? – La voie normale au Cervin, c'est facile. C'est long, c'est fatigant, mais c'est facile. Ce qui est dur, c'est de rester sur l'itinéraire. Dès qu'on le perd, c'est autre chose, mais avec un guide c'est pas un problème.

À Zermatt, ils disent qu'on doit être capable de faire plusieurs fois de suite 650 mètres de dénivelé en une heure sur un chemin de randonnée pour y arriver, mais je ne faisais pas ça à l'époque. On entend plein d'histoires un peu folles sur la voie normale du Cervin. Un homme de quatre-vingt-dix ans l'aurait validée. Mon guide m'a raconté qu'un de ses clients, un Japonais, s'était fait dessus pendant la montée. Le guide s'en est rendu compte parce que toutes les autres cordées voulaient les dépasser. – Et le touriste ? Apparemment, il s'en fichait. Au refuge, il est allé prendre une bière avant de se changer. – On m'a dit que beaucoup de gens n'arrivaient pas en haut. – Tout ce qu'ils demandent, c'est qu'au bout de deux heures on ait dépassé la cabane Solvay. Quatre cents mètres de dénivelé à l'heure, pas plus. – Quatre cents mètres, oui, mais en altitude. En escaladant. – En grimpant, pas en escaladant. Jusqu'à la cabane Solvay, on met à peine les mains. Par contre, certains passages sont impressionnants, on passe au-dessus de la face nord. Écoutez, ça a l'air de vous intéresser. Si vous avez envie d'y aller, foncez. Foncez. Vous êtes en forme, je vous dis. Ça se voit que vous êtes en forme.

Je jubile de découvrir que ça se voit autant.

Le Haut-Valais. Plus rien que des pentes couvertes de sapins sombres. De l'autre côté, la passagère ne lit plus. Elle a calé son sac à côté d'elle, s'appuie dessus, le visage tourné vers la fenêtre. À mon tour je me perds dans ce bleu, ce vert, ces maisons si joliment plantées dans les pentes qu'on les croirait posées sur un drap. C'est beau. Ça laisse trop peu d'espace pour la voix quand on a peur.

6

« Jamais pays de plaine, quelque beau qu'il fût,
ne parut tel à mes yeux. Il me faut des torrents,
des rochers, des sapins, des bois noirs, des montagnes,
des chemins raboteux à monter
et à descendre, des précipices à mes côtés,
qui me fassent bien peur. »

Jean-Jacques Rousseau,
Les Confessions

Nous n'y sommes pas encore. Patientons. Imaginons l'époque où Edward Whymper aborde les Alpes. Vous connaissez son nom bien sûr. Whymper le conquérant, vainqueur du Cervin, roi des alpinistes. À une époque, aussi célèbre que Beyoncé. En ce temps-là, passer la frontière suisse vous précipite dans un autre monde. On ne se rend pas compte. Dans les hameaux, des enfants pleins de boue accourent, mendient, proposent des visites ou des services. À Katmandou de nos jours, on vous vend au moins des marchandises.

Passé Sion, au XIXe siècle, il n'y a vraiment plus rien. Les Alpes ne comportent à cette époque que deux massifs connus des voyageurs : l'Oberland bernois et le Mont-Blanc. Des granits, issus d'anciens plissements, dont l'orogenèse alpine a poussé les flèches droit au-dessus des plaines. Le cœur du Valais, lui, est un amoncellement confus de sédiments. Les pièces maîtresses demeurent cachées. On marche, on suit les signes. On questionne. Des montagnes dorées ? Oui, c'est par là. Par là au fond d'une longue vallée, le sommet des sommets. Quelle vallée ? Elles sont nombreuses, profondes, tapissées de sapins. La pyramide ? On se fait comprendre par gestes. De pyramide, on n'en connaît qu'une seule. Et on finit par trouver la porte. On s'engage dans la plus longue des vallées.

Oui, chaque fois nous nous demandons. Est-ce vraiment ici ? Est-ce vraiment l'endroit ? On s'est peut-être trompé en croyant voir le paradis là-haut. On ne sait plus. Les yeux gardent des images, pas l'ensemble, pas cette révolution de tous les sens.

Mais nous n'y sommes toujours pas. Il faut attendre, imaginer. Nous avancer encore, nous pousser au pied du dernier talus, sur ce fond plat où les voitures s'alignent, parkings tracés comme des pistes. Alors on lève la tête. Au-dessus, le ciel est barré d'une ligne de neige. Ce n'est qu'en s'élevant qu'on découvre enfin la grande fenêtre bleue du fond. Les souvenirs qu'on amène avec soi tombent dans un trou, trop large, on redécouvre tout. Après, derrière, cela surgit, c'est la première fois, toujours la première fois.

7

« Pyramide d'intersection de cirques [...],
le Cervin est promu au rang d'archétype,
de montagne de référence. »

Henri Rougier,
Au pays de Zermatt

J'y suis enfin. Presque. Plus qu'une nuit. Ici. Tout près de mes premiers souvenirs.

D'avant mes trois ans, il ne me reste presque rien. Une période que je sais avoir vécue, que je me rappelle avoir sentie, mais dont je me suis extrait à jamais comme d'un long et dense rêve. Certaines images viennent tout de même de cet avant. Celles que je ne lie à rien, qui ne sont que des couleurs et des ombres, un arbre, un escalier je crois bien, du soleil, oui, ma mère, un danger, les guêpes, les guêpes, le sentiment intense d'avoir été, mais quoi, mais où ?

À trois ans commence le vrai rythme du temps. Des arbres broyés par la neige. Les feuilles brunes sur la piste que ma mère et moi remontons, le Cervin au coin. Puis le périple, interminable. Un train, une pointe de roc toute proche que je prends pour le Cervin, d'étranges dômes gris, seuls et terribles sur cet astre perdu tout là-haut, et à travers leurs hublots, les noirs et sombres abîmes. Les montagnes sont là devant, elles sont comme mes parents en parlent, aussi éloignées que le soleil, que le ciel vers lequel certains rêves m'emmènent parfois flotter. On ne voyage pas vers le soleil, on s'endort, il faut n'être plus tout à fait là pour traverser l'infini. Il arrive parfois que de cette façon j'approche de l'aube des temps. Tous ces mystères partout. Mes parents désignent les montagnes comme à d'autres moments les étoiles. Le Cervin est le nom d'un monde lointain.

Neuf ans. Avec les cartes, j'apprends à placer le Cervin et ce qu'il y a autour. J'obéis au tracé des chemins et des pistes. Les sommets restent impensables. Mes Tombouctou sont les cabanes. C'est déjà bien. Suffisant pour terrifier ma mère. Lorsque j'insiste trop, lasse, râlant, elle accepte de se mettre en marche. À dix ans, en espadrilles avec ma mère et son chien, je traverse un glacier. Mes jambes découvrent les longs dénivelés, mes pieds les blessures et les ampoules. Je ne suis pas élevé comme il faut pour la douleur. La plus petite m'envahit comme un scandale qui accuse le monde entier.

8

« Est-ce beau ou est-ce horrible ?
Je ne sais vraiment.
C'est horrible et c'est beau tout à la fois.
Ce ne sont plus des paysages,
ce sont des aspects monstrueux.
L'horizon est invraisemblable,
la perspective est impossible ;
c'est un chaos d'exagérations absurdes
et d'amoindrissements effrayants. »

Victor Hugo,
En voyage, tome II, « Alpes et Pyrénées »

Et je l'ai fait. La journée a commencé avant le cri du réveil. Je me suis mis debout sans avoir le sentiment de me lever, jeté droit dans l'eau glacée du jour. Je suis sorti. Sous la lumière, dehors, le froid et l'anxiété ne faisaient que mordiller. Au bout du village, j'ai entendu le vrombissement des câbles à travers le béton. J'ai fait sonner mes chaussures sur les grilles, puis la cabine m'a emporté, les arbres, les chemins, le fouillis rocheux, tout s'est enfoncé sous moi.

Pas un bruit, pas un frémissement, je m'élevais dans une bulle, plaines de neige, couronnes de roc, et sur ma droite, le grand triangle immobile et plat du Cervin. En haut, il y a eu un autre couloir, une ouverture, un champ de neige qui aurait dû être glacé, tout était pris dans la douceur de l'Italie qu'on pouvait voir somnoler jusqu'au loin, jusqu'à la mer dans la paix de ses brumes. Une cordée s'équipait. J'ai discuté avec eux. – Vous traversez les Breithorn vous aussi ? – Peut-être. Pas forcément tout. Ils n'avaient pas l'air rassurés. – Et vous. – Normalement, moi, je fais le tout. Mais j'ai un guide.

Puis j'ai regardé vers le bas, l'Italie. J'ai repéré une mouche qui glissait sur le glacier. Au bout de quelques minutes, elle a levé une aile. Pendant l'hiver, Raffaele s'était exercé chaque jour. Au moins 1 500 mètres de dénivelé, quoi qu'il arrive. Il ne courait pas, on aurait dit qu'il skiait vers le haut. Puis la silhouette a disparu, cachée par un talus. Je me suis demandé si j'étais prêt, j'ai voulu ajuster mon baudrier qui tombait sur mes hanches. Je me suis baissé pour resserrer mes crampons. J'ai eu du mal. J'ai presque paniqué. Il allait arriver, me trouver là. Je crois que j'ai gémi. Je finissais tout juste de renfiler mon sac quand Raffaele a surgi, main levée. Je lui ai tendu la mienne, mais il ne l'a pas prise. Il a saisi mon baudrier, tiré, passé sa corde au pontet*, et continué. – Tu me suis. On est déjà en retard sur l'horaire. On va devoir se presser.

Nous sommes partis sur le trait dans l'espace blanc. Le ciel n'en pouvait plus, le monde était un dessin. Sur la pente de neige au début, j'ai soufflé et beaucoup trop glissé. Je m'étais acclimaté à l'altitude, mais quand même je la sentais, elle me donnait l'impression d'évoluer dans un étroit tunnel. Ensuite, ça s'est redressé. Raffaele m'a dit de l'attendre, il est monté d'une longueur, à vingt ou trente mètres, a posé une broche à glace puis m'a appelé. Mon pied a glissé. Il a crié. – Florian. J'ai passé trois longueurs comme ça, le cœur serré, l'esprit rempli de sa voix. Me concentrer, faire de mon mieux, ne surtout pas le fâcher. Au téléphone, il ne m'avait pas semblé si méchant. Je l'ai rejoint sur une arête de neige, le ciel s'est obscurci, tout s'est mis à tourner, je me suis senti loin, ailleurs, comme sur un astre perdu. Continuer. Nous avons saisi la roche. Le monde n'a plus tourné. J'ai suivi Raffaele le long d'une vire* gelée qui contournait un bouclier de granit. Tout allait mieux. La pente à ma gauche ne m'effrayait pas. Elle était raide, mais surtout belle, propre. – Mais attention, bordel, a-t-il hurlé. J'ai failli m'énerver. Pourquoi hurlait-il ? Tout se passait bien. Le vide était doux, la montagne un jouet.

Nous avons grimpé. À nouveau, il m'a demandé de l'attendre. Puis il a fait signe, et je l'ai rejoint. J'ai tiré sur mes bras. Nous nous sommes retrouvés bloqués par une cordée, un guide suisse et son client, immobiles sur une dalle verglacée. Le guide – un jeune homme au visage aussi proprement carré que l'organisation des Zermatters – attendait en silence un geste du client. – *Go*, a crié Raffaele. Le guide a dit quelque chose en suisse allemand, mais le client restait crucifié, bras écartés, les yeux fermés. Alors, Raffaele a grogné en italien, puis il est monté, il s'est mis sous le client, lui a attrapé les pieds. – Là, a-t-il dit. Là. Il a poussé. Au-dessus la corde s'est tendue ; l'autre guide tirait aussi. L'homme a été happé vers le haut. Un renfoncement l'a masqué. Du sommet, le Suisse a fait un signe. Merci sans doute. Raffaele s'est hissé. Il m'a appelé. Je suis monté de quelques mètres ; au creux, spontanément, je me suis mis en opposition sur mes jambes, par-dessus le vide ; ça passait bien, tout en souplesse et légèreté. Je suis arrivé au relais. Raffaele m'a dit. – On va les dépasser. Un peu plus loin il s'est retourné, il a presque souri. – C'est ça, les guides suisses. Ils te disent rien, quand t'as pas le niveau, ils te tirent comme un paquet. Tu me diras, c'est quoi l'honneur de faire ça comme ce type ? Allez, on est bons sur l'horaire, on continue.

Enfin, nous sommes sortis. Nous avons débouché sur la crête du Breithorn oriental, au milieu des touristes, des bermudas, des gosses en pleurs. Raffaele s'est mis à parler fort. – Putain, c'est de plus en plus le cirque ici. Descendons, descendons vite ! S'il y en a un seul qui a un accident, c'est pour moi. Je suis sauveteur, je serai obligé.

Je n'ai rien eu le temps de savourer, tout de suite nous avons plongé. Raffaele m'a demandé. – Tu veux descendre avec moi ? Ce sera plus facile pour la deuxième course. Je n'avais rien réservé en Italie. Il a dit. – On va s'arranger. Tu peux dormir chez moi. Nous sommes arrivés presque en courant dans l'incendie des pistes de ski d'été. Une immense bâtisse trônait sur une épine de roche. Tout autour de petites gouttes de métal brillaient dans le soleil – des chasse-neige, des bulldozers, beaucoup d'antennes. – Des fous, a dit Raffaele. Ils sont en train de tout démolir pour raccorder le téléphérique italien au téléphérique suisse. Tu ne sais pas ? Ils montent du matériel de minage pour défoncer le glacier et boucher les crevasses. Putain, dans trente ans tout est fini avec le ski, mais leurs dégâts, eux, ils vont rester trois mille ans.

Nous avons continué. C'était un amoncellement de grands cubes gris, antre de savants fous, prison soviétique, décor d'un rêve profond. Puis quelque chose d'autre s'est mis à briller sous les grosses pattes de la montagne, quelque chose de petit, de sombre. J'ai cligné des yeux, deviné le toit d'un refuge, une terrasse, de l'ombre aussi, de la bière. Mes plus grandes randonnées m'avaient appris que l'illumination venait seulement là : un verre au soleil, assis enfin, et toute la beauté de la journée relâchée en vous. Mais Raffaele a tracé tout droit. Il a accéléré. Pour la première fois, j'ai protesté. Nous avions le temps, nous aurions pu rester, boire ! – Plus jamais. Plus jamais je ne m'arrête là. Il s'est retourné sans cesser de marcher. Il a tendu le bras. – Tu vois le drapeau ? J'ai dû cligner des yeux. Je ne comprenais pas. – Oui, c'est le drapeau suisse. Ils le mettent souvent sur les refuges. – Sur celui-là, ils n'auraient pas dû, a dit Raffaele.

Je me suis rappelé. On en avait même discuté avec ma mère. La fonte des neiges avait fait glisser la frontière. Par convention, sur les glaciers alpins, elle suit la ligne de séparation des eaux : vers le nord, la Suisse, et vers le sud, l'Italie. Au-dessus du Théodule, elle s'était déplacée de quelques mètres, enjambant ce refuge au passage. Les Suisses le connaissaient surtout grâce à l'hiver. Moi-même j'en avais entendu parler. On m'avait dit. Si tu veux déjeuner bon marché sur le domaine de Zermatt, tu t'arrêtes là. Ce n'est pas encore le domaine de Cervinia, tu n'as pas besoin du forfait italien, mais tu bénéficies quand même des prix de l'Italie. – Ce refuge, dit Raffaele, s'appelle le refuge des Guides du Cervin. C'est celui de notre compagnie.

– Je croyais que c'était réglé. C'est vraiment devenu suisse ?
– Non ce n'est pas vraiment devenu suisse. Et non ce n'est pas réglé, sauf sur le papier. Sur le papier, il est écrit que la frontière bouge de quelques mètres et que le refuge reste en Italie, et elle bouge de quelques mètres ailleurs pour compenser. Mais depuis on continue à discuter. Je sais tout. La compagnie m'a forcé à entrer dans l'équipe de négociation. J'ai dû perdre mon temps et des clients pour ça. Les écouter nous dire qu'ils ne veulent pas échanger un immeuble contre un bout de glacier. OK pour bouger la frontière à condition qu'elle passe au milieu du refuge et qu'il soit cogéré avec le Club alpin suisse. On ne vous demande pas de changer quoi que ce soit. Le drapeau, c'est tout. Putain, leur drapeau. Pourquoi pas sur le Colisée ou sur le Rialto, tiens. Ou le Vatican. Enfin le Vatican ils y sont déjà, ils s'entendent entre eux pour prendre tout l'argent sale du monde…

Nous marchions à présent sur le plat. L'immense complexe du téléphérique nous trompait de sa taille, je croyais patiner sur place. J'ai demandé avec ma voix d'enfant – celle que je n'aime pas – pourquoi c'était si grave, et Raffaele a recommencé à crier. Putain. Mais c'était leur refuge. Le nom c'est refuge des Guides du Cervin ! À l'époque, les Zermatters ont aidé Whymper à voler la première ascension à Carrel. Tu sais qui est Carrel, non ? Tu connais l'histoire ! Le Cervin, c'était sa montagne. Là, ils volent nos noms. Et si ça devient suisse, on ne pourra plus venir sans s'annoncer une semaine à l'avance. T'imagines ça. Avec leurs lois, ils auront le droit de nous mettre 1 000 francs d'amende chaque fois. Ils ne le feront peut-être pas, mais dès qu'il y aura un problème, ils nous rappelleront qu'ils le peuvent. Ils font construire leurs téléphériques par nos ouvriers, ils dynamitent les montagnes de notre côté pour que ça ne salisse pas leur vue, et en plus, on nous oblige à aller chercher leurs accidents.

9

« Ce que tu as éprouvé tant de fois
dans l'ascension de cette montagne,
sache que cela arrive à toi et à beaucoup
de ceux qui marchent vers la vie bienheureuse ;
mais on ne s'en aperçoit pas aussi aisément,
parce que les mouvements du corps sont manifestes,
tandis que ceux de l'âme sont invisibles et cachés.
La vie que nous appelons bienheureuse est située
dans un lieu élevé ; un chemin étroit,
dit-on, y conduit. »

Pétrarque,
L'Ascension du mont Ventoux

Nous nous sommes mis dans une file d'attente déjà longue et qui derrière nous continuait à grossir. Une foule qui refluait des neiges, qui se pressait. Certains couraient sur toute la longueur des pistes, sprintaient dans la montée finale puis calaient en queue de peloton, haletant, titubant, se tenaient au mur pour souffler. On ne comprenait pas ce qui leur courait derrière. Ça venait tôt ici, l'impression de la nuit et l'effroi, une petite ombre qui serrait tous les cœurs. Ou bien l'instinct, s'en aller avec les gens, ne surtout pas rester dans la solitude de neige pleine d'infinis possibles qu'ils laissaient derrière eux. J'ai eu l'impression de m'enfoncer dans le pays. Ce n'était plus seulement un paysage ; dans chaque visage et chaque silhouette, je devinais une vie, une triste armée de soucis.

J'ai laissé tomber dans la cabine un tel poids de fatigue que je l'ai sentie trembler et peiner pour nous arracher avec elle, Raffaele et moi, et tous nos états d'âme. Pendant toute la descente, il n'a presque plus parlé, et j'ai trouvé dans son abandon rêveur un je-ne-sais-quoi d'émouvant et de plaintif. Je regardais à peine les installations défiler, et le Cervin rocheux, orgue, fusée. Vue de Cervinia, *la* montagne n'est presque qu'une montagne, avec quelques bosses particulières tout de même, et son élan de milliers de mètres. Massive, mais rien de vraiment sacré.

Le ciel grisonnait. J'en ai eu assez de tous ces murs, ces autres murs alors que je l'avais fait. Oui, je l'ai fait. Ce n'était que la traversée du Breithorn, mais même. Je ne sais pas ce qui m'étonne le plus, d'y être allé ou de me reconnaître après.

Nous sommes sortis du téléphérique au moment où les gouttes commençaient à tomber. Nous avons couru à travers le parking. La porte du van a résisté, j'ai insisté, la pluie s'est mise à battre plus fort. – *Ma* doucement, a dit Raffaele. Tu vas encore tout casser. Il s'est assis, a retiré sa polaire, sa chemise, posé ses bras nus des deux côtés du volant. – Va derrière. Dans la vallée, on va prendre Morgane et le chien. Il monte toujours devant.

La pluie crépite, verte, lourde dans la chaleur. Dans le coffre du van, je distingue un tas d'objets, le bout d'un balai, la roue d'un vélo qui tourne, des sacs dont l'étoffe bruisse quand je bouge. Étrange, alors que je ne pèse plus rien, je ne suis que le flottement de ma peau sur le vent. Je me laisse aller. Je regarde la silhouette enfin tranquille de mon guide, son visage au relief de mage égyptien ou peut-être de général carthaginois. Un téléphone a bipé dans sa veste.

– Putain. – Quoi ? – Un client. – Quoi ? – Un type. Tu sais quoi ? Je l'ai emmené faire la même chose que toi, et il est resté bloqué, pire que le Suisse tout à l'heure. Le truc que tu as passé sans problème. J'ai dû le promener comme un chien, on a failli rater la dernière benne. On faisait quoi alors ! Je redescendais à pied, 2 000 mètres, je me couchais à minuit, et je partais avec le prochain client sans dormir ? Eh bien tu imagines ? Une fois en bas, le type, il avait tout oublié, il était si content qu'il a promis de me réengager, et maintenant il veut aller au Cervin. Je n'en peux plus, putain.

Dehors, la pluie giclait. Je m'étais tout à fait enfoncé dans ce pays dont la réalité quotidienne recouvrait lentement la joie que j'avais cru entrevoir là-haut. Ils y montaient sans cesse, les gens, là-haut, tous les jours ! Raffaele ne s'arrêtait plus de parler. – Il y a deux ans, ça a été la crise. Ils ne se sont pas contentés de tout fermer, ils ont aussi enfermé les gens. Tu le crois. Tu me croiras si tu veux, mais un jour je me suis fait choper par un drôle pendant que je m'exerçais. Et le pire, c'est qu'après ils l'ont fait. J'ai reçu leur papier chez moi. Deux cents euros. Alors qu'ils m'interdisaient de travailler.

Raffaele a tant de raisons de protester. L'an dernier, la neige était restée accrochée au-dessus de 1 800 mètres jusqu'à juillet, une neige sale qui fermait les couloirs, transformait les vires en glissières. À Pont-Saint-Martin, on croyait que la Doire allait arracher le pont. On n'avait jamais vu ça. Elle était jaune. Des troncs précipitaient leur dos de crocodile dans les tourbillons boueux. En quelques jours, plus de 50 centimètres étaient tombés, mais les touristes n'entendaient pas. Rien, rien. Ces histoires de virus les avaient rendus fous. – Le pire, a continué Raffaele, le pire, c'est que la plupart d'entre eux n'ont rien perdu. Je leur demande à tous : qu'est-ce que tu as perdu ? Tu as reçu quoi de l'État ? Moi je n'ai presque rien reçu. Je peux te montrer mon chiffre d'affaires. Les factures, il fallait les payer comme d'habitude. J'ai dû faire le berger pour un fou dans un alpage. Enfin bref. Et tu le crois, il y a un type, il m'a appelé trois fois pour aller au Pilier d'Angle, et pas par la voie normale. Son carnet de courses, presque rien. Le Pilier d'Angle, c'est ce qu'il y a de pire dans le massif du Mont-Blanc.

Sans lâcher le volant, il s'est tourné vers moi. Les gens. Ils n'entendent rien. C'est pas parce que tu as été facile dans des conditions parfaites sur les arêtes du Breithorn que le Cervin va passer. L'an dernier, il passait pas tout le temps. Cette année, ils pourraient même le fermer. Je devais comprendre qu'il n'existait peut-être rien de plus propre à donner à un guide des nuits blanches que le Cervin, ce piège de précipices et d'éboulis, assailli par les débutants, en plus. Réfléchis bien à ça. Les trois sommets avec le plus de morts, dans l'ordre, ce sont le Cervin, le Grand Combin et le mont Blanc.

La voiture s'enfonçait dans la vallée et l'ombre des murs au-dessus desquels il y avait le Cervin, le reste autour, tout le bruit des touristes et des alpinistes.

10

« La montagne n'est ni juste, ni injuste.
Elle est dangereuse. »

Reinhold Messner

Au fond de la vallée, nous avons ralenti. Tout était trempé, tout fumait, les nuages qui derrière nous semblaient crachés par un vaste volcan crevaient à cet endroit et s'effilochaient des deux côtés de la grande auge latérale à l'entrée de laquelle nous nous trouvions. Raffaele s'est garé. Un moment, il est resté immobile, mains sur le volant. J'ai demandé. – Que fait-on ? Il a paru émerger. – Nous allons prendre Michelangelo et Morgane. – Michelangelo ? – Mon chien. Il est tout jeune, mais il a déjà réussi autant d'ascensions que Tschingel. Tu connais Tschingel ? C'était la chienne de Coolidge.

J'ai hésité à demander qui était Morgane. Coolidge, ça me disait quelque chose. Raffaele a devancé la question. – Morgane, c'est celle avec qui tu devras partager l'étage du haut chez moi. Vous pourrez parler français. J'ai dû avoir l'air interloqué, car il a continué. – Elle voudrait être guide. Elle n'est pas du tout née à la montagne. Alors je l'aide. Peut-être elle y arrivera. Tu sais, ça n'est pas vraiment porte ouverte, ici. Oh oui, les patrons des compagnies de guides et les présidents de clubs alpins tiennent des discours tout comme il faut, surtout côté français. Mais ensuite, quand tu regardes la liste des noms dans les promotions de guides… Le pire, c'est à Chamonix. Et Ravanel. Et Payot. Ces noms partout, partout. Raffaele se sent obligé de faire quelque chose, c'est sa mission dit-il, sa façon de rendre… on ne sait plus trop quoi à force, tellement il a déjà rendu.

En sortant de la voiture, j'ai cru heurter un toit de plomb. J'étais en plein dedans. La montagne, l'Italie, les autres courses, pas vraiment dites encore. Je verrai. Ce que j'avais dit à ma mère. Je n'avais pas osé le prévoir, je ne me l'étais même pas formulé tout haut, mais dès le début j'avais tout fait, tout permis, tout pour que ça me vienne, que ça arrive. Cette première course précisément. Mon sac si plein, avec toutes mes affaires et toutes mes ruses. À l'embranchement là-haut, je n'avais plus eu qu'à dire oui, oui je descends, je t'accompagne, qu'à me laisser aller dans la pente, dans le téléphérique, couler avec l'eau des glaciers sur l'Italie.

Sur le béton de la station, les petits soucis sont revenus faire un tour. Ambroise et Judith ne donnaient toujours pas leurs dates. Ils aimaient trop garder toutes les options ouvertes. Ils l'avaient toujours fait, s'en sortaient bien comme ça. Ambroise avait commencé en tournant autour du monde, en étant lui-même sa propre boîte, et maintenant, son cabinet accompagnait presque tous les ministères pour d'obscures histoires de labels et de transitions. Quasiment seul sur son secteur, sans concurrence, toujours à la cool. Tout le contraire de moi dans la vie professionnelle. Tranquille, et respecté parce que tranquille. Rassurant et malmenant les directions. Pour tout le reste, il déléguait. Le gros de son temps à faire tourner ses trois librairies qui marchaient bien elles aussi, faisaient des ventes et des noms presque aussi bien qu'un grand journal. Qu'est-ce qui m'en empêchait ? D'être celui qui décide, donne le ton, autour de qui le reste tourne ? Ils venaient en tout cas. Avec Judith, confirmé. D'ici deux semaines normalement.

Ils avaient décidé de faire le tour du mont Rose, et quelque chose de plus avec moi, à ma discrétion. Ça tombait bien. Le tour du mont Rose traverse Zermatt et les vallées de l'autre versant. Attendre ici, ça ne changerait rien. Et ça vaudrait peut-être mieux. En tout cas, ça ferait bien moins cher. J'avais anticipé, bourré mon sac d'affaires, trop lourd avait dit Raffaele. Je l'ai regardé marcher vers les maisons, d'un œil inquiet. Là-bas il verrait tout. Ce soir, chez lui. Les livres et les chargeurs, l'ordinateur.

Je l'ai suivi dans un petit centre commercial couleur béton qui sentait vraiment le fond de vallée – là où les touristes ne s'attardent pas. Dans les vitrines il ne restait que des sandwichs isolés comme des œuvres dans une expo d'art contemporain, tout recroquevillés, enrobés dans des feuilles de salade toutes minces, toutes grises, une texture de journal mouillé. Je me suis tourné vers les étagères ; aucune marque connue. Les emballages… Ça ne me disait rien. J'ai hésité, puis pris une barre de chocolat. Du papier rose, rien d'engageant.

Au moment d'arriver devant la caisse, ça a commencé. Un aboiement si sonore, tout le supermarché a vibré. Raffaele est venu se placer derrière moi. Il a chuchoté. – Michelangelo me sent. Son sourire était devenu plus franc, beaucoup plus rayonnant que sur le glacier. Nous avons payé, un autre aboiement a retenti, Raffaele a grondé. – Michelangelo !

Nous avons traversé un hall de briques sales, poussé la porte d'un bar. Les aboiements ont repris. Sans mur pour les amortir, ils étaient effrayants. Je m'attendais à découvrir un molosse, il était tout petit. Il se cabrait, sautait, tournait autour de Raffaele, qui se baissait et se relevait pour le caresser le long de la tête et sous le ventre. Une jeune femme coiffée d'une casquette rouge s'est précipitée. D'une main, elle portait plusieurs verres sur un plateau. De l'autre, elle s'est mise à caresser Michelangelo elle aussi. Elle parlait vite. Mon italien ne m'a pas permis de comprendre. Difficile avec ce tumulte. « Mon roi », il me semble, « le plus beau ». Sa main a rejoint celle de Raffaele dans les poils noirs. Michelangelo tourbillonnait. Des contorsions et des grognements de joie, à la manière d'un chat. À son tour, Raffaele a grondé. – Michelangelo. Le chien a fait un autre saut, contre les jambes de la jeune femme. D'un pas de côté, de justesse, elle a retenu son plateau. Sûrement une alpiniste elle aussi. Cette fois Raffaele a crié. – Michelangelo, d'un ton si brutal que l'animal s'est figé, comme gelé par un mauvais sort. Il a attendu quelques secondes puis émis un gémissement de chiot.

Quelque chose m'a frôlé. Une autre femme arrivée sans un bruit, plantée tout à côté. Mon salut s'est écrasé dans ma gorge. J'ai voulu cacher que je la regardais, tourné la tête partout sans pouvoir m'empêcher d'y revenir. Cheveux courts, débardeur, peau mate, très mate, j'ai vu tout de suite qu'elle n'était pas italienne, métisse peut-être. Sa façon d'être en revanche sentait la France. La posture que sa vigilance imposait à son corps, cette bouche cadenassée… Un rien de Paris là-dedans. J'en croisais parfois de ce modèle en salle d'escalade, de blocs surtout. Dans les ministères aussi, ça m'arrivait, petites guerrières prêtes à tout pour faire leurs preuves, que les pontes lâchaient pour réorganiser et dégraisser sur les dossiers difficiles, qu'elles mordaient ensuite avec acharnement, sans aimer ça en plus, pour montrer qu'elles pouvaient, sans faiblesse, jamais, pour ressembler à ce qu'elles imaginaient qu'on attendait des hommes. Tueuses inquiètes, mal-aimées, verrouillant tous leurs élans doux. Nous échangions quelques mots, sans plus. Mais Raffaele s'est relevé. – Florian. Morgane. Elle m'a jeté un regard bref. – Ça a bien marché, au Breithorn ? Pas trop fatigué ? C'est Raffaele qui a répondu. – Ça s'est plutôt bien passé, oui. Morgane a fait un pas vers lui puis s'est retournée. J'ai failli dire quelque chose. Ses avant-bras, ses épaules. Non seulement musclées mais tatouées. Et ses bras rougis, pleins de petites marques. J'ai eu honte. Il allait tout de même falloir lui parler. Raffaele au moins avait sa verve. Je m'y retrouvais un peu.

Il s'est retourné vers la serveuse. – Graziella, on prend un verre très vite, et on y va. Je n'ai pas eu le temps de commander, elle a posé une bière devant moi. Raffaele s'est accoudé au bar. Tout le monde le regardait. On connaissait tous les guides ici. Lui plus que beaucoup d'autres sûrement. – Hey, Graziella. Il souriait. Sa bouche un peu, ses yeux surtout. – Tu pourras discuter avec Florian. Il travaille à la Bibliothèque nationale, en France. Morgane m'a enfin accordé un peu de son attention. Graziella a ôté sa casquette, libéré une queue-de-cheval haute. – Je devrais y aller une fois. Pour mes recherches, je veux dire. Mais on dit que c'est difficile d'accéder aux documents. Encore plus depuis quelques mois il paraît. Sa voix est extraordinairement italienne – ces inflexions de miel qui donnent l'impression que vous allumez un soleil dans le cœur de celui ou celle qui vous parle. – Graziella fait un doctorat, a dit Raffaele. Puis il a ajouté quelque chose à propos de l'Italie, qui était la patrie de Dante et de Léonard, pour ne pas remonter plus loin encore. Aucun autre pays ne rassemble tout ça. Tellement d'histoire, de beauté, d'esprit. Parfois, ça nous écrase un peu. Hey, vous les Suisses, vous n'avez pas le problème, hein ?

À force de dire à tout le monde qu'il était pressé, Raffaele est resté une demi-heure. Brusquement, il s'est décidé. Il a poussé la porte et le vent nous a soufflé les restes de la pluie. Les aboiements de Michelangelo ont claqué à nouveau, avec tant de puissance cette fois qu'ils ont creusé dans l'air un long silence de catastrophe. J'ai regardé Morgane mordre ses lèvres jusqu'à ce qu'elle lève les yeux sur moi. J'ai fait mine de me tourner vers Raffaele qui ne disait rien, qui n'osait pas ce coup-ci, et attendait, comme en montagne quand on se demande si l'avalanche est vraiment finie. L'odeur de la terre et de la pluie arrivait par si grandes bouffées qu'on reniflait l'espace qu'on ne percevait plus par les yeux.

Dans la voiture, l'odeur de chien mouillé s'est mêlée à celle des cordes et du métal. Je m'enfonçais, je m'enfonçais toujours plus dans ce qui allait venir. Masse de montagnes, d'efforts, de brutalité. Ça n'allait pas me plaire, il faudrait tout traverser. Michelangelo s'est mis à japper. Raffaele s'est tourné vers Morgane. – Tu l'as promené ? – J'ai couru avec lui. – Peut-être tu devrais apprendre à courir plus vite alors. Morgane a haussé les épaules. – Trois heures, 18 kilomètres, 1 200 mètres de dénivelé. J'ai sursauté, mais Raffaele a ri. Tu sais, aucune force humaine ne peut épuiser l'énergie d'un jeune border collie. S'il le voulait, Michelangelo recommencerait plusieurs fois dans la journée la montée du fond de vallée au sommet du Castor. Il rivaliserait même d'endurance avec un loup… – Et le loup, c'est vraiment le champion. Tu te rappelles ce que j'ai dit, Morgane ? Un éclair d'amusement vite refoulé a traversé le visage concentré. – C'est lui mon mentor, oui. Je me souviens. – Exactement. Je te forme, tu montes en course avec mes clients et moi, t'habites chez moi si t'as besoin, en échange, une seule chose : le chien, c'est toi qui t'en occupes. Et lui, il te fait la préparation physique. Raffaele regardait la route et souriait, une canine débordait sur sa lèvre inférieure. Il a éclaté de rire.

À nouveau, je réalise. Je l'ai fait. C'est vrai. Je me le répète encore. C'est vrai. C'est vrai, mais qu'est-ce que ça fait ? Et là, tout fume, une brume dorée, brillante, gorgée de soleil caché s'étiole. On dirait que l'origine du monde s'est renversée, à mon tour, je ris, si brutalement que Morgane elle-même ne tient plus, en elle aussi, il y a autre chose que l'effort, le sérieux. Elle rit et montre des dents si blanches, si luisantes, un vrai sourire de star. Jamais apocalypse n'a été aussi joyeuse. Nous rions plus fort que la pluie et ses salves, à faire des trous dans l'orage. Les Alpes s'envolent, plongent dans la nuit, dansent, les éoliennes tournent, dansent, rient, de grandes et neuves prairies déroulent leurs écharpes, rien n'est achevé, rien n'est résolu, mais tout s'est mis à crier commencement.

11

« Il est extrêmement rare
que la montagne soit abrupte de tous côtés. »

André Gide

Les cahots sont nombreux et les tournants violents. Je dois fermer les yeux. – Ça y est, dit Morgane, cette fois je crois que j'ai fini le planning total. Tu veux qu'on vérifie ? J'entrouvre les yeux et la vois sortir de sa poche une feuille froissée. – Vas-y, dit Raffaele. Je n'écoute pas tout. Le Castor, quelques cabanes Margherita, quelques Pyramides Vincent. À la mention du Cervin, je me redresse. – Je viens aussi pour la traversée ? demande Morgane. – Tu viens. Le Hollandais, c'est un client en or, il pourrait presque se passer d'un guide. Ça te permettra de te tester, mais pas de fantasmes, s'il te plaît. La plupart des clients, ils ne sont pas comme ça. Raffaele tape sur le volant, très fort. Il s'est tourné vers Morgane et vers moi, si une autre voiture arrive… Il dit. – Les clients, tous les guides le savent, il y en a de trois types. Ceux qui veulent se tuer, ceux qui veulent te tuer, et ceux qui veulent tuer les deux.

Je risque un regard de côté. Je tourne juste assez la tête pour voir Morgane sourire dans la pénombre. Le sourire de quand elle est seule, qui pousse, la fait avancer. Qui vient du fond, du cœur, l'expression de quelqu'un de très jeune. Elle a le visage brun et sec de ceux qui s'exposent au vent, au soleil, au froid, et sans doute moins de trente ans.

– Après, dit-elle, il y a Nestlé. Ah, Nestlé. Morgane négocie depuis des semaines avec les responsables de sécurité. Le groupe de directeurs viendra deux jours. De programme, ils n'en veulent pas vraiment. Leur seule demande, c'est que Raffaele se mette à leur disposition. – Ce serait sympa de les envoyer balader, c'est clair, mais en deux jours, tu gagneras presque autant qu'en enchaînant les faces nord des Grandes Jorasses et de l'Eiger. – L'Eiger, l'Eiger, grommelle Raffaele. J'aimerais bien le monter un jour en face nord, l'Eiger. Mais toi, d'ailleurs, les Jorasses. Tu vas te décider ? Pour le probatoire, pour être guide, je te rappelle qu'il y a la colonne Grandes courses alpines à remplir. Le pilier nord des Écrins, c'est pas mal, mais ça ne suffit pas. Et ça ne prouve rien de ta capacité à enchaîner des manœuvres de corde compliquées avec assez de vitesse. Ça veut juste dire que tu grimpes du 5c en montagne. Presque tout le monde fait ça à notre époque. Morgane s'anime. – La semaine dernière, j'ai réussi un 7b+. Raffaele rit. – Magnifique. *Ma* tu vois... À cinquante-quatre ans, Erri De Luca, il a passé un 8b+. Et il est même pas grimpeur pro. Tu connais Erri De Luca ? Sinon, demande à Florian, il pourra te donner un cours. J'essaie de deviner l'hostilité dans le regard qu'elle me jette. Je ne comprends plus grand-chose en fait.

Un moment, nous suivons la grande coulée de la Doire dont les bras s'ouvrent au loin vers Turin et l'interminable Italie. Nous tournons. Alors, ce sont des ponts de pierre, des traces d'anciennes vies. Nouveau tournant. Nous montons dans une autre vallée, étroite, qui se dévide. Longue, longue. Nous ne disons plus rien. La fatigue a jeté son drap sur nous tous, même la volonté de Raffaele n'y peut rien. De derrière, je l'observe, voûté sur le volant. Sur ses épaules pèsent des jours et des nuits d'averses, d'autres, peut-être, à pousser des brouettes chargées de briques, à déplacer des troncs, à bêcher, à désherber, courir après les moutons. Allongé sur le siège voisin, Michelangelo promène sur nous des yeux sombres et joyeux. Pour mieux voir Raffaele, je dois m'avancer sur mon siège, un effort, dans mon état, à côté, Morgane ne dit plus rien. Je parviens tout de même à distinguer les contours du visage de Raffaele qui dans le soir prennent une teinte presque terreuse. Une seule journée comme celle-là a suffi à me rincer, et lui, quelles sont les siennes ? Depuis combien de temps n'a-t-il pas dormi plus de cinq heures ? Depuis quand roulons-nous ? Ce voyage dure, il dure.

Le téléphone bipe de nouveau. – Morgane, dit Raffaele, si je ne me trompe pas, tu as encore un créneau demain, et moi, mes prochains sont le 15 et le 17-18. Il soupire. – Bon, alors sur le 11, tu mets Morgane et Florian. Exercices à la journée. Je suis si fatigué. Je n'ose pas protester, chaque mot me tombe dessus comme une brique. – Prends un 4 000 facile accessible depuis le téléphérique avec du terrain péteux, et fonce. Tu le tires à bout, tu le vides, tu m'entends. S'il arrive à te suivre, s'il a encore la force de marcher demain soir, c'est que toi, tu n'as pas le niveau. Je me tourne vers Morgane qui vient de devenir l'incarnation du destin et de la peur. Mon regard me trahit sans doute, un mince sourire flotte sur ses lèvres. Elle connaît Raffaele. Elle le subit tous les jours. Sa main se pose sur mon genou. – T'inquiète, ça devrait passer. Le ton est froid, tout de même.

– Le 15, reprend Raffaele, très fort, tu te marques aussi. Tiens, tu vas mettre Torre Grande, avec un point d'interrogation. Dans l'ombre, je devine la grimace. – Torre Grande ? Florian ? – Oui, tu mets ça. – Moi seule ? La traversée du Torre Grande ? Je la regarde mordre ses lèvres. – Tu te mets, et tu me mets. Je ne sais pas encore si tu conduiras la cordée. – Mais… heu. La traversée complète, c'est coté TD, non ? J'espère avoir mal entendu. – Oui, dit Raffaele, mais c'est bien équipé. J'ai envie de pousser. Pour vous deux. Aujourd'hui, avec Florian, c'était

Doctor Jekyll et Mister Hyde. Des moments, il passait tout en souplesse. D'autres moments… – D'autres moments ? demande Morgane. – Je préfère ne pas te raconter, ça te ferait peur. Putain. En tout cas, j'ai envie de voir. Ensuite, à côté du 17-18 tu mets « peut-être Cervin ». – Peut-être Cervin ? J'entends son rire. – Oui, il n'a rien dit, mais je sens qu'il y pense, j'ai le flair pour ces choses. Il tourne autour, il aimerait bien, si ça se passe comme il faut le 11 et le 15, il avouera peut-être qu'il veut. Si on y va, ça sera par la voie italienne. Tu réserves à Carrel. Putain. Je suis un fou. Avec celui-là, le Cervin !

La nuit s'est abattue et ça a tout simplifié. Il n'y a plus rien. À tâtons, nous sortons de la voiture. Nous sommes au bout de tout, au fond du cul-de-sac d'une autre vallée, que je ne connais pas. La maison est de bois, elle sent le foin et me semble si grande, mes yeux distinguent à peine sa masse sombre, on dirait qu'elle m'entoure comme une cathédrale de roche. Raffaele me fait signe d'avancer, mais je m'arrête devant un escalier. Qu'il paraît haut, lui aussi. – Donne-moi ton sac, dit Morgane en me dépassant. Je n'ai plus la force d'avoir honte, je me sens reconnaissant, émerveillé par la rapidité de son pas dans cette ultime pente. Au sommet, elle se retourne. – Ah, Raffaele. Sa voix hésite. – Je dois te prévenir. Tu sais, ma copine Lise… D'en bas, à nouveau, le grondement. – Je ne sais pas, non. Quoi encore avec cette folle ? – Elle a un nouveau projet. Elle m'a demandé de l'accompagner. – Celle-là, dit Raffaele, celle-là, et moi je n'en peux plus de sa voix, du devoir, de l'effort, je ne veux plus rien que le sommeil et le silence.

Je pousse la porte, j'entre dans un premier espace, vitré, je n'y vois presque rien, mais à travers la fatigue, je m'étonne tout de même un peu. Après ce jour, la lumière paraît filtrée. Au mur, des livres, il y en a même beaucoup, au passage, je déchiffre quelques titres, tous les topos, bien sûr, et les guides de course. Et Frison-Roche, et Rébuffat. Étoiles, tempêtes. Guido Rey, un Cervin calligraphié en couverture d'une édition qui semble d'origine, pourvu que

Raffaele ne me demande pas de la certifier, ou quelque chose de ce genre (*ma* quoi ? tu es *conservatore*, non ? tu dois savoir faire ça !). Hillary bien sûr. Bonatti. Messner, Messner, aussi prolixe à l'écrit qu'en expédition. Des biographies, des noms d'alpinistes. J'en reconnais certains. Pierre Allain. Herzog. Pierre Mazeaud. D'autres m'ont déjà frappé sur des topos. Frendo. Gervasutti. Purtscheller. Tolkien au milieu de tout ça. Messner encore. Histoire du matériel, on dirait. Cordes et baudriers, pitons*, presque des sciences de l'ingénieur. De longues séries de couvertures cartonnées, titres italiens, vieilles histoires d'aventures, semblables aux dos rouges des *Biggles* hérités de mon grand-père, en ligne au sommet d'une armoire chez ma mère. Des grands formats. Photographies d'Alpes, d'Andes, de partout. Aquarelles. Là aussi, les noms auxquels on s'attend. Samivel. Toute une culture de montagne, rien qu'à les frôler je sens ma fatigue redoubler, je n'ai plus qu'une envie, me cacher de tout ça.

On m'indique une seconde porte. J'entre. Au milieu de la chambre, un grand lit, des draps incroyablement frais. Je ne sais pas où je trouve la force de me déshabiller, de me traîner à la douche ; quand je reviens, je suis tombé dans une autre dimension du temps, il passe, simplement, je ne le retiens plus, je ne fais plus attention à rien. À travers le bois j'entends Raffaele parler avec Morgane. Je glisse dans le sommeil avec leur échange en fond, tout doux, toujours plus lent, plus lent, chaque mot flotte seul dans l'air, m'effleure comme une feuille qui se pose sur un étang, je ne suis presque plus là, ce qu'il reste de moi est entre eux, avec les sons qui passent et se dissipent, l'un puis l'autre, plus de mémoire, plus d'inquiétude, presque plus rien. Raffaele ne s'arrêtera plus jamais de parler.

– Ta copine Lise, je crois qu'elle sera ma perte. Un jour je vais devoir risquer ma vie pour aller la chercher et alors c'est moi qui la tuerai. Devant témoin, la prochaine fois qu'elle appelle les secours, où que je sois, j'arrive, je monte la tuer.

12

> « Oui, repris-je en laissant, comme le professeur du *Bourgeois gentilhomme*, tomber négligemment la science de mes lèvres ; oui, Martigny est l'*Octodurum* des Celtes, et ses habitans actuels sont les descendans des Véragrians dont parlent César, Pline, Strabon et Tite-Live, qui les appellent même demi-Germains. [...] Maximien y voulut faire sacrifier son armée aux faux dieux, ce qui donna lieu au martyre de saint Maurice et de toute la légion thébéienne. [...] – N'est-ce pas cela, mon hôte ? »
>
> Alexandre Dumas,
> *Voyage dans les Alpes*

Au début, ils n'étaient que des Burgondes chassés par des peuples eux-mêmes chassés par d'autres peuples. Au VIIIe siècle, ils viennent d'atteindre les lacs de Thoune et de Brienz ; de là, ils pénètrent dans les vallées vertes et riantes qui contrôlent l'accès des grands cols dans cette partie des Alpes. Pour le compte des premiers féodaux, ils s'emparent de toutes les routes. Et s'avancent. Dans la profonde et large vallée de Meiringen, aujourd'hui rythmée par les barrages. Par les beaux granits du Grimsel et les plaines de la Furka. De l'autre côté, un monde les attend. Ils lui donneront leur nom. Le Valais, pays des Walser. Toujours plus loin, ils s'étendent. Par le col de Monte-Moro, vers le val de Macugnaga et les pieds du mont Rose. Par le Théodule, ils s'instillent dans le val d'Aoste, Alagna, Gressoney, Champoluc, Valtournenche. Plus tard, ils iront vers le Tessin, les Grisons, l'Autriche.

Ils vivent là-haut. Sculptent le bois pour lui donner des formes tantôt affables, tantôt grimaçantes. Ils sont chez eux dans ces terres dures, enneigées les trois quarts de l'année. Leurs yeux d'ailleurs ne cessent de regarder plus haut. Avec leurs fourrures et leurs bâtons, ils gravissent les pentes aujourd'hui aplaties par les bulldozers. Aux lisières des glaces, ils établissent les premiers bivouacs. D'autres vont encore plus loin. S'aventurent là-bas sur les plaines glaciaires, apprennent à deviner les crevasses, s'avancent toujours. Là derrière, murmurent certains, dans le secret des derniers plis du monde, il y a des terres nouvelles, des vallées d'abondance, fleurs et fruits comme aux premiers jours, et puis la paix. En file indienne alors ils montent par le glacier maintenant nommé Gnifetti vers le col du Lys, mais là-haut, dans l'immense arche du glacier Grenz, ils ne découvrent que le Cervin, ridiculement bas vu d'où ils sont, qui pointe au fond du grand cirque. De retour dans les villages, ils pavoisent. Ils l'ont trouvée. Ils l'ont regardée avec ces yeux-là, la vallée magnifique. La nuit cependant, ils soupirent. Il n'y avait rien de l'autre côté qu'ils ne connaissent déjà.

Dès cette époque, de discrets bourgeois se glissent dans leurs vallées. En mettant à prix la tête du mont Blanc, Horace Bénédict de Saussure lance l'engrenage de l'alpinisme. Peu à peu, on plante les premiers drapeaux. On escalade la Jungfrau. On explore le grand délire de glaciers derrière elle. L'esprit d'époque encourage la contemplation. On s'arrête pour examiner une plante, compléter un herbier, ou bien se pencher sur un cristal qu'on est parfois allé chercher loin et haut, au creux d'arêtes que les guides d'aujourd'hui considèrent encore comme des courses engagées. Cent mètres sous le sommet du mont Rose, le pasteur Melchior Ulrich abandonne ses guides pour étudier ses baromètres. Peut-être regarde-t-il la vue ? Ne vient-on pas tout juste d'apprendre à les trouver beaux, ces monts affreux ?

Enfin, beaux… Ce n'est pas vraiment le mot. Au-dessus de Zurich, Hegel lance une formule célèbre. Ce chaos n'a pas de forme. L'esprit ne peut rien en faire. On ne peut dire qu'une chose : c'est. Face à tant d'aveuglement, les poètes, les artistes, ne peuvent que soupirer. Il suffit d'un regard pour comprendre que ces pierres font plus qu'être, qu'elles racontent. Il suffit de monter un peu, de regarder le dos des ondulations émerger des nappes de brume qui roulent souvent sur le Plateau suisse. À leur forme deviner. Sentir la contraction, le bourrelet d'une blessure. La raideur des échines montre bien la douleur qui s'est figée. Ces sommets sont d'âpres lamentations. Çà et là, certaines dents de pierre poussent même des cris, brefs, déchirants.

Le ton change avec les Britanniques. Le XIXe siècle leur appartient. Peu à peu, leurs efforts effacent les mentions *terra incognita* des cartes du monde. Avec peu d'hommes, et beaucoup de canons, ils bâtissent le plus grand empire connu de l'histoire, plus vaste que l'Empire mongol à son apogée. Leur capitale, Londres, est six fois plus peuplée que Rome à la mort de Trajan. Leur faim est folle, ils en veulent plus, ils poussent, ils tournent, mais tous les chemins finissent par se rejoindre. La terre n'a plus de terres à leur offrir, alors ils se rabattent sur les intérieurs, les plis. On trouve parmi eux quelques romantiques et savants. John Tyndall, Leslie Stephen, William Augustus Brevoort Coolidge s'occupent aussi des paysages. Mais la plupart ne font pas de sentiment. On se demande ce qui les rend si durs. Peut-être la tristesse. L'adolescence de Whymper paraît si froide, si solitaire…

Les statuts de l'Alpine Club sont ceux d'une garde d'élite. On ne perd plus de temps. Quand il découvre le cairn laissé par son rival Tyndall au sommet de la dent Blanche, Whymper renonce à grimper les derniers mètres. Perte de temps. Gâchis d'énergie. D'autres sommets l'attendent. L'Alpine Club n'accueille que des aristocrates et des grands bourgeois. Les règles du jeu en montagne, ce sont eux qui les posent.

Côté suisse, sans doute, les choses seront un peu différentes. Après tout, la Suisse et les montagnes ne font pratiquement qu'un. Le Club alpin suisse se donne donc la mission d'aménager ces montagnes qui couvrent plus de deux tiers du pays : partout on pose des poteaux et peint ces marques jaune et rouge, plus tard blanc-bleu. Je m'y suis tant habitué depuis que je suis petit, je ne m'imagine plus marcher sans les voir.

Le Club alpin français, lui, cherchera en vain à s'émanciper de l'Empire mais copiera sa profession de foi d'excellence. En l'adaptant un peu tout de même. Les alpinistes français seront moins nobles, moins riches, forgés par des filières d'État, des examens, toute une méritocratie.

13

« Le soleil se levait sur une de ces aubes fraîches, pleines de rosée, de celles que l'on ignore partout, sauf dans les montagnes, où l'air vivifiant semble pénétrer tous les pores de la peau. »

Leslie Stephen,
Éloge de la marche

Un jour blanc s'écoule dans mon rêve. Je ne dors plus tout à fait. Dans l'autre chambre, des bribes de discussion. À l'étage du dessous, l'odeur d'un café à tourner l'estomac. Morgane penchée sur son sac, fronçant les sourcils, muette. Le mien, lourd, fait de la veille. Morgane qui découvre la file devant la télécabine, qui tape du pied. La bulle de plastique qui flotte dans le silence. Le mien craintif, coupable, comme les regards que je risque vers le visage fermé de Morgane.

Nous avons commencé à marcher dans un air gris et tourbillonnant, qui résistait à nos pas, épais, gélatineux. Je me suis calqué sur le rythme de Morgane en ne pensant à rien et me suis enfoncé. Elle a accéléré. J'ai suivi. Nous avons buté sur une pente d'alpage, raide, à vous casser le moral et l'envie. J'ai chassé l'idée du futur. Ça s'est redressé encore, en escalier. Monter, être là. Il le faut, c'est un peu ce que je suis venu chercher. Trois mètres devant, Morgane. Je ne la lâcherai pas. Elle s'est retournée. – Ou bien tu me dépasses, mais alors tu assumes et tu t'occupes de l'itinéraire. Ou tu laisses quelques mètres entre nous. J'ai l'impression d'être stalkée, là. Ce n'était pas vraiment un ton fâché. Enfin, je l'espérais.

Ma chemise était déjà trempée, mon visage dégoulinait. Est-ce qu'il pleuvait ? J'ai posé ma main sur ma poche, touché mon téléphone, un peu glissé. Je me suis rattrapé sur mon bâton. Vers le haut, ça continuait. Plusieurs fois, j'ai renouvelé mes efforts pour extraire ce foutu téléphone. Mes cuisses avaient donc tant grossi ? Des muscles ? Morgane m'a jeté encore des regards, un peu moins lourds. Au bout d'un moment, j'ai perçu la secousse d'un rire qui cherchait son chemin entre les muscles tendus de son visage. Elle s'est arrêtée. – Tu sais à quoi tu me fais penser avec ton truc ? Au personnage du *Seigneur des anneaux* qui ressemble à une grenouille. – Gollum ? – On dirait vraiment que tu as envie de sortir ton téléphone et de le caresser en l'appelant Mon Précieux. À ce moment j'ai poussé un cri de triomphe, j'ai levé le bras, tendu le téléphone portable vers le ciel. – J'y suis. Je l'ai. J'ai la météo. Ils disent que c'est légèrement orageux. J'ai répété comme si j'épelais. – Légèrement.

Le rire de Morgane s'est épuisé. – Florian, range ce truc. J'ai checké tout ça avant de partir. Elle a semblé surprise de la portée de sa voix, a mordu ses lèvres, bâillé, s'est frotté les yeux. – Pour la météo, a-t-elle commencé, arrachant ses mots à un nouveau bâillement. – Pour la météo, on verra plus haut ce qu'on fait. Pour l'instant, on est carrément bons sur l'horaire. Je n'ai pas pu m'empêcher de frimer. – Raffaele t'a dit de me crever, non ? – Attends ce soir. Puis, d'un ton plus bas. – Raffaele crève tout le monde.

Elle a ouvert son sac. – Tu sais quoi ? Tu vas porter la corde. Elle est repartie sans attendre que je referme le mien. La pente se poursuivait. Quand je suis revenu à sa hauteur, je respirais plus fort. Pour avancer, j'ai dû me concentrer sur ses pieds, avancer, avancer. Peu à peu, j'ai relevé les yeux, sur son sac à dos d'abord, son dos, ses épaules, son tatouage aussi sec, buté, incompréhensible qu'elle. Qu'avions-nous à nous dire ? Que pouvions-nous sans que ça clashe avec nos vies qui n'avaient rien à voir et qui ne demandaient qu'un mot pour nous jeter l'un contre l'autre, colère contre colère, trauma contre trauma sans doute, toutes les blessures que je devinais en elle aussi, fermées à force de volonté, de discipline. Qu'est-ce que je foutais là ? Pourquoi me sentir obligé ? Pourquoi ce matériel dans mon sac, les sangles, les friends*, même les broches à glace dont je traînais le poids face à la montagne qui ne voulait pas ? Et le Cervin si loin. J'ai redressé la tête, ouvert ma poitrine pour respirer, embrasser autour de moi le jour terne, uniforme, désespérant sous ce tout petit bout de ciel morne, pas plus propice aux rêves qu'un plafond de banlieue.

Au col, tout a disparu, la vallée s'est abîmée sous nous loin dans les brumes et le silence. C'est pierreux. Parfois, nous enjambons des mares. Torrents, dalles, gravillons. On n'avance pas. – Chhh, dit Morgane. Elle tend le bras. – Regarde ! Je cligne encore des yeux. Une masse silencieuse, tout près, qui s'anime, une ombre noire. Je crie et le troupeau éclate, partout, par sauts géants. C'est prodigieux. Morgane attrape ma manche. Je m'attends à me faire engueuler mais elle demande. – Ça va ? Je secoue la tête. Elle scrute le brouillard. – Quelle puissance, hein ? Ils sont impressionnants. Au début de l'été, des bouquetins ont failli nous faire dévisser au pilier sud des Écrins. Je ne comprends toujours pas comment ils étaient venus là. Elles nous remettent à notre place, ces bêtes. Quand tu te dis que les loups sont capables d'en venir à bout. T'as vu leur vitesse ? Eh bien, le loup, il arrive à les suivre. Il va rester derrière un jour, deux jours, les coller comme la mort. Si un passage est trop difficile pour lui, il le contourne, il les attend de l'autre côté, c'est comme la mort. Au bout d'un moment, le bouquetin finit par s'épuiser. Il se laisse prendre, ou bien il tombe. Raffaele dit souvent qu'il y a très longtemps, les humains aussi chassaient de cette façon. Nous ne sommes ni forts ni rapides, mais nous sommes endurants, beaucoup plus que nous l'imaginons, nous sommes faits pour. T'imagines ! Le record du monde sur vingt-quatre heures, c'est 300 kilomètres. Un truc de fou. Treize kilomètres à l'heure non-stop. Moi si je tiens une heure et demie comme ça, je suis contente. J'ai discuté avec une copine cavalière, aucun cheval ne fera jamais ça. Pas sur vingt-quatre heures, c'est impossible. Ça chauffe trop vite, le corps d'un cheval. On a de la ressource, les humains. On n'a pas dit notre dernier mot. Un autre sourire fantôme, puis elle a ajouté. – Tu verras.

Tout le jour semble se chercher dans le brouillard. Il pousse, clignote. Il est là. Une grande fenêtre s'ouvre sur un soleil en moi, le paysage se verse à nouveau dans mes yeux, il n'y a plus seulement Morgane comme une ombre au fond du tunnel, il y a tout. C'est sortir d'une chambre noire, traverser l'écorce du monde et jaillir dans l'air, dans le bleu, le bleu sculpté.

– On va s'équiper, dit Morgane qui pose son sac, mais elle ne l'ouvre pas. Nous restons assis. Je demande. – Quel est le programme, exactement ? Et l'orage ? – L'orage, ça semble remis à demain. On est allés assez vite, alors on a le choix. On s'exerce sur le glacier, ou on va au sommet du Naso par l'arête nord-est. Ou les deux. Elle pointe une direction, un grand pierrier. Ça ne fait pas envie. – D'abord le Naso, puis les exercices. – D'accord. Et j'imagine que pour que Raffaele soit content, on devrait encore faire un peu de musculation en descendant. – Des étirements plutôt, répond Morgane, mais pas trop non plus, sinon le muscle ne comprend plus, on lui dit à la fois de se reformer résistant et de se reformer souple, c'est demain qu'il faudra faire une vraie séance.

Je ne sais pas s'il faut rire, si elle a compris que je plaisantais. Je devrais arrêter de chercher à meubler le silence, ça tombe toujours à plat, surtout avec les sportifs, ils prennent tout ça tellement au sérieux ! Elle se retourne vers son sac, sous l'omoplate, un autre tatouage, une ancre on dirait, décidément, pourtant, je vois bien que cette fille n'est pas que d'efforts et de fil de fer. Le silence revient, il m'embête, je demande. – C'est comment, l'arête nord-est ? Elle hésite. – Plus personne ne va par là. Des centaines de mètres d'éboulis dégueulasses. Une bavante. Ça n'a aucun intérêt d'alpinisme, mais ce serait quand même trop dur avec des débutants. Des vrais débutants je veux dire. Elle remarque ma grimace. – C'est un bon exercice pour apprivoiser le terrain alpin.

Je dis. – Raffaele est exigeant. Encore une phrase qui me fait honte. Pour une fois, on dirait que Morgane a envie de parler. – C'est clair. Il a été dans l'armée. Et il y a sa famille, aussi. Tu sais qui est son frère. – Vincente Tardio, non ? – Oui, ben, c'est vraiment pas rien. Sa voix est redevenue dure. Comme si j'avais dit une grossièreté. – Il fait quoi, maintenant ? Morgane a l'air gênée. – Il vit dans une cabane, avec ses moutons, un peu comme au Moyen Âge. Enfin… Je ne sais même pas si on vivait de cette façon au Moyen Âge. Raffaele a l'impression de devoir défendre seul l'honneur de la famille. Tout le monde dit qu'il se tue, mais ils sont bien contents de l'appeler quand ils cherchent à faire bosser quelqu'un gratuitement. La commune et le bureau des guides, je veux dire. Bon, on va finir par perdre toute notre avance, on y va. T'es prêt ?

Nous repartons. Mes yeux ne lâchent plus l'ancre qui danse sous son épaule. À l'oreille, elle devine mes faux pas. – Tu marches comme un éléphant. Pour gronder, elle prend la voix de Raffaele. L'escalade s'enchaîne, facile mais continue. Mon cerveau ne comprend pas où je suis, il veut tout arrêter, il n'envoie que des signaux de détresse. Morgane se sert à peine de ses bras. Moi, je m'agrippe à ce que je peux. Je tire, je pose les mains. – Pas très académique, mais tant que ça passe. À nouveau, elle semble se détendre, mais soudain, tout se casse autour de nous, devant, partout. Le vent arrive, l'air aussi, l'impression d'une grande profondeur d'espace et de vide. Un anneau, planté dans une dalle qui file vers rien. – Tu te sens de désescalader ? dit-elle. Quelque chose dans mon visage doit la dissuader. – Non, on va faire un rappel. Vache-toi.

Je reste immobile. – Oh, répète Morgane. Vache-toi. Elle se plante devant moi, fixe mon visage paumé couvert de sueur, mon front barré par un pli, devine la peur qui vient de jaillir, que j'attendais même pas et qui m'a pris en traître. Putain, la peur, ici ! Sur cette arête toute facile !

Elle tire sur mon baudrier. Un coup sec. – Tu vas devoir y aller en second. Je dois installer le relais en bas. Je ne dis rien, je reste agrippé, elle sent alors, elle reconnaît, oui, c'est bien la peur ; la peur du grand inconnu hostile contre laquelle elle aussi doit se battre. – Bon, on va faire autrement. Elle se penche. – Oui. C'est bon. On voit le bas, pas de problème, ça donne sur une plateforme. Je vais tout t'installer, tu y vas, dès que t'arrives, tu te revaches où tu peux. Si tu peux pas, tu te mets aussi bien que possible, et tu m'attends.

Mes bras restent crispés. Je serre la vache. Je ne sais pas combien de fois Morgane m'appelle. Elle s'est mise à crier. C'est comme un coup de feu. – Oh, tu m'écoutes ! Raffaele a dû le lui dire, de faire comme ça, ou bien c'est instinctif : être guide, plus dure et terrifiante que tout le vide. – Calme-toi, s'il te plaît, dis-je. Je ne me rends pas tout de suite compte que je gémis. – Toi, calme-toi, dit-elle. Respire, laisse-toi aller sur ta vache. Laisse-toi aller je te dis. Elle me prend à l'épaule, m'arrache à la plateforme, littéralement, m'arrache, j'ai l'impression d'être au judo. Je crie. Rire nerveux de Morgane. – Non. Tu ne vas pas mourir. C'est solide. Cool, quoi, mais qu'est-ce qui se passe ?

Je ne sais pas d'où revient son sourire, mais ce n'est plus le même, c'est l'avenir, l'accomplissement de tous ses sourires fantômes dans le bois de son visage, un jet, une vague de lumière. Elle répète. – Qu'est-ce qu'il y a ? – Pardon, dis-je. Désolé. Je ne sais pas ce qui m'est arrivé. Ça va le faire. Morgane respire. – Ça va le faire t'es sûr ? Vas-y. Écoute. Doucement. Ne t'accroche pas. Ne t'accroche pas, crie-t-elle. Alors des jambes je repousse le mur, trop fort, je pars sous le surplomb, mon genou tape. À nouveau, je coince, et le machard*, merde, mais Morgane assure vraiment à ce moment. – Calme, tu le tiens mal, tu dois le tenir comme si tu te branlais, tu sais faire, non. Le conseil est judicieux. Je file vers le bas, et Morgane dit sans rire. – On reconnaît l'expert. Oui, oui. Super, continue comme ça. Continue oui. J'ai l'impression de faire l'amour avec elle.

En bas, je m'agrippe au rocher. La peur est passée, la honte s'annonce. – Écoute, ça doit être la fatigue. Ça va mieux. Morgane fait cool, d'un ton qui ne veut pas tout à fait dire cool. Elle semble avoir épuisé toute son énergie et sa patience, et sa douceur inattendue aussi, elle ne me tend plus mes affaires, elle les jette. Pitons. Friends. Dégaines. Sangles. Vache. Machard. Elle ne voit pas tout de suite que je capte plus rien. Nous débouchons au sommet sans nous arrêter. – Mais attention, crie-t-elle, le glacier est plein de crevasses ! Au bout de dix mètres elle hurle. – Corde tendue !

Le froid, le froid inattendu, profond, qui entre en moi, loin sous ma peau. – Non, siffle Morgane. Non, on ne s'arrête plus. Tu te rappelles ce que je t'ai dit ce matin ? Le pire, en montagne, c'est de transpirer. Avec l'effort, ça va aller mieux dans cinq minutes.

Mes dents claquent, ma bouche crache des gémissements. Morgane rit. – C'est exactement le bruit que devaient faire les gens sur un bûcher. Je devine qu'elle mord ses lèvres pour contenir tout ce qui vient. Tu peux pas, t'as juste pas le droit de pas être là, pas un seul instant. Si c'est à reculons, t'y vas pas. Si monter ne te fait pas jubiler. Ne va pas faire des parois le théâtre d'un obscur règlement de comptes avec toi-même. Dans le pas de Morgane Besnard, je sens l'envie de redescendre m'attacher aux portes du chalet de Raffaele, m'enfouir dans un sac, sous des kilos de couvertures puis me coucher dessus pour que je ne voie plus rien qui brille en haut, que je ne bouge plus.

Le refuge apparaît. J'en oublie où je suis. Sur les derniers mètres, Morgane doit me retenir, à chaque pas. Enfin, nous en sortons. Une plateforme de bon rocher, un escalier, une terrasse de granit, plate, ouverte jusqu'au mont Viso, et tout autour le grand vide bleu de l'Italie, qui vous séduit, vous aspire, de si douces plaines vous attendent, d'ici, on ne voit pas les routes, les trains, les usines de la Lombardie, juste ce si beau bleu. Je cherche mon chemin entre les gens. – Essaie de ne tuer personne avec ton piolet, dit Morgane. Je m'assois sur un bout de banc. J'ai envie de pleurer. Morgane pose deux bières devant moi. – Je suis désolé, dis-je. Elle demande. – Qu'est-ce qui s'est passé ? Tu n'avais jamais fait de rappel ? Tu as le vertige ? Il faut lui dire cette chose ridicule. J'ai eu peur de toi. – C'est toi qui m'as terrifié. Son verre claque sur la table. Peur d'elle, putain, elle n'en croit pas ses oreilles. Mais peur de quoi ? – De me faire engueuler. De faire une faute. Je ne sais pas. – Parce que tu ne me fais pas confiance ? Tu ne fais pas confiance à une femme pour t'assurer, c'est ça ? – Non, non. De te décevoir. – De me décevoir ? Étrange, sa voix d'un coup. Elle me rappelle celle de Livia il y a vingt ans, qui ne comprenait pas non plus pourquoi l'embrasser m'effrayait tant. Morgane reprend vite ses esprits. Bon, on n'en parle plus. Elle rit. – Un moment, j'ai vraiment cru que tu allais faire un désastre. Elle imite encore la voix de Raffaele. – C'est clair que tu débranches ta tête. Putain. Elle rit. – C'est rien. Faut que je m'habitue. C'est le métier qui rentre.

14

« J'ai fait bouillir mon thermomètre,
et comme je m'y attendais, cet endroit censé
se trouver six cents mètres plus haut
que l'hôtel s'est avéré être
en réalité deux mille sept cents mètres plus bas.
La chose était ainsi clairement démontrée :
au-dessus d'une certaine altitude,
plus un point paraît haut, plus il est bas en réalité.
Notre ascension était en soi un haut fait,
mais cette contribution à la science
était infiniment plus grande. »

Mark Twain,
Ascensions en télescope

Devant le chalet, nous nous regardons. Tout retombe, tout se relâche. – Raffaele ne rentre pas ce soir, dit Morgane. Il dort en refuge. – Avec les directeurs de Nestlé ? Elle m'explique. – Non, eux sont redescendus en hélicoptère, ils remonteront demain, mais pour une raison ou pour une autre, ils l'ont laissé.

Je pousse la porte. Les livres toujours, les images, les trophées. Dans le jour, le chalet est libéré de la présence menaçante de Raffaele. Il est immense. Chaque étage est d'un autre style. Le salon m'étonne vraiment, cette lumière que jette la baie vitrée. Ça ne fait pas vraiment maison de guide. J'essaie de calculer ce que ça vaut. Certes, ce n'est pas Zermatt, cela dit, je me suis renseigné sur les prix de Cervinia, même en les divisant encore par deux, c'est beaucoup.

Je veux poser mes affaires dans ma chambre, je pousse une porte, ce n'est pas la bonne. Celle que je découvre est remplie de jouets. Je les connais, ce sont des jouets de mon temps, d'avant peut-être même. Camions miniatures, voitures de collection, figurines. Un tracteur qui ressemble à celui sur lequel je m'asseyais, qui sent pareil d'ailleurs, cette odeur de plastique neuf des choses qu'on ne sort que pour les grands jours. Au fond de la chambre, des lettres amovibles sur un petit tableau, ça aussi, j'ai l'impression de le reconnaître, et les couleurs de bois derrière, j'y suis, j'avais quatre ans, Noël dans un chalet, à côté de Gruyère, ma mère m'avait offert de quoi m'instruire et lutter contre mon impatience. Mais ici, tout semble plus calme, rien ne rappelle l'anxiété de ma mère. Chaque geste a dû être doux et prudent, dans cette chambre, les objets manipulés avec une infinie délicatesse. Le petit tableau me donne envie de pleurer. Il est intact, brillant, quelques lettres seulement, qui forment un début de prénom laissé en l'état dans l'attente. Dans cette maison de poupée, chacun de mes pas est un fracas grossier. Je suis de trop, de trop pour cette immobilité de cire, cette noble tristesse, la porte, j'essaie de la refermer comme en pleine nuit, son long grincement me fait frémir.

Je trouve enfin. Je pose mon sac, ma veste. M'allonge. Si je ne me bats pas, je ne bougerai plus, plus jamais. Mais la porte du salon s'ouvre d'un grand élan. – Bon, dit Morgane, une autre Morgane, on est invités à manger au camping. Tu veux venir ? Romane cuisine vachement bien. Je préférerais rester, dormir, mais j'ai atteint un degré de fatigue où la volonté de dire non exige elle-même un effort insurmontable. Je demande. – Quand ? – Dans une heure et demie environ. – On prend la voiture ? – Je compte y aller à pied, mais tu n'es pas obligé. Je te laisse la clef du van si tu veux, mais attention, c'est celui de Raffaele. – Je n'ai pas le permis. Morgane est surprise. Comment est-ce que je fais ? Elle, elle ne pourrait pas, elle se sentirait trop dépendante. Elle n'aimerait pas imposer cette charge aux autres. Elle réfléchit. Bon. On peut s'arranger. Il y a toujours des gens qui descendent. – Je vais voir au bar ou au bureau des guides. Je te dis. – Et pour revenir ? Oui, pour revenir. Est-ce que c'est loin ? – Environ sept kilomètres, mais ce sera la nuit. Il faudrait des frontales. – Sept kilomètres. Tu vas marcher deux fois sept kilomètres ce soir ! – Courir, dit Morgane. Au moins une fois. J'ai besoin de décompresser, et le chien d'exercice. Je te dis pour le retour. Je te dis vite.

La douche est merveilleuse. J'ai rarement connu mieux que son filet mince. J'oublie tout. Au point de sursauter quand on frappe à la porte. Je suis nu. – C'est arrangé, crie Morgane. À 19 h 30, quelqu'un t'attendra au parking. Pour le retour, Romane peut nous ramener. – Romane ? Morgane est déjà partie. L'eau chaude n'a pas duré. J'ai froid. Je suis mouillé. Pourquoi des serviettes si petites ? J'ai si froid. Je n'ai pas la force de me rhabiller. Tant pis. Je tiens la serviette devant moi, je traverse le salon, ouvre la porte de ma chambre. Le lit, bonheur. Les draps, la chaleur du duvet, tout un monde, et tant de pensées douces. Dans ce délice, un bruit de pas, les aboiements de Michelangelo, comme un volcan, puis des coups sur le bois. Je crie. N'entre pas. Je suis au lit. – Je voulais te dire que j'y allais, dit Morgane. N'oublie pas, on t'attend dans une demi-heure au parking. À plus.

Même sa voix fait partie des douceurs.

15

« Mais l'ascension de Pétrarque
ne fut qu'un jaillissement de l'intelligence !
Il fallait, pour s'exprimer ainsi, un être d'élite.
Pétrarque reste cité parmi les initiés et,
s'il est plus célèbre par ses amours que par ses ascensions,
il n'en reste pas moins qu'il nous montre
tout ce que nous aurions gagné si Saint-John Perse
ou Mallarmé avaient essayé de gravir nos cimes. »

Roger Frison-Roche,
Histoire de l'alpinisme

Je marche en rond sur le parking, très vite. J'ai tant d'idées. Je me suis habillé comme j'ai pu avec ce qui me restait. Je n'attends pas longtemps. Du bistrot, un homme me fait un signe. Il est très grand, barbu. La force avec laquelle il me broie la main me fait penser qu'il est guide, il me dit qu'il est clerc de notaire. Clerc de notaire ? Il n'y a pas métier plus soumis. Que peut bien faire cet homme de sa force ? De ce corps fait pour dominer ? De l'alpinisme, peut-être. Il me dit qu'il travaille entre ici et Milan. Et d'autres choses aussi, que je ne lui demande pas. Là-haut, le frère de Raffaele n'a pas si tort, de refuser ce monde, tout seul dans sa bicoque. Il est quand même d'une autre espèce, Vincente Tardio ! Vous connaissez son nom, bien sûr. Il vit comme autrefois.

Un peu comme ces anciens dont on trouve les photos au mur du bureau des guides. Ces petits hommes tout minces et si solides. Il suffit d'observer leur manière de se tenir, de toiser l'objectif. Six mois bûcherons, guides le reste du temps, qui enchaînaient les nuits de trois heures, savaient tenir sans manger ni presque rien boire deux ou trois jours en paroi. La résistance d'un corps se prépare dès l'enfance. Qu'est devenue la nôtre ? Avec la guerre à nos portes, nous en aurions besoin. Ça suffit. La vallée me paraît sinistre sous la brume.

– Tu vas voir, Romane, c'est un personnage.

L'humidité est pire que jamais, comme une pluie qui ne tombe pas. À l'entrée du camping, sous une grande arche de sapins sombres, Morgane et Michelangelo m'attendent déjà. Morgane sautille. Je m'approche. Elle parle au téléphone. Je la salue. Elle secoue la tête, pose un doigt sur ses lèvres, ajuste l'appareil. La voix de Raffaele retentit dans le soir. Comment ai-je pu l'oublier si vite ? – Alors, demande Raffaele. Quelle a été l'ampleur du désastre ? Morgane me regarde et esquisse une grimace qui pourrait être un clin d'œil. – Écoute, nous avons fait toute la traversée. – Toute ? Quelle ironie dans la voix de Raffaele ! – Oui. Cette fois, elle me sourit. Et quelques exercices de rappel. – Et, qu'est-ce que tu en penses ? Morgane me regarde encore. – Comme toi. On a bien marché, mais il y a des moments où il fait n'importe quoi. – Ah oui. Raconte-moi ça. Qu'est-ce qui s'est passé cette fois ? Morgane secoue la tête, baisse les yeux. – Une histoire de rappel. Il faudra travailler le rappel. – Qui a fait le machard ? demande Raffaele. C'est toi ? Je suis sûr que tu l'as trop serré. Je t'ai déjà dit. Avec les clients, tu laisses tomber le machard et tu contre-assures d'en bas, sinon c'est toujours pareil. Ils ne comprennent rien et ils se coincent. Quoi d'autre ? – On n'était pas d'accord sur la route à un moment, dit Morgane. – Ah, ça, ce n'est pas normal. Si t'es pas capable de te faire respecter, si tu n'arrives pas à être la cheffe dans ta cordée, change de métier. – Toi, tu prévois quoi demain ? – Putain, un autre jour avec les dirigeants de Nestlé. Ne m'y fais pas penser. Je te promets, ne m'y fais pas penser.

Elle raccroche. Je murmure. – Bref. – Comme tu dis. L'air est rempli de Raffaele. – J'espère que tout se passera bien. Ils débarquent avec leurs hélicoptères et leur armée, ça ne doit pas forcément lui plaire. – Tu crois qu'il parle au directeur de Nestlé comme il nous… Comme il me parle ? Elle écarquille les yeux. J'insiste. Elle fronce les sourcils. – Là-haut, normalement, c'est moi qui commande. Enfin lui. Enfin t'as compris. Elle grimace. En vrai, ça dépend du genre de client. Si c'est un millionnaire qui est fort en alpinisme, et veut t'engager pour les six faces nord et les quatorze 8 000, tu fais quand même attention. Mais si le type est capable de faire ça, Raffaele le respecte de toute façon. Là, c'est un peu différent.

Michelangelo aboie, une seule fois, mais comme en bégayant. Son expression est incroyablement intelligente : il a l'air de s'amuser aussi. Bien des questions me viennent. Cette maison si grande, Raffaele et son frère, la chambre à côté de la mienne. Je me sens fatigué par avance. Même dans le soir, on devine les taches rouges sur les épaules de Morgane. Soudain je la trouve fantastique. J'ai envie de la flatter. Je demande. – Tu as vraiment couru après cette journée ? – Pas vite. Mais j'avais besoin de déstresser. – Je suis désolé. – C'est moi. – Quoi ? – C'est moi. Un temps. – Si tu le refais au retour, je pourrais peut-être t'accompagner. Elle ne dit rien. Sous ses yeux, il y a des cernes noirs. Elle respire doucement.

Il n'est pas tard, mais il fait sombre, si sombre dans cette forêt noire. Le camping est immense. Nous avançons presque à tâtons, sans distinguer où nous mettons les pieds, n'entendant que des bruits spongieux, gluants, chaque fois que nous les arrachons à la boue. Une ombre surgit. Je sursaute. Derrière nous, le fracas d'une masse touchant l'eau. – Oh non, dit Morgane. Michelangelo ! Dans le soir, l'eau est presque blanche. Le chiot n'en finit pas de s'y rouler, il enfonce sa tête dans les flaques, encore et encore. – Michelangelo, gémit Morgane. Tu vas être trempé. Sa voix est toute petite, fatiguée. Plus aucun coup de fouet du paysage à cette heure.

Alors, ça apparaît. Un trait de lumière, qui frétille entre les arbres. Une roue de vélo crisse sur la terre. La voix me frappe sans que je puisse distinguer de visage. – Stop. Ah c'est toi Morgane. Vous allez voir Romane, c'est ça ? Morgane s'est mise au garde-à-vous. Peu à peu, l'homme à vélo sort de l'ombre. Je devine des lunettes, une petite barbe, rousse sans doute, et légèrement brillante. Je n'ai pas le temps d'en saisir plus : sa forte lampe se braque droit sur mes yeux. Le silence dure. J'entends. – C'est bon, allez-y. Mais pas de fête après 21 heures. Et pas de feu, cette fois. Il a parlé français.

Morgane regarde la lumière s'éloigner. J'ai l'impression qu'elle tremble. – La dernière fois, Romane avait prévu un barbecue. Ce dingue nous a forcés à tout éteindre. Il est resté jusqu'à ce que nous ayons piétiné les braises. – Qui est-ce ? – Personne. L'adjoint du gardien. Le genre de type qui serait parfait dans une dictature. Romane a une des plus belles caravanes du camping, elle ne l'a jamais invité. Ça suffit à le faire rager. – Il se venge, quoi. – Tu sais, ce type, il est pas net. La dernière fois, Raffaele était là, mais même lui n'a rien dit, pas un seul mot. Morgane s'est tournée vers moi, sourcils levés, pour bien souligner le poids de ce qu'elle me raconte. Ce vigile est tordu, et sans doute dangereux. Merde, mais que je suis fragile ! Tout me fait peur ici.

Je ne sais pas comment Morgane fait, mais elle trouve son chemin, et peu à peu, nous devinons une voix. – Romane a l'air en forme ce soir, dit Morgane. Je devine un sourire. Dès qu'elle n'y prend plus garde, il lui en échappe un. Nous avançons dans la direction du son. Mais Morgane s'immobilise. Elle écoute.

Je l'imite. Je crois distinguer une autre voix, un rire, strident, forcé. Morgane reprend sa marche. Quelques mètres encore, et l'ombre blanche de la caravane sort de la nuit. La porte s'ouvre, libère un flot d'odeurs, et toujours le même rire qui n'arrête pas. Il fait si sombre à l'intérieur aussi. D'abord, ce n'est qu'un cercle avancé de dents sur un fond sang et fumée. – Entre, crie Romane. Venez. Vous n'êtes pas les premiers. Dans l'ouverture, l'odeur afflue, grasse, viandeuse. Mon corps n'est plus que faim. – Venez, insiste Romane. Asseyez-vous, entrez. Enfin, entrez d'abord puis asseyez-vous. Lise est déjà là. Entre quoi !

Du fond de la roulotte, ce rire. Je suis obligé de contourner Morgane qui s'est arrêtée net. Ma poitrine frôle son épaule. Elle ne bouge toujours pas. J'avance dans la chambre enfumée où brille un reflet de lunettes. Je distingue mal. – Salut, Morgane ! dit une voix accordée au rire, une voix qu'on imaginerait chanter « *I'm a Barbie girl* ». Sa propriétaire a des cheveux roux, ou blonds, tout paraît rougeoyant, d'un rouge de fête et de banquet. Morgane hésite. Le chien, lui, est au paradis. – Je vous préviens, Michelangelo s'est jeté dans l'eau, dit Morgane. Il va sentir. Au fond de la caravane, la fille éclate de rire. Non, elle ne fait pas semblant. – Bah, dit Romane. Tu crois que ça va nous tuer ? – On mange chaque semaine là-haut chez Vincente, tu sais, ajoute la fille du fond. Qui rit, qui recommence. Il va falloir passer la soirée avec ce vacarme.

Morgane avance enfin. Comparée aux deux autres, elle parle vraiment tout bas. – Salut, Lise ! Toujours pas morte en montagne, alors. – Pas cette fois, non. Les hélicos sont de plus en plus perfectionnés. Contre mes jambes, la masse irrésistible de Michelangelo se met à trembler. – On va le calmer, crie Romane. J'ai quelque chose pour lui aussi. Morgane ouvre la bouche puis la referme. Romane pousse une porte, reparaît, péniblement, le sac qu'elle traîne doit être lourd, il s'accroche aux meubles, à tout, en le tirant, Romane pousse des petits cris.

– Ohhhh, mais allez, on s'assoit. Ça suffit, vos disputes. Je vais chercher un verre. – Un tout petit verre alors, dit Morgane. Je la pousse légèrement de côté. – Oui, vas-y. Assieds-toi. Mets-toi à côté de Lise.

Je la distingue enfin : fine et perçante comme son rire. Juvénile. – C'est toi qui es parti avec Morgane aujourd'hui ? Il faut que tu me racontes. C'était comment ? Raffaele l'a transformée en sergent recruteur ? Je souris. Impossible de résister. Je réponds. – Comment dire ? On sent l'influence du professeur, oui. – Qu'en termes galants ces choses-là sont dites ! Elle s'est montrée particulièrement bourrue ? T'as l'air dans un drôle d'état. Si elle t'a boxé, c'est lui que tu dois attaquer. Moi, il a failli. Morgane se tourne vers moi. – Si tu savais où il a fallu la chercher, tu comprendrais Raffaele. Mademoiselle… – Madame, corrige Lise, enfin Morgane ! – Oui, pardon, Madame, donc, s'est prise pour un guide, et s'est crue capable d'emmener quelqu'un – un débutant complet, en plus – sur le Naso. Le type a calé dès le début, mais c'est pas grave. Madame a continué. Je ne sais pas combien de fois vous avez manqué de vous casser la figure. À 4 heures de l'après-midi, ils ont appelé les secours. Le vent commençait à souffler. Le vent, putain… – Putain, répète Lise en prenant la voix de Raffaele. – Le vent, continue Morgane, devenait vraiment violent, il a fallu les treuiller avec des rafales de plus de 60, et une heure plus tard, ça aurait atteint 100. Et ça les faisait rire en plus. Ça les faisait rire tous les deux. Le type était juste ravi du tour. Gratuit, en plus. Il criait. Un shoot, un shoot. Tu m'étonnes que Raffaele ait un peu craqué.

– De là à lui péter le nez ? demande Lise. Je me tourne vers elle. – De là à lui péter le nez, oui, répète-t-elle. Trois coups de poing. Un seul, j'aurais peut-être pu l'excuser. OK, moi, je n'aurais pas porté plainte, enfin pas dans ces conditions. Je ne sais pas s'il existe des conditions qui me feraient passer la porte d'un commissariat. Je rêve d'un monde sans flics. Mais tu avoueras que Raffaele… Romane a posé un énorme plat sur la table. – Ah, mais les Tardio sont un peu têtes brûlées, hein. Il n'y aurait pas tant de grands alpinistes dans cette famille sinon. Raffaele, moi, je l'aime bien. Il est strict, mais il est correct. Il est vraiment gentleman. Ces derniers temps, j'ai plutôt des problèmes avec son frère.

Lise se crispe un peu. Elle se tourne vers moi. Qu'est-ce que nous avons fait alors ? Je lui réponds, parle des arêtes du Breithorn, du Cervin peut-être à venir, de tout le reste ouvert une fois poussée la porte des étoiles. Elle applaudit. Pour elle aussi c'est venu d'un coup, en deux, en trois étés, tous les sommets ont lâché. Je comprends que Lise est forte. Une mèche tombe sur ses lunettes. – Comment est le Breithorn ? Ces derniers jours, elle a un rêve, elle sait que c'est idiot. Elle aimerait tout traverser en une seule fois, de la crête du mont Rose au Breithorn, une étape. Elle est sûre qu'avec Morgane ça le ferait. Autrefois, Morgane aurait sauté sur le défi. En une étape, elles auraient gravi les arêtes du Breithorn, le Pollux, le Castor, les minces et vertigineuses arêtes du Lyskamm, et enfin, rassemblant leur reste de souffle et de force, la pointe Dufour par la Cresta Rey. Elle y pense depuis que, l'an dernier, un Français monté depuis la Suisse a, suivant un chemin d'accès plus ardu, enquillé tout ça au pas de course, dansant sur les crêtes, dévalant les pentes avec une vitesse de taré, et bouclé cet enchaînement de dix-huit 4 000 en moins de dix heures chrono. Oui, évidemment, celui qui a fait ça est un pro, Benjamin il s'appelle, un type épatant, qui fera sûrement parler de lui encore. – Tu sais, en ce moment, il y a une équipe de jeunes, mais des vrais fous, les meilleurs alpinistes du monde sont de nouveau français. Mais, continue Lise, pour devenir si bon, il faut commencer par tenter, non ? Morgane soupire très fort. Le bruit du vin que Romane verse à grands flots couvre celui de la cascade.

16

« Eh ! sacredieu ! allez-vous-en au diable,
vous et votre brigand de pays,
où l'on ne peut faire un pas
sans risquer de se casser le cou, ou de s'ensabler :
est-ce que je connais vos moraines, moi ? »

Alexandre Dumas,
Voyage dans les Alpes

Je l'ai sentie venir. La bonne humeur. Elle nous a pris sans qu'on l'ait même cherché, elle s'est installée tandis qu'on pataugeait dans les odeurs, le vin, les blagues pourries. Peut-être aussi grâce à mes questions toujours précises et bien pensées, qui permettaient à Lise et Morgane de se retrouver dans de beaux souvenirs.

Elles s'étaient rencontrées sur internet. Morgane en avait marre des hommes. En montagne, ils croyaient que grimper ne va pas sans draguer. En bas, ils étaient pires. Je t'avoue, avait confié Morgane, je me dis que si j'avais des superpouvoirs, je les éliminerais tous, tous. Lise s'était marrée. Elle le disait depuis longtemps elle aussi, les hommes, on pouvait très bien faire sans, mais quand même. Morgane y allait un peu fort. Avec ton mec, tu ferais quoi ? Morgane avait hésité. Elle lui laisserait peut-être un sursis pour voir. Elle n'était plus si sûre. Pas une vraie méchante, Morgane, pas du tout, même. Longtemps, c'est Lise qui avait mené leur cordée, la vie de Morgane un peu aussi, mais maintenant, Raffaele s'en chargeait. De toute évidence, l'idée que Morgane puisse vouloir devenir guide ne l'enchantait pas non plus. Chaque bribe de conversation m'apportait de nouveaux aperçus de ce que Lise Hassler aurait préféré « ne pas ». Ce qui sentait l'école, l'ordre, la police. Certains hommes, le cas échéant, pas tous, dans d'autres occasions, elle les aimait, enfin, en général, elle s'en foutait surtout, ce n'étaient pas des trucs si importants, les hommes, rien qui vaille la peine de se prendre si souvent la tête dans tant de discussions. Elle n'aimait pas trop les plaines. Détestait qu'on lui fasse la morale. Ne supportait pas Raffaele, c'était logique. Ni le monde du travail, qui ne cessait de l'éjecter comme une boule de flipper. Assistante, institutrice, vendeuse, serveuse, elle avait presque tout essayé, chaque fois la même danse du ventre, embauchez-moi, divin patron, la compta d'un garage, c'est mon rêve depuis toute petite, l'aboutissement vers quoi tout tend, l'entéléchie. Bref, bergère, c'était arrivé par hasard. Une proposition. Un troupeau dont personne ne voulait. Ça ne pouvait que coller.

La petite pièce devait être sans fond. Romane poussait son rideau et revenait avec d'autres plats. Du gras, du lard roumain, ce fut une révélation, d'ailleurs, le lard roumain. Pendant vingt minutes, elle a coupé et j'ai mangé. Mon verre aussi se remplissait sans cesse. J'ai dû couler encore une fois dans ce drôle d'espace blanc où les mots glissent comme des wagons sur des rails. Il n'y a plus eu qu'un temps pâteux, puis j'ai demandé. – Vincente, c'est le propriétaire du troupeau que tu gardes, c'est ça ? Tout le monde s'est retourné vers moi. On me croyait peut-être endormi. Ou j'avais parlé fort. – Oui, c'est ça. Il vit au-dessus du village. Tu vois l'ancienne chapelle sur le rognon au niveau de l'alpage ? Ce soir non. – Tu as sûrement dû la voir. Il vit là. – Si tu restes, tu en entendras vite parler, a dit Lise. – Pourquoi ? – Parce que les gens aiment exagérer. Dès que je descends, j'y ai droit. « Tu tiens le coup en haut ? » « Je me demande comment tu fais. » « La dernière fois, j'ai cru étouffer. » « Et on m'a dit que par rapport à maintenant, c'était le Ritz. » Elle avait pris une voix forcée de petite fille qui boude. Je ne comprenais pas. – Mais qu'est-ce qu'il a de particulier, ce troupeau ? – Ce troupeau ? Il n'y a pas que le troupeau. C'est indescriptible. Il faudrait que tu voies ça. Morgane prenait son ton de Française. Lise a craché. – Tu l'entends ? La vérité c'est que Vincente n'est pas moderne. D'abord, il vit avec ses bêtes. L'étable et sa maison, c'est pareil. Et quand je dis ses bêtes, c'est toutes ses bêtes. Chèvres, moutons, chats, chiens. Michelangelo... – elle s'est tournée vers le chiot qui a semblé comprendre qu'on parlait de lui, a approuvé en aboyant. Le regard de cet animal, bon sang ! – Michelangelo est un enfant de chez lui.

Morgane suit son idée. – Heureusement, Vincente n'a plus de vaches. Lise coupe de nouveau. – Pourquoi heureusement ? Ses bêtes sont sûrement plus épanouies qu'ailleurs. Il ne leur donne pas n'importe quoi. Elle se penche vers moi. Son ton a changé, il est devenu articulé, concerné. Comme pour m'implorer de l'écouter, de l'entendre. Au début, m'explique-t-elle, c'était par conviction. Vincente voyait toutes les bêtes du pays, et les trouvait malades. De l'âme il disait. Il m'a raconté comme ça le minait, cette course sans fin qu'on présentait comme une recherche de santé et de perfection, mais qui ne mène qu'à toujours plus de technique, alors il a voulu montrer qu'on pouvait faire autrement. Résister. Plus fort qu'aller sur une montagne, résister à un tsunami, le méga-méga-tsunami des gens qui capitulent parce que le progrès c'est la fatalité. Mais la vallée entière s'en est moquée. Même son frère... Ça use, tout ça. Oui, il se laisse aller. – La fille qui m'a précédée, au lieu de remercier, elle a répandu de sales rumeurs sur lui. Moi, ça fait six mois que j'y suis, et jamais je n'ai été si bien traitée. Avec autant de considération.

Je demande. – Vincente, c'est bien le frère de Raffaele, ou j'ai raté quelque chose ? – C'est ça, dit Romane. La première fois que je suis venue dans la vallée, on parlait déjà d'eux. Deux ados, juste deux ados, mais tout le monde les connaissait. Vincente Tardio ? Le petit qui est allé tout seul sur la face nord du Cervin ? – Vincente a été un des premiers à faire de la vitesse, dit Morgane. Sur des trucs vraiment durs, pas comme Jornet. Dans l'Himalaya, il n'était pas loin d'Ueli Steck. Lise écarte les bras. – Oui, oui, c'était un grand alpiniste. J'ai bien compris qu'il n'y a que ça qui t'impressionne. L'exploit, les chiffres, les titres. Elle me regarde. – Tu l'aurais vue quand elle est venue nous voir là-haut. « Monsieur Tardio. » « Merci infiniment. » « Est-ce que je peux me permettre ? » C'est pas à une personne qu'elle parlait, c'est à une statue. Résultat, elle a réussi à l'agacer. Vincente n'a pas besoin qu'on lui fasse de la lèche. Il n'a pas envie du tout, même. C'est un type bien.

– Il devrait accepter les loups, alors, dit Romane. Ils font partie de la nature aussi. – Tu sais ce qu'il répondrait, dit Lise. – Oui, je sais. Romane se redresse de toute sa petite taille. – Pourquoi je parle de ça, stupide ? On va se disputer.

Les loups en Italie, une telle histoire, aussi ! – Trois ou quatre fois plus nombreux qu'en France et tout se passe bien, dit Romane. – Pour une fois, le gouvernement travaille comme il faut. Ici, c'est complètement interdit de tuer un loup. Il n'y a que Vincente qui ne comprend pas. Ah, arrête, on sait tous que c'est lui. Qui d'autre pourrait tirer de ces endroits ? Un bon grimpeur et un fou ! C'est signé ! Lise tape sur la table. – Non mais ça va, quoi. Il ne braconne pas, il défend son troupeau. Je ne dis pas que j'approuve, je dis qu'il aime ses bêtes, c'est tout. À un moment j'entends Morgane qui proteste. – J'ai lu que les braconniers tuaient plusieurs dizaines de loups chaque année en Italie. Ça ne les empêche pas d'être nombreux. Vincente vit avec ses moutons et ses chèvres, il les aime. – C'est vrai, dit Lise. Écoute, je vais te raconter. Il y a quelque temps, une chèvre s'est fait avoir, mais elle a réussi à s'échapper. Elle avait une partie de l'arrière-train arraché. C'était moche. Bon, Vincente il l'a soignée. Il m'a ordonné de l'aider. C'était une plaie ouverte qui pourrissait, pleine de vers. Tous les jours il fallait les enlever avec une aiguille. Je dormais plus. En général, en plus, une chèvre, c'est très douillet, mais celle-là, elle supportait. Bon. On a passé du temps et elle a survécu. – T'entends ça Romane, dit Morgane. Pour Vincente, ce sont des compagnons. C'est comme Michelangelo pour Raffaele. Elle tourne le buste, tend la main vers le coin de la pièce où le chiot dort et ronfle repu, je zoome sur le V de ses épaules. – J'aimerais pas être celui qui toucherait un seul de ses poils. Raffaele le démolirait. Pourtant tu sais comme il respecte la loi. – Je ne sais pas si casser la gueule de quelqu'un dans un hélico, c'est respecter la loi, dit Lise.

Morgane soupire.

Je repique du nez. Entre deux plongeons, j'entends la voix de Romane se battre avec celle de Lise. Quelle noblesse pourtant, les loups. J'ai regardé un reportage, la semaine dernière, sur l'Alaska. Un mâle alpha blessé par un ours s'éloignait de la meute. La dignité de ces animaux ! La louve le suivait. Elle ne pouvait rien faire pour l'aider alors elle s'allongeait à côté de lui. Ensemble, ils attendaient la mort. Que c'était beau. Elle parle, elle parle, Romane. Le regard que le loup jette paraît-il quand vous le croisez, qui est celui d'un égal, d'un noble étranger. Les Iroquois qui demandaient toujours qui, dans les assemblées, allait parler au nom du loup. Il n'attaque jamais l'homme, ou si peu. Tandis que l'ours, qu'on protège tant, lui est un vrai violent. Des livres qu'elle a voulu lire, en français, que je connais, si compliqués. Dans les Pyrénées, de nos jours, les ours sont moins nombreux que les sociologues et les philosophes qui les pistent.

Chaque pas en forêt, assène Romane pour finir, devrait être une séance de diplomatie.

Cette énormité me réveille. Je me lance. Le poème de Vigny. Ma voix prend de l'ampleur. Chaque coup que reçoit le loup fait protester Romane. Je scande. – Putain, tu chantes aussi ? dit Lise. Je conclus. – *Fais énergiquement ta longue et lourde tâche. Dans la voie où le Sort a voulu t'appeler, puis après, comme moi, souffre et meurs sans parler.* Immédiatement j'ajoute. – En fait, ce loup ressemble à Raffaele. Lise rit. – Faut vraiment qu'on se revoie.

Ensuite, je ne sais pas comment, nous nous retrouvons tous les trois dans la nuit à chercher le sentier qui mène à la route. Les voix de Lise et de Morgane viennent de nulle part, l'une stridente, l'autre si grave qu'elle semble étouffée. – Putain, murmure Morgane. Lise se moque : – Putain. – Mais arrête un peu, dit Morgane. Cette semaine, l'isotherme 0 va dépasser les 4 800. Il ne descendra pas sous 4 500 la nuit. Tu ne traverseras même pas le Grenz. La voix de tout à l'heure, concernée, implorante. – Morgane, ça fait longtemps qu'on n'est pas parties. Tu verras que ça va passer. – Je ne verrai rien du tout ! Morgane parle plus fort. La colère la fait marcher à grands pas, pour la suivre, nous sommes obligés de courir. – Écoute, Morgane, répète Lise entre deux respirations. Je sais, je suis chiante, mais ça fait trop longtemps.

Dans les fourrés, le bruit d'une masse qui pile. Un halètement. Un choc. Michelangelo heurte les jambes de Morgane si fort qu'elle bascule avec un cri. – Michelangelo, s'écrie Lise, ravie. Le seul être dont Raffaele ne fera pas un militaire. Toi tu voudrais bien me suivre, hein. – Pourquoi pas d'ailleurs, dis-je, il paraît qu'il sent les crevasses, qu'il gronde sur les ponts de neige. – Pourquoi pas ? rigole Lise.

Quelque part, dans le noir, une lueur brille. – Lise, supplie Morgane. Nous sommes en plein milieu du camping. Si on continue, l'autre dingue de vigile va rappliquer. – Celui-là.

Nous nous regardons. Ensemble, nous nous mettons à courir dans la forêt soudain pleine de bruits mauvais. Mes pieds font d'énormes *splash* dans le torrent. Je glisse. Pose les mains dans la boue pour franchir ce qui ressemble à un talus. Enfin du solide sous nos semelles.

Alors Morgane reprend. Lente. Contenue. Comme avec moi tout à l'heure en descendant du glacier. – Lise, écoute-moi s'il te plaît. Je suis désolée, mais je ne peux pas. Je suis crevée, j'ai encore un été de dingue à passer. Et même si je pouvais, je viendrais pas. Je ne veux pas me mettre en danger pour rien. Elle parle tout doucement. – Trois fois les secours, tu ne trouves pas que c'est suffisant ? – Trois fois, répète Lise, singeant la voix de Raffaele. *Maldita*, les Français ! Plus bêtes les uns que les autres. C'est bon j'ai compris, tu sais, je suis une grande fille. Je sais, tu seras comme Raffaele, tu seras guide, tu seras chiante, mais c'est pas la peine de me sortir tes trucs. C'est quoi l'idée ? Décourager tout le monde ? Nous forcer à rester en bas. Vous vous exercez devant le miroir pour le concours du plus bourru ? C'est quoi votre problème à la fin. Tu sais quoi, j'ai plus du tout envie de partir avec toi.

Lise tourne sur elle-même, plonge dans l'obscurité, s'arrête pour me lancer. – Oh, Florian ? On se reparle vite pour le karaoké. Faut qu'on chante tous les deux. Puis plus rien, il n'y a plus une lumière, plus un bruit, même le vent s'est fait de velours.

Je ne vois pas Morgane, je la sens. Je sens son rire venir, gêné. – Putain, je viens de me rappeler. On n'est pas venus en voiture. Je ne sais pas où on marche là. Il va falloir y retourner et demander à Romane, j'ai peur. Elle avait proposé de nous ramener. Mais à son âge, après tout ce qu'elle a bu, je suis pas sûre.

Nous nous retournons. Le gouffre de forêt est dense, noir. Le camping, au-delà, un infini tortueux, des bêtes, des choses, des cauchemars. Y retourner ? Je n'ai pas froid. Je sens que tout ira bien, pour moi, marcher sera bondir. Et vers le haut, vers là où nous allons, le ciel s'éclaircit au contraire, d'un noir de bleu percé d'une grosse pincée d'étoiles en sable, un crayonnage de constellations toutes nettes ; de ces cieux dessinés où l'on voit tout sans peur, où l'espace, où son énormité aussi sont beaux, sont avec vous. Alors, je dis. – Tu sais, je pense qu'on peut le faire à pied. – On peut, ouais, dit Morgane. Mais elle semble épuisée, éteinte. Ça ne te fait pas peur, cette histoire de loups ?

Pas vraiment, non. Cette nuit me rend invulnérable. J'ai un peu de toutes ces étoiles en moi, et les traces de mois de courses et d'entraînements, aussi, enfin. Sérieux, le loup ! Je ne comprends même pas pourquoi on parle de ça. Enfin autant, tout le temps. Faut dire aussi, je ne les trouve pas si intéressantes, ces choses nobles et sauvages. Le seul risque, si nous le rencontrons, c'est qu'il m'ennuie lui aussi, le loup, ses valeurs, sa dignité, pour qui est-ce qu'il se prend. En plus, ils l'envient tous, ils voudraient être comme lui. Quelques principes pour lesquels ils vivraient. Une façon d'être et de bouger, des détails, des mots qu'on n'emploie pas, le code, toujours plus beau quand c'est pour rien, faire à fond parce que c'est comme ça, tout leur délire. Un jour ils n'auront plus le choix, s'ils continuent, il leur faudra jouer aux loups vraiment, se battre et tout, s'imposer, puis quand tout le reste aura fondu-coulé, se dévorer pour des riens.

17

> « Dieu merci, me répondit Payot,
> il n'y a jamais eu que des guides de tués ;
> Dieu a toujours préservé les voyageurs. »
>
> Alexandre Dumas,
> *Voyage dans les Alpes*

Michelangelo l'a réveillée en aboyant. Morgane s'est levée. Elle a eu l'impression d'être changée en pierre, mais elle a l'habitude, dans le métier qu'elle veut faire, il faut savoir marcher avec des courbatures. Elle a pris son téléphone sans le regarder et a suivi le chien vers la forêt. Plus haut, elle a perdu l'accès au réseau. Elle a eu envie de savoir, tout de même. Lise, est-ce qu'elle lui avait écrit ? Des excuses, des explications ? C'est tellement plus qu'une amie.

Avec elle, Morgane a franchi le pas. Commencé les courses sérieuses. Lise aimait partir avec des inconnus. Elle avait à peine checké le niveau de Morgane la première fois. – T'as fait quoi déjà ? Elle avait proposé de commencer soft, en allant taper la traversée du Grand Cornier, au fond du val d'Hérens. Morgane ne connaissait que Chamonix et ses granits. Lise l'avait fait rêver à ces vallées immenses qu'il n'y a nulle part ailleurs en Europe, creusées dans des couches sédimentaires projetées vers le ciel par le domino tectonique. Au bus qui monte dans un long corridor sans forme aux couleurs ternes, jonché d'éboulis paresseux. Falaises des deux côtés, en tours superposées, qui pointent leurs dents comme des crêtes de vague dans un orage jusqu'à l'instant où tout en haut, si loin, au-dessus de tout, surgit un éclat blanc, la face nord de la dent Blanche.

Au début, Morgane aimait tout de ça. Partir à l'arrache, rejoindre des inconnus, et aussi l'idée de cette cordée de filles. Avec les hommes, c'était toujours compliqué. Beaucoup réservaient leur énergie pour des courses difficiles préparées entre mecs et l'invitaient seulement pour les récréations entre deux gros créneaux. Lise n'hésitait jamais à laisser passer quelqu'un devant. Elles se complétaient, il faut dire. Lise, presque grandie avec des skis aux pieds, Morgane, rochassière aux doigts ferrés par les exercices à Fontainebleau, et ses fameuses épaules sculptées par des entraînements, plus Corinna Everson dans *Conan le Barbare* que Catherine Destivelle dans la face nord de l'Eiger : une fois par semaine, exos poids de corps pour faire des tractions, pompes et dips (par exemple : 5 séries de 15 tractions avec 5 tractions en pronation, 5 tractions en supination prise serrée et 5 tractions en supination prise large + 2 min de récup entre chaque set // alternance de pompes + pompes serrées pour matraquer les triceps ou les pecs).

Se mettre la montagne dans la peau, coûte que coûte.

Bulldozer, riait Lise. Godzilla. Stallone en jupe. Tu crois que ça m'amuse ce genre de comparaison ? Stallone, t'as rien de mieux ? Avec Lise, Morgane avait appris à faire la trace. Passer comme on pouvait. En rampant, en se collant, les fesses, parfois les seins, en adhérence dans les fissures. Quand elle craquait des sections dures, Morgane ne se retenait pas, elle lâchait des cris de guerrière et Lise lui lançait. – Tu t'entraînes pour Roland-Garros ? Elles passaient tout, laissaient derrière elles les cordées d'hommes, titubaient au sommet de montagnes impossibles. Elles les monteraient tous. Peuterey. Le grand couloir Gervasutti. La face nord du Badile, la voie Cassin. L'autre voie Cassin, peut-être aussi, mythique, sur l'éperon Walker. Un jour, oui, un jour. Tout céderait. Pas un sommet n'y échapperait. Elles mangeraient les Alpes.

Non, Morgane n'y serait pas arrivée sans Lise, pas si loin, pas si vite en tout cas.

Michelangelo n'est plus là. Morgane le cherchera plus tard. Pour le moment, elle monte tout droit. Sur un replat là-haut, elle sait qu'il y a du réseau. Mais rien. Aucun message de Lise cette nuit. En revanche, deux de Raffaele.

La fatigue fait tourner sa tête. La pente qu'elle est fière d'habitude de dévaler, elle la descend cette fois pas à pas, comme une échelle. On dirait que son corps est ailleurs. Qu'il n'a jamais, au fond, intégré les gestes adaptés à ces pentes alors que Lise y est comme chez elle. Varappeuse* contre bergère, pas gagné d'avance. Les vertiges aussi communiquent dans le souvenir. Celui-ci a un goût connu, un instant, Morgane se revoit sur le raide névé glacé qui surplombe le glacier d'Arolla au bas de l'arête du Grand Cornier. Pas grand-chose, vu de maintenant, mais ce que ça signifiait alors ! Elles s'étaient si bien entendues qu'elles avaient enchaîné sur la dent Blanche, arête de Ferpècle *of course*, et dix jours plus tard, une tournante des sommets de l'Oberland en campant sur le haut du glacier Aletsch. Un truc de dingue. Tant de courses d'un coup dans le carnet que Lise avait plaisanté. – À ce rythme, tu sors guide dans deux ans.

En quelques mois, vrai, Morgane avait pris du niveau… Enfin, du niveau, c'est tout relatif, il ne s'était pas passé plus de temps entre la première course de Walter Bonatti et son ascension de l'éperon Walker, à la face nord des Jorasses Catherine Destivelle aussi avait explosé tôt. En se comparant, Morgane avait forcément de quoi se trouver (presque) nulle.

Elles partaient en voiture. Musique continue, toujours plus loin dans le damier des Alpes. *Freed From Desire*. Entre deux chansons, Lise se tournait vers Morgane, la fixait jusqu'à ce que l'autre lui crie de regarder la route. – Ça risque d'être rock sur le Grand Combin, tu ne crois pas ? Et de piler pour se garer sur le dernier parking avant la frontière suisse, d'ouvrir la porte, de plonger dans une pluie épouvantable. – Dernière occase pour les courses. Après, ça coûtera des millions.

Pour la traversée Zinalrothorn-Weisshorn, elles étaient passées en Suisse depuis Cervinia sous la pluie, avançant dans les nuages et les traces de bulldozer. Quand elles avaient passé le Théodule, la pluie avait cessé, tout fumait, une brume dorée, brillante, gorgée de soleil caché, puis ça avait été la descente. Sur Zermatt, on assiste parfois à des soirs prodigieux. D'îles grecques et d'antipodes et de tropiques hantés. Fallait quand même se décider, choisir une vie. Quand Raffaele a proposé de la former, elle s'est juré de tout surmonter. De tenir la promesse qu'il avait vue en elle lorsqu'il la croisait là-haut. – Tu es à un carrefour, lui a dit Raffaele. Tu peux rester une amatrice, ou essayer de devenir une alpiniste. Mais il faudra travailler. Alors, il y a eu ce premier été. 2021, l'été le plus humide que l'Europe ait connu depuis l'été 2014. Une coïncidence que Morgane a aimée. Un signe. C'est dans la pluie et la boue de 2014 qu'elle avait appris à grimper. L'année 0, elle s'était arrachée d'un même coup à un état de prostration gluante, à un type qu'elle adorait et qui l'adorait, à son métier d'infirmière, à la mer. Toulon, puis Aix, puis Sisteron, de bus en stop, le lac de Serre-Ponçon, le fort Vauban de Mont-Dauphin, puis les falaises noyées de brume du grand camping d'Ailefroide. Elle ignorait qu'elle y trouverait pour la première fois depuis longtemps, depuis le début de son adolescence en fait, cette impression de se sentir vivre d'autre chose que de sa petite guerre avec les gens.

18

« T'as vu la gueule, hein ?
T'as vu la gueule ? Chanmé ! »

Indications données au refuge du Couvercle
pour l'accès au col des Cristaux

Oh que je ne l'ai pas aimé, ce réveil. Cette redescente. Tout ce que j'avais marché, mangé, pensé dans l'âme et dans le corps, mon lit qui me tenait serré comme une pieuvre. Vers midi, mon portable s'est mis à vibrer. Ambroise repoussait son séjour dans les Alpes, d'une semaine au moins. Judith avait des problèmes de garde. Lui préférait écrire. Ne pas interrompre la phase d'inspiration qui avait tiré de sa chambre et de sa solitude un livre fou. Mon livre à moi n'existait pas. J'étais ici pourtant. Face à la vue qui plusieurs fois cet hiver avait tout secoué chez moi, ça vous prenait, la neige, ça vous prenait, le Cervin, les mots tremblaient à travers vous. J'étais revenu m'y accrocher, et voilà. J'étais comme une passoire. Toutes mes colères, toutes mes joies jetées pour rien. Ambroise lui gardait tout.

Au bistrot, je me suis résigné aux biscuits et à la charcuterie. Je me suis forcé à mâcher avec un sentiment croissant de détresse.

Je suis resté assis à macérer, toutes les discussions des guides et des clients m'arrivaient dans la face. Chaque jour, ils vivaient davantage que toute mon aventure. Qu'est-ce que je valais dans ce monde, régi par cette étiquette que je commençais presque à comprendre ? Par un détail dans la façon de saluer ou de relater une course, on finissait par distinguer la désinvolture plus ostensible des alpinistes confirmés du sérieux des jeunes guides encore soucieux de faire leurs preuves. De même, dans le manège des clients, toute une panoplie révélait l'assurance de certains, l'ignorance de quelques autres, parfois exagérée d'ailleurs, un certain nombre semblait chercher à relativiser, à dédramatiser un plus faible niveau en en soulignant eux-mêmes les limites. Même ici, même perdu ici, il fallait se taper ça. Une cour, une ridicule cour de province, qui comme il se doit, singeait sa Versailles, jouait à Chamonix.

Une silhouette a rempli toute l'entrée et le clerc barbu d'hier s'est posé juste à côté de moi. Il m'a fait signe. Il a fallu répondre. La France l'intéressait. L'élection présidentielle évidemment, qu'il disait volée. L'espoir qu'il voyait naître pour l'Italie. J'avais vraiment trop mangé hier. J'étais pas bien. Et puis sa voix, son visage jaune, tout ça exprimait un truc que je connaissais bien, que j'aurais même pu plaindre. Mais avec tous les petits malheurs méchants entassés sur moi et le mien propre aussi, bien aigu dans mon estomac à cet instant, il ne me venait qu'un peu plus de hargne encore.

Le livre d'Ambroise qui avançait. Sa copine Judith que je connaissais à peine, tous les deux ou trois ans un nouveau poste à responsabilité, un défi. Dans nos discussions, elle ne lâchait rien, partait en guerre sur chaque signe venant confirmer un des traits qu'elle me prêtait. Sur la base de presque rien. Quelques messages auxquels je n'avais pas réagi, quelques plaisanteries, des silences, des réponses sans enthousiasme, sans smiley en tout cas, des réserves sur les choix d'hôtels et sur les prix. Nous ne nous étions pas encore rencontrés et déjà un halo d'incompréhension se formait, brouillait ce que nous serions l'un pour l'autre.

J'ai repensé à mon craquage d'hier. Morgane me criant dessus comme un gosse. Je me suis mis à ressasser. De ces rancunes, vous savez, qui vous dévorent et vous redévorent mais ne vous donnent aucune arme pour affronter le moment où un médecin ôtera ses lunettes et s'éclaircira la gorge devant vous pour parler d'une analyse, qui, comment dire, n'est pas très bonne, votre pancréas, monsieur Forestier…

Je devais parler au docteur Nuaje. Une demi-heure, il la trouverait. Aussitôt je lui en ai voulu à lui aussi. Une demi-heure pour 120 euros ! Un Cervin au plein tarif chaque jour, et sans risquer sa vie. Puis je m'en suis voulu. Je n'avais qu'à être plus riche. J'aurais même pu. Peut-être. Avoir des passions moins tristes, cette peur de manquer un jour, plus tard.

J'ai respiré en grand. Lorsque nous avions préparé avec Ambroise et Judith notre tour du mont Rose, ils m'avaient reproché de ne jamais payer mes bières. Et quand on déroulait ce petit fil tout le reste finissait par venir, tout un portrait de moi qui se confirmait par là, et comme j'ai cette sensibilité aux ombres par instinct je l'adoptais, je le faisais grandir, je l'animais en moi, ce connard de double qui n'était pas sans quelque réalité puisqu'il prenait, se mettait bientôt à parler dans ma tête. Comment lui résister ? Ne pas jouer le jeu, devenir ce qu'ils soupçonnaient. Contrôler la peur qui montait, de la vallée, des bribes d'italien qui claquaient et partaient en guerre contre moi, des gens, des bêtes, des loups, des armées de montagnes.

Dès que le docteur Nuaje m'a pris, je me suis mis à sortir tout ce qui m'effrayait. Je parlais et marchais en rond sur le parking. Mon allure, ma voix, ma façon de me tenir. Quelque chose en moi qui inquiétait et agressait les gens, un halo de violence dans lequel je vivais sans arrêt, disputes avec les chauffeurs, les serveurs dans les bars. Ça venait des gènes, de la biologie, j'en savais autant que les chercheurs et les médecins sur la façon dont j'étais fait, je savais tout sauf comment vivre avec. Ce corps était le mien avec ses flots d'anxiété, ma silhouette raide, mon visage hagard quand je me concentrais pour retenir les pensées. Mes pertes d'équilibre, d'orientation parfois, quand je ne savais plus et que ça m'échappait, moi, tout, je restais planté sur un trottoir comme les morceaux d'une épave. Tous les signes bizarres que j'émettais et qu'on enregistrait. Ceux qui me connaissaient de loin, les voisins. En Suisse pas plus qu'en France, mais je me faisais bien à la haine suisse, discrète silencieuse. Cette façon de se guetter sans rien se dire. En France, ça m'éclatait sans arrêt au visage, des trucs absurdes, chacun me prenait pile pour ce qu'il détestait.

D'ailleurs vous vous souvenez, docteur ? Vous vous souvenez, les messages ? À l'automne précédent, quelqu'un m'avait harcelé. Je n'avais pas compris tout de suite d'où ça venait. Les premiers messages me semblaient même plutôt lucides – oh combien. L'inconnue – je l'avais rangée dans la catégorie « femme » – connaissait certains de mes replis secrets. Peut-être Eva, ce tutoiement, cette rancune insistante, limite obsessionnelle, portaient très clairement la signature d'Eva, elle m'avait toujours reproché de ne faire l'amour qu'en fermant les yeux. Les messages avaient continué à tomber pendant la nuit. Ils exprimaient la même rancœur vibrante, charnelle. Avions-nous donc été si proches, avec Eva ? Nous venions de nous ghoster. Nous nous étions vus quelquefois seulement, nous envoyant l'un l'autre des signes creux, des bruits de surface que l'autre tournerait et retournerait, pendant des années peut-être s'acharnerait à comprendre, à pénétrer pour y retrouver le secret de cette première rencontre, le secret des paroles qui y auraient été dites, de promesses qu'on avait imaginées, et qui ne seraient pas tenues.

Ce n'était pas Eva, mais un inconnu qui disait s'appeler comme un personnage du roman que je venais de publier. J'avais volé sa vie, il disait. J'étais l'explication de tout son malheur, la puissance maligne qui l'empêchait de tenir à la réalité, la force active derrière toutes les silhouettes et les formes qui, sous une infinité d'avatars, lui adressaient des messages cryptés compréhensibles de lui seul pour lui faire savoir que je l'épiais. Le harceleur les interprétait à l'aide d'une algèbre dont ses messages ne donnaient pas la clef, sinon qu'au bout du bout de la chaîne, il y avait ma haïssable tête, qu'il parvenait presque à me faire haïr à mon tour, en somme il révélait ce que je savais de moi-même et que d'autres se contentaient de sentir en grognant, j'étais un peu pour lui ce qu'Emmanuel Macron était pour d'autres, un Emmanuel Macron à lui, tout pour sa haine, et faire passer la misère de sa vie.

Et pourquoi pas d'ailleurs ? J'en avais tellement assez. Assez de craindre. Assez de me justifier. De prouver que je pouvais être aimé. J'aurais parfois voulu leur dire à tous que j'étais là, tant pis, et que je resterais, j'insisterais, je m'accrocherais jusqu'au bout avec mon corps stressé, ma face pleine de toutes leurs violences, il leur faudrait s'y faire, il leur faudrait me subir. J'avais envie de les défier, les provoquer. J'existe, je persisterai dans l'existence, j'irai où je veux, je monterai où j'ai envie, même là-bas, même là-haut.

Le docteur a laissé passer un peu de ma logorrhée. Puis il m'a demandé. – Sinon, comment ça marche avec Raffaele ? Et le Cervin, vous en êtes où ?

19

« Le Cervin n'arrête pas de tenter
de nouvelles expériences, et il obtient toujours
des effets saisissants. Au soleil couchant,
quand les régions inférieures disparaissent déjà
dans les ténèbres, il s'élève de cette obscurité envahissante
pour montrer le ciel comme un doigt de feu.
Au lever du soleil – ma foi, à ce qu'on m'assure,
il est aussi fort beau au lever du soleil. »

Mark Twain

La discussion avec le docteur Nuaje m'a fait du bien. Après avoir raccroché, j'ai pris conscience de mon degré de fatigue et de désorientation. C'était dangereux. Tout au fond, le Cervin préparait des vertiges et des verglas qui me hantaient à l'avance. Pour les affronter, avait expliqué mon psychiatre, je devais m'exercer à visualiser. Me préparer une géographie mentale de tout ce qu'il y aurait entre le refuge d'Aronde et celui du Hörnli au-dessus de Zermatt.

En fin d'après-midi, un petit vent sec a redessiné les pentes et les couleurs, et le massif a perdu son uniformité de bloc flou pour prendre des reliefs variés de diamants. Je me suis installé sur un banc devant la maison avec un grand livre de courses que j'ai fini par lâcher pour somnoler. Morgane a dû toucher mon épaule pour me réveiller. Elle avait retrouvé toute l'anxiété coupable qui la tenait debout. – Michelangelo. Tu ne l'as pas vu ? Elle a soupiré, tourné sur elle-même. – Parfois, il s'échappe et revient de lui-même. Elle a eu, je ne sais pas, l'air d'une condamnée jetant un regard désespéré sur sa cellule quand le bourreau s'approche de la porte.

Puis il est arrivé. Raffaele est entré. Sans lui, nous étions comme des feuilles, sans vie à nous, ni volonté. Sa voix a suffi à nous réaligner. Il a immédiatement demandé où était le chien. Morgane a hésité. – Il s'est encore sauvé, c'est ça ? Putain ! Il ne s'est pas tout de suite énervé. Ça le faisait plutôt rire. Lui aussi, ça lui arrivait, on ne peut rien faire quand Michelangelo se sauve. Ça dure un ou deux jours. Peut-être des chiennes en chaleur dans les alpages. – Peut-être qu'il est retourné où il est né, a dit Morgane. – Peut-être, oui. Raffaele a réfléchi. – Peut-être. Je vais téléphoner à Vincente.

Je ne sais pas ce qui m'a le plus étonné, ce nom si simplement lâché ou la mention du téléphone. J'ai demandé. – Mais, il a du réseau là-haut. Raffaele m'a fait ce sourire que je lui avais déjà vu sans en comprendre la signification, une canine débordant sur la lèvre inférieure, requin, vampire. – Mon frère, tu ne sais pas grand-chose sur lui. Puis il s'est écarté. Morgane et moi l'avons entendu parler longtemps et bas en italien.

Tout le repas, nous l'avons écouté rager. Ceux de Nestlé étaient arrivés à plusieurs. Des hommes de son âge, pliant eux aussi leur existence à leur volonté, poussés non par le sens du devoir, mais par celui du défi. Deux avaient voulu voir la coulée du glacier Genz. Raffaele avait dû leur prêter du matériel. Pendant la descente, le plus gradé avait reçu un appel d'urgence. – Il a failli s'arrêter sur un pont de neige pour le prendre, putain. Bon, je trouve une place sécure, il parle au téléphone une minute, il me dit, on va devoir partir plus tôt que prévu, l'hélicoptère vient nous chercher dans une heure devant le refuge. Ce serait bien de ne pas le faire attendre. Une heure, putain. D'abord, je crois que c'est une blague, mais il me regarde avec l'air de me dire qu'est-ce que t'attends, démerde-toi, on est pressés. Heureusement, il n'y avait que le glacier à descendre. Je les ai fait courir. Il y en avait un qui ne suivait pas bien. Vous pouvez croire, je ne me suis pas gêné pour tirer sur la corde. Bon, on le fait, pour rien en plus parce que, une heure après, l'hélicoptère n'est pas là, et ces connards commencent à s'énerver. Ils me font même des remarques, à moi. Ils parlent sans regarder. Putain, tu aurais vu ça. C'était le genre de soir qui met un point final à toute discussion : l'Italie c'est le plus beau pays du monde. Il y avait toutes les Alpes en clair jusqu'au mont Viso, et les plaines en couleur. Tu peux me parler de la Nouvelle-Zélande après ça. Toute la beauté était là, et eux ils s'en foutaient. Bon. L'hélicoptère arrive. Ils me font même pas un salut, ils montent dedans. Putain, ils montent avec mon matériel. Je leur fais signe. Je tape sur la vitre. Le truc décolle presque avec moi, je dois sauter en arrière. J'ai eu envie de me mettre à courir. Avec la rage, j'aurais pu le faire. Je les aurais chopés à l'héliport ici, et je leur aurais cassé la gueule. Bon. Le bureau des guides m'appelle. On me dit que ce n'est pas la peine, qu'ils partent direct vers Aoste. Et mes affaires ? Ils me les font renvoyer demain. Avec quelque chose, une compensation, un gros pourboire. Il fait mine de cracher. Mille euros, me dit le guide chef. Mille euros. Putain, je suis un domestique ou quoi ? Je suis un chien ? Un moment, je me suis dit tant pis, je prends le van, je passe la frontière, je vais les chercher en Suisse au siège de leur firme de pirates. Leur pourboire, je le leur enfonce dans le cul. On va voir s'il rend la monnaie.

Sans transition, Raffaele se tourne vers moi. – Bref, demain, on met le réveil à 4 heures, on descend vers le sud pour faire le test. On fait le Torre Grande dans la journée, mais je te préviens. Je vous préviens tous les deux, ce sera rythme Raffaele. Il a soupiré. Un petit moment, l'abandon est passé sur sa figure de mage, pas seulement la tristesse ou la fatigue, une lassitude d'homme qui porte des siècles et des siècles. Il s'est levé de cette façon rapide, un peu désarticulée, qui m'avait déjà surpris aux arêtes du Breithorn. Petit. Perdu. Accablé.

Nous avons mangé ensemble à l'étage du bas. Les pièces étaient plus étroites, le bois plus jaune, l'odeur de chien, considérable malgré son absence. Morgane et moi n'avons pas traîné. Au contact de Raffaele, elle était redevenue un bout de bois, raide et inaccessible. Elle a checké mon matériel en mode police. J'ai à peine eu le temps de réfléchir à occuper les heures nous séparant de la nuit, c'était déjà fini, je ne comprends pas comment ça a filé si vite, il a été 22 heures, la nuit se refermait sur moi comme une marée.

J'ai poussé la porte du salon là-haut, les gradins de livres ont dévalé. Sur une petite étagère dans un coin, quelques-uns, plus neufs et chiffonnés, s'affaissaient. Je me suis approché. Des topos annotés d'une écriture appliquée, au feutre noir. Les livres de Morgane, on dirait. Destivelle, Lynn Hill. Avec le nom de Lynn Hill me revient cette couverture de magazine, elle est bronzée, velours violet, alanguie souple, mais tête droite, sourcils levés, serpent dressé un peu, elle est la première, la meilleure, que dire d'autre ? Je tire le livre de l'étagère. Sur la page de garde, rayant toute la largeur : *It goes, boy !*, sa fameuse phrase, après sa première au Capitan. Loin au-dessus, timide dans un coin, la signature de Morgane. Ça m'a brûlé.

Je suis resté là encore un moment avec les autres noms. Terray, Young, Zsigmondy, Zurbriggen. Harrer. Durier. Daumal. Je n'imaginais pas trouver ça dans une bibliothèque de guide ! De Luca, cela va sans dire. Tesson, plusieurs. London. Rigoni Stern, un nom que je ne connais pas du tout. Coolidge.

Dehors, dans la montagne, la voix de Raffaele a retenti, douloureuse. Il appelait. Michelangelo ! Quelque chose m'est revenu. J'ai pris mon téléphone. Ça passait. Un sursaut d'énergie m'a permis de chercher. William Augustus Brevoort Coolidge et Tschingel sa chienne, qui l'avait en effet suivi un peu partout sur les sommets, reniflant l'itinéraire et grondant pour signaler les ponts de neige. La voix de Raffaele encore, plus loin. Est-ce que Michelangelo grondait vraiment sur les glaciers ? Vite j'ai fini mon sac, je me suis mis au lit, serré, caché, j'ai attendu le choc du réveil.

20

« Si on a besoin des chaussons
c'est qu'on n'a pas le niveau. »

Commentaire de la gardienne
du refuge de la Charpoua
à propos de la traversée des Drus

Raffaele m'entend sûrement respirer. Il m'entend haleter, il évalue et juge, je ne suis pas prêt, pas pour le Cervin en tout cas, ça n'ira jamais pour le Cervin. Il n'y a que lui, partout, qui chantonne et me nargue. Il connaît tout de moi, chaque geste de mon corps, chaque segment de ma volonté. Toutes les insuffisances que je voudrais cacher. Il sait tout, il sait déjà que je ne suis pas prêt.

Je me suis levé sans être vraiment là. Me suis forcé à mâcher les céréales. Pendant que nous filions en voiture dans l'aube, vers la grande vallée puis les Alpes du Sud, je somnolais encore. J'ai demandé pourquoi nous allions si loin. – Décidément, a dit Morgane, mais tu n'apprends rien. T'as même pas regardé la météo. Un alpiniste devrait toujours, la veille d'une course, et le matin. C'est la base. On est obligés, voilà pourquoi. Partout ailleurs c'est le mauvais temps.

Dès les premiers pas, j'ai lutté pour garder mon souffle. Je ne me réveillais pas. À la pause, Morgane m'a tendu une bouteille d'eau. Une gorgée fraîche, merveilleuse. Peut-être un petit goût de sang. Nous étions assis presque l'un contre l'autre. Penché un peu plus loin, Raffaele semblait dormir ou penser. Morgane m'a chuchoté. – Michelangelo n'est pas chez Vincente. – C'est ce que son frère lui a dit hier ? Chut. Morgane a fait signe. Raffaele sortait de son immobilité. Elle-même est redevenue mécanique. – T'es bien habillé ? m'a-t-elle demandé d'un ton de guide.

La traversée du Torre Grande, trois tronçons successifs. Le premier, nous l'avons fait. Une montée dans les ronces, fatigante, mais sans difficulté technique. Le deuxième est juste devant : une descente en rappel, suivie d'une belle marche en équilibre sur une arête, qui vous abandonne dans une cuvette. Là, vous avez le choix. Vous pouvez en contourner le fond déclinant pour retourner dans la vallée, ou continuer tout droit sur l'éperon terminal.

L'éperon, nous y voilà enfin. Pour la première fois, je réalise. Il sort de terre, éventre le plateau, comme la tour de Sauron dans *Le Seigneur des anneaux*. C'est vertical. Un truc que je ne connais pas encore. Absurde, insensé. Aucune voie normale, aucune classique, rien de ce que je pourrais viser ne va dans ces difficultés. Je me retourne vers Morgane, mais elle est penchée en arrière, ses yeux perdus dans le mur. Raffaele aussi a levé la tête. Quelques secondes passent, je jette mes propres yeux dans la masse forteresse rêve chimère. Je les distingue, tout petits, des points d'or très haut sur le rocher noir. – Ils sont à l'avant-dernière longueur. Mettez vos chaussons, on n'est pas en avance. Morgane pose ses mains en visière. Je demande. – Vous savez qui c'est. Raffaele émet un hoquet qui ressemble à un rire. Il connaît le tour des courses du bureau des guides, dit-il. Il n'a vraiment pas l'air heureux aujourd'hui.

Morgane tire sur mon pontet. – Fais voir ton nœud ? Je n'ai pas le temps de plaisanter. La scène de l'avant-veille se reproduit. Elle vérifie mon baudrier, déplace les dégaines*. – Tu te concentres, cette fois. On a trois longueurs de 5c et une de 6a dans l'itinéraire. Et encore quatre en 4. – C'est beaucoup. – T'es prête ? crie Raffaele. Je monte. Je suis soulagé qu'ils ne m'aient rien demandé. Au-dessus, Raffaele souffle et jure. À mon tour, je me lance, me colle plutôt. Je ne grimpe pas en falaise, presque jamais en salle, sinon du bloc. Une grosse erreur. Le vide ne s'improvise pas, pas pour tout le monde en tout cas. Ces verticales affolent tout en moi. Très vite, mon poids tire sur mes avant-bras. Je grimpe mal. Chaque dégaine, c'est une acrobatie. Une longueur après l'autre. Les premières passent. Les suivantes sont les pires. Tous les appuis disparaissent et me voilà jonglant sur rien. Je ne sais pas comment je tiens. – Allez ! me dit une voix. Nous grimpons en corde double, Morgane est presque à côté de moi, son épaule tatouée, comme si elle brillait. Je découvre une autre version d'elle, éclose et sidérante. La carapace de gêne et de dureté est toute partie. C'est son terrain, elle sourit enfin sans honte et sans rien refouler, le visage tourné vers le haut, vers le soleil. Raffaele ne peut pas la voir, mais c'est aussi un peu pour lui qu'elle irradie. Essaie voir, dit ce sourire. Essaie seulement de me chercher ici, je suis invulnérable. Puis son menton s'abaisse un peu, son regard passe sur moi. Quelque chose dans l'équilibre du sourire change. C'est léger. Un adoucissement des commissures, l'angle d'un pli qui s'élève un peu plus vers les yeux, eux-mêmes fendus, un autre trait qui les prolonge et rit. – Allez ! C'est cool ce que tu fais ! Elle y est tellement, on dirait que ça passe en moi. Ça passe, et je passe. En me voyant surgir du surplomb, Raffaele sourit à peine, ailleurs vraiment. J'imagine l'expression de mon visage, mais enfin j'y suis arrivé. – Loin de la zone de confort, hein ? dit Raffaele. Le souffle bon sang le souffle. Ce pincement de mon cœur, presque de l'électricité. – On a fait la longueur en 6, dit Morgane.

Plus qu'une. Du 5c. Un peu moins dure techniquement, mais traversante, ce qui veut dire qu'en cas de chute, c'est plusieurs mètres de plongeon. Après, c'est le salut. Raffaele semble en difficulté. Il monte, il redescend. À cet endroit pour lui, l'erreur est interdite. Morgane met ses mains en porte-voix. – Tu as presque tout fait. Tu veux que je passe en tête ? Raffaele se retourne. Je me dis. Elle n'aurait pas dû proposer ça. Sur Raffaele, l'effet est presque immédiat. Il prend un mètre, deux. Il grimpe, ce n'est plus le même, il grimpe à toute vitesse. Morgane secoue la tête. Elle admire quand même un peu. Avec le coup de fouet, Raffaele a torché. – Il aurait pu mettre plus de protections, murmure-t-elle. Fais vraiment gaffe. Mon cœur pince. J'ai presque peur. J'imagine à peine, une crise cardiaque ici ! – À toi, me crie Raffaele d'en haut. Le vide est partout. Je ne sens plus la corde. Un pas, un autre, mes bras tiennent à peine, les grimpeurs appellent ça les bouteilles, qu'est-ce qu'ils disent dans ce cas, qu'est-ce qu'il faut faire. Ça glisse. Je m'accroche. Bras serrés. Pas comme ça putain, crie Raffaele. Pas sur les bras. La tétanie, le vide dessous. Ça tient encore pour le moment, un tout petit peu. J'ai fait tant de tractions aussi. J'en enchaîne parfois vingt-cinq en une fois. Évidemment, sans la technique… Je tourne la tête. Il n'est pas loin, le salut. Quelques mètres encore. Repose-toi sur la dégaine, crie Raffaele. Une minute passe, pas les bouteilles ! Monte à la fin, dit Raffaele. C'est tout près. Je tire. Sous tes pieds, hurle Morgane, tu as une prise sous tes pieds. J'essaie, mais ce n'est pas une prise, ça, c'est presque rien, déjà le vide m'attrape. Je tiens. Je me tends. Mes mains s'entrouvrent, elles veulent partir, elles ne sont plus à moi. Je pense à mon cœur. Dessous, Morgane hurle à nouveau. Je hurle aussi. Quoi ? Mais quoi, enfin ? Enfin j'entends. La dégaine. Juste devant. Je tends la main, je suis sauvé. Puis le coup.

On ne peut même pas dire qu'il a été brutal. Pour moi, ça n'a pas existé. Je ne sais pas au bout de combien de temps j'émerge.

La corde m'a collé à Morgane. Nous avons arraché un, deux pitons, puis pendulé. Les yeux de Morgane sont écarquillés. Dedans, presque de l'horreur. Pourquoi ? J'ai un peu mal, oui. Je réalise que j'ai tapé sur le mur. Enfin, je distingue ses paroles, je réponds. Je vois l'expression de son visage changer. Tout mon corps sonne encore du choc, la douleur n'est nulle part pour l'instant, ce n'est même pas de la douleur, c'est comme un écho partout en moi. Je remarque que Morgane me parle. – Ça va ? Je ne me rends pas compte que je réponds sans le son.

Le monde entier reste mélange. J'aurais pu être vidé du baudrier, je pends sur au moins 200 mètres jusqu'aux brisants du fond. Je n'ai pas peur, il n'y a rien, rien en moi, d'ailleurs, quand je regarde vers le bas, je murmure seulement. – J'aimerais bien ne pas mourir ici. Morgane grimace, dégoûtée, comme par une déclaration d'amour. Alors j'entends les cris de Raffaele. Il est là-haut. Au sommet, bras écartés, noir dans un soleil si dense qu'on le dirait habité du feu Saint-Elme. Il hurle. Il hurle en prêtre, il nous invite, il nous maudit. Frappe, rage oubliée des monts, oh toi justice, flamme pure et cachée, frappe, punis, consume. Mais que dit-il ? Je ne distingue pas. Que dit-il ? Je l'entends maintenant. Il hurle. – Au mur, merde. Accroche-toi au mur. Il hurle. – Morgane, tu es une conne. Tu es nulle. Il hurle comme un dément.

Alors lentement, Morgane s'arrache à moi. Elle me repousse, se balance, parvient à saisir une prise. Je ne vois plus qu'elle, plus que la chair concentrée de son visage. – Tu tiens ? me demande-t-elle. C'est comme si mes bras ne pouvaient plus rien faire. La moindre traction, la moindre secousse m'épuise. – Mais remonte, bordel, hurle Raffaele. Un peu de couilles, merde. Morgane, lentement, se hisse. Une expression de colère intense dirigée contre moi, contre tout. – Allez, dit-elle. Je ne bouge pas. Elle cingle. – Allez ! Je lève la main, tente de la poser sur la prise, mais il n'y a rien, je suis d'eau, tout fuit, tout coule. J'essaie de plaisanter. Il me fait trop peur à crier. Je préfère presque le vide. Morgane appuie sa main sur la mienne, je ne sais pas comment elle tient, à quoi. En haut, Raffaele a ravalé la corde.

Soudain tout va mieux. Les bouteilles passent. Mes bras se désengourdissent. Je trouve des forces, j'avance entre leurs deux furies. La voix qui fouette en haut, les yeux qui brûlent à côté. Ça se fait. Ce n'est pas ma volonté. Des réflexes, les gestes se font presque sans moi. Ma pensée pour l'instant n'est qu'un nuage, même si chaque traction y peint de nouvelles couleurs qui sont presque toutes des nuances de la peur. Chaque dégaine est comme l'île de Calypso dans la plus grande furie de Poséidon, j'ai envie de m'arrêter, me coller pour toujours. Peu à peu, malgré tout je me hisse. À côté, je sens Morgane qui se détend. Elle cache moins sa colère. – Reste sur le friend tant que je ne suis pas passée, bordel, me crie-t-elle.

Sur la plateforme où nous devions célébrer la victoire, Raffaele m'examine sans un mot. Il palpe mon bras. Me tend de quoi le bander. – C'est rien, dit-il. Tu as vraiment de la chance. On continue. Seulement, plus de connerie. Son air est si méchant. Je me tourne à peine pour uriner. C'est bien idiot dans ma tête en ce moment.

Le col enfin, l'herbe, la douceur. Peut-être Hannibal et son armée sont-ils passés par là. Nous ne disons plus rien. Toutes les deux minutes, je me retourne, j'espère que le visage de Raffaele va se détendre, rire, pardonner, après tout, nous l'avons fait quand même, il n'y a plus de danger. Nous atteignons la route. – Vous devriez trouver autre chose, dit Raffaele. L'un et l'autre. Florian, pour toi, les balades, c'est déjà bien, et il y a d'autres trucs que tu sais faire dans la vie. Morgane, toi c'est plus embêtant. Guide, ça n'est manifestement pas pour toi. *Ma* le problème, c'est, tout ce que tu as fait avant l'alpinisme, ça a foiré aussi.

21

« Dans les Alpes, on est aigle ou crétin. »

Victor Hugo

La nuit commence à tomber. Par la fenêtre, je regarde Morgane s'agiter. Je ne sais pas ce qu'elle range, ni ce qu'elle semble chercher. En tout cas, ce n'est pas dans le van, dont le claquement du coffre a plusieurs fois retenti. La sensation de brûlure s'est aggravée. Mon coude cuit. J'ai eu de la chance. J'ai raclé, je n'ai pas tapé de plein fouet, sinon, ça aurait été bien pire, la fracture, je ne veux pas y penser, surtout, ne pas laisser cela venir.

Morgane est entrée sans frapper. – Tu as vu la dégaine rouge ? Je suis à peine habillé. – La dégaine double ? Elle contourne le lit. – Je peux regarder à ton baudrier ? Elle croise les bras, droite comme une bougie. Pour la deuxième fois, j'ai flanché devant elle. Dans un rêve, dans un de mes livres, ce serait assez pour nous faire couler l'un à l'autre. C'est idiot. Pas tout à fait quand même. Morgane a été infirmière, j'espère, j'ai envie de penser qu'un peu de faiblesse pourrait l'attendrir. Je demande. – Michelangelo est revenu ? Elle hausse les épaules. – Non. Elle contourne le lit, s'assoit en position du lotus.

Elle dit. – D'abord les flics qui viennent parce que Raffaele tape le copain de Lise dans l'hélico. Puis les gens de Nestlé. Maintenant le chien. Je te jure, il m'inquiète. D'habitude, ce n'est pas ça. Cet après-midi, il m'a foutu les jetons. – Peut-être que j'ai vraiment déconné. – T'as un peu déconné, mais pas tant que ça. À propos, ça va les blessures ? Elle se penche vers moi. – Fais voir ? Elle prend mon bras. Elle est trop près, elle va se rendre compte que… – Ah ouais, quand même. Désinfecte ça bien. Ça aurait pu être vraiment pire, t'as fait une bascule de fou. Et je te dis tout de suite, c'est pas complètement ma faute non plus. Je préfère te dire que j'étais pas trop pour t'amener là. Des longueurs de degré 6 alors que tu grimpes presque jamais. J'ai pas discuté parce que je pensais que tu passerais pas celles du bas et qu'on redescendrait.

Je demande. – C'était coté quoi, ce truc ? – Le Torre Grande, je crois que c'est TD, « très difficile ». Ça n'a rien à voir avec le Cervin. Des longueurs en 6, au Cervin, faudrait aller les chercher sur les voies dures de la face nord, au nez de Zmutt. Bon, j'te dis tout de suite, c'est pas parce que t'es à peu près monté là que tu peux viser le nez de Zmutt, même moi j'irais pas. Aujourd'hui on n'a pas dépassé 2 500 mètres. Il n'y avait pas de neige.

J'en ai un peu assez. – Tu sais, Morgane, tu n'es pas obligée de dire ça. Je ne me prends pas vraiment pour un grand alpiniste. Vous faites tous ça. J'ai l'impression que vous voulez m'écraser d'un coup de talon dès que j'oublie ma place. – T'écraser d'un coup de talon, carrément. Morgane réfléchit. – Je sais pas. Je te parle comme je me suis parlé à moi-même quand j'ai commencé. – Et maintenant, c'est Raffaele qui te parle comme ça. Je ne comprends pas d'ailleurs. Pourquoi tu te laisses faire ? Tu m'as plutôt ébloui. J'ai eu l'impression que tu t'en sortais mieux que lui, et qu'il était jaloux.

Elle regarde ses mains, relève la tête, jette vers moi des coups d'œil furtifs, mord ses lèvres avec l'expression d'une écolière qui bute sur une multiplication. Je remarque ses ongles coupés à ras, qu'on devine rongés. – Meilleure ça m'étonnerait, dit-elle enfin. Mais je grimpe pas mal. Je grimpais avant de découvrir la montagne. En salle, à Fontainebleau. Ici, j'ai encore plein de choses à apprendre. Déjà, j'aurais pas dû laisser faire. Quand t'amènes quelqu'un à la limite de son niveau sur ce genre de trucs, tu mets des points. Beaucoup de points. Et si t'es trop cramé, tu ravales ton orgueil et tu demandes à ta seconde, surtout quand tu l'as fait venir pour ça. Le pendule qu'on a fait, c'était dangereux.

Le bas de mon dos me fait mal. À peu près tout en fait. Je change de position, m'appuie sur le bord du lit. – J'ai toujours pas très bien compris d'ailleurs, dis-je enfin. Pourquoi on a fini l'un sur l'autre ? Elle se redresse. – Quand t'es parti, j'ai pas vu que t'avais emmêlé ta corde avec la mienne. Sur ce coup, on a merdé tous les deux, mais c'est censé devenir mon métier. Du coup quand t'es tombé, tu m'as arrachée aussi, on est descendus de cinq mètres et notre poids à tous les deux a fait sauter un friend, et on a encore perdu trois mètres. Heureusement, en haut, il y avait un anneau. – Huit mètres ? C'est beaucoup ! – Au vrai, pas tant que ça, dit Morgane, toujours songeuse. En grande voie, j'ai déjà volé de douze mètres, mais en montagne, ça devrait pas t'arriver. – Et le salto ? Pourquoi ? Elle rit. – Ça, j'en sais rien. T'as dû faire une autre connerie. J'ai perdu le fil moi aussi. Elle ramène ses jambes contre sa poitrine, grimace. – Je ne t'ai pas demandé. Ça t'a fait mal. – Ça m'a bien coupé le souffle, mais c'est surtout quand il s'est mis à hurler. Moi non plus je n'oublie pas ce moment. Sa silhouette dans le soleil, ses bras de prophète ouverts pour nous attirer à lui dans la folie, la mort, la ruine et le malheur du monde.

D'une bascule, elle se remet debout. – Bref, tout le truc était mal géré. Non, je vais te dire. C'est plutôt bien qu'il t'emmène pas au Cervin. – Il m'emmène pas, c'est sûr ? Elle se retourne. – T'as vraiment envie de remettre ça ? – Pas vraiment, mais... Et toi, tu m'emmènes pas ? On commence à se connaître. Elle se penche, ramasse un mousqueton noir. – Juste pour souffrir, tu veux dire ? Gratuitement ? Et s'il arrive quoi que ce soit, ça me plombe le probatoire. Pour ce genre de choses, demande plutôt à Lise. Je lève la voix sans le vouloir. – Tu crois que je ne suis pas capable ? C'est vraiment si dur ? – Dur, non. Le plus chiant par le versant italien, c'est une corde sur laquelle il faut se hisser. Ce genre de passage, tu le fais, mais sans problème. Il y a une traversée aussi. Beaucoup moins foireuse qu'aujourd'hui, mais t'as vraiment, vraiment pas droit à l'erreur. Le truc avec le Cervin, c'est pas que c'est dur, c'est que ce n'est pas une course qu'on essaie. Tu zippes*, c'est ciel bleu. – Ciel bleu ? – T'es en bas, on est tous en bas, 1 000 mètres plus bas.

Un moment, je me demande si ça ne va pas malgré tout finir comme dans mes fantasmes, le papillon et la bougie, des flammes. Mais c'est autre chose. Comme si la méfiance entre nous s'était presque toute dissipée. Morgane est appuyée contre le mur. Elle a les bras croisés. – Tu vas parler de cette histoire dans ton livre ? – Mon livre ? – Raffaele m'a dit que t'en écrivais un, et qu'il y serait sans doute. Il m'a dit, s'il refait *Le Seigneur des anneaux*, je serai Sam, je serai le type qui fait tout pendant que l'autre gémit et se regarde souffrir.

Je suis au pied d'une falaise, plus haute que le Torre Grande. Ça ne dure pas longtemps. J'essaie de me lever. Je bouge si lentement, si doucement. Morgane esquisse un mouvement qui la détache du mur. – Ça va ? Elle a vraiment la voix de Livia quand des haut-le-cœur me pliaient en deux dans le métro. – Ça va. Je grimace. Ça va. Oh putain. Je ris. – Je ne sais pas si ça sera *Le Seigneur des anneaux*. – Je n'ai vu que le film, dit Morgane. Je reprends. – Le truc d'aujourd'hui, je vais évidemment en parler. J'imagine que pour toi ce n'est pas nouveau, mais moi, je ne connais pas vraiment ça, risquer ma vie. Et bon, t'es crédible en héroïne. J'aimerais la voir rire encore, mais elle retrouve son air sérieux. – Pour aller sur des montagnes, dit-elle, tu dois apprendre à rester dans le réel. Ce que tu dis, ça n'est pas toujours réel.

Je lui demande ce qu'elle fait ici avec Raffaele. Les Français qui préparent le probatoire pour être guides sont tous à Chamonix. – Peut-être, je ne suis pas assez française. – Tu as pris le style italien, en tout cas. – Le style ? – Ou anglais. Ta phrase. – Quoi ? – La construction de ta phrase. Rien. Pardon. Une bêtise. Oh, que je parle trop. Le sourire de Morgane est presque effacé, elle a retrouvé ses yeux. Qu'elle me paraît française ! Cette façon un peu forcée de grogner parce qu'on a dû lui répéter de ne pas se laisser marcher sur les pieds, ces impulsions toujours, tout empêtrée dans cette attitude qui n'est même pas la sienne, en plus, qu'elle mime plutôt, avec la même attention gênée qu'un étudiant aussi fier qu'embarrassé de sa cravate lors du premier entretien d'embauche.

22

« J'ajoutai que je ne croyais pas
à la guerre en montagnes.
J'y avais beaucoup réfléchi.
On s'empare d'une montagne,
l'ennemi s'empare d'une autre,
mais dès que l'affaire devient sérieuse
on s'empresse de redescendre dans la plaine. »

Ernest Hemingway,
L'Adieu aux armes

Dans les souvenirs de Raffaele, son père est plus haut qu'une face nord. C'était un si bel alpiniste, Riccardo Tardio ! Trop peut-être. Le reste de sa famille s'en méfiait, son propre père au premier rang. Trop de joie et d'insouciance, de liberté, de photos et d'articles de presse, de clients, et de clientes aussi, riches et belles il fallait croire, alors qu'il restait tant de voies à ouvrir. Bonatti ne grimpait plus. Les Français tenaient le haut du pavé. Qu'attendait Riccardo ?

Riccardo finit par se laisser convaincre de monter se fixer seul dans une de ces goulottes encore infaisables, mais qu'on savait vouées à être bientôt grimpées. Au bout de trois jours, il n'était toujours pas sorti, et l'orage avait tout balayé. Deux jours après, quand on le repéra enfin sur sa paroi, c'était trop tard. On se passa le mot pour dire qu'on l'avait retrouvé mort.

Raffaele avait trois ans. Trop tôt pour les souvenirs. Les avait-il vus vraiment ? Ces hommes qui portaient le cercueil. Qui ne collait pas, d'ailleurs, ce cercueil. Avait-il vraiment crié ça, Raffaele ? Que le cercueil était petit, trop petit. Sans pitié, son grand-père lui avait expliqué. Pour détacher Riccardo du rocher, il avait fallu attaquer la glace et casser. Pas casser la pierre, non, non. Pas la pierre. Le grand-père de Raffaele n'y voyait rien et agrippait son petit-fils en lui jetant ses éclats de voix. Il serrait. Raffaele se sentait pris dans les serres d'un vautour. Un grand oiseau qui se penchait pour révéler des vérités plutôt sinistres. Son père n'était sans doute pas encore mort quand on l'avait trouvé. Pas mort, non. Gelé. Ils n'auraient ramené qu'un homme-tronc sans oreilles et sans nez. Le grand-père de Raffaele s'appelait aussi Raffaele et savait ce que cela faisait de se sentir geler. Perdre la sensibilité des jambes et des mains. Voir, parce que tu vois encore, tes doigts noircir. Tirer dessus, peut-être en enlever un qui pend. – Tu es encore vivant, Raffaele. Tu les vois se casser et tu es vivant. De ta propre main, ils tombent. Tout jeune, pendant la guerre, sur le front des Dolomites, Raffaele l'Ancien avait vu plusieurs amis mourir ainsi. Ceux-là mêmes dont les journaux s'étaient disputé les photos. Ces voltigeurs, ces acrobates souriants, héros d'une guerre de funambules.

Raffaele savait qu'il ne fallait rien dire. Son grand-père n'entendait pas beaucoup mieux qu'il ne voyait, les sons assourdis des voix le plongeaient dans une rage affolée. Finir dans cet état, lui qui avait été si fort ! Dès seize ans, loin de sa vallée natale, Raffaele l'Ancien grimpait sur les clochers brumeux des Dolomites. Dans un anonymat encore presque total, ses camarades et lui s'attaquaient, avec leur curieux attirail de pitons, à des verticales qui auraient effaré les Britanniques.

Les Italiens grimpaient avec les Autrichiens, quelques Allemands parfois. On se faisait un peu de compétition, on s'épaulait, on s'accordait pour dire que la montagne devait être un lieu d'entraide, de solidarité. L'alpinisme, une seule nation. D'accord, on s'était battus pour le Cervin. La colonne des Italiens partie d'un côté derrière Carrel, les Anglais partis plus tard du versant suisse mais arrivés les premiers. On savait aussi ce que ça avait coûté. Quatre morts chez les Anglais, un drame qui avait agité le monde entier. Mais bon. Il n'y avait qu'un Cervin. Ce n'était pas une montagne, c'était *la* montagne, c'était autre chose, le talisman, le joyau, la clef, on s'était précipités vers une forme qui rendait fou, une ivresse, jetés dans l'appel de mort d'un dieu. Ça n'arriverait qu'une fois. Enfin, on se préparait tout de même. On préparait les futurs exploits.

L'été où Raffaele l'Ancien connut son éclosion alpine avait été beau. Il n'était pas question alors de réchauffement climatique, seul le progrès comptait, l'Europe venait de vivre quarante années de paix. Les corps étaient beaux. Et bons. Et fonctionnaient. On se sentait jeune, et à jamais puissant. Pour Raffaele l'Ancien et ses amis, le bleu qui revenait chaque jour n'était qu'un appel. Pour toute l'Europe, cet été serait un souvenir cruel. Personne ne pouvait, personne n'aurait pu imaginer.

Raffaele le Jeune était un des plus jeunes petits-fils de Raffaele l'Ancien. Si petit, si mignon. On avait envie de l'attrister, de lui expliquer la vie. En octobre surtout, quand la grisaille humide, gelée, s'étendait sur les sapins noirs. Parfois, le vieil homme mélangeait ses souvenirs. Raffaele devait se débrouiller pour en faire une histoire. Le début. La déclaration de guerre au milieu de l'été. L'armée italienne qui ne possédait rien de ce qu'il fallait pour la faire. Le chef, le comte Luigi Cadorna, général réputé pour sa parfaite connaissance des manuels et des techniques de Napoléon. Raffaele l'Ancien le décrivait avec éloquence. Son petit-fils imaginait. Il se représentait le général prendre des poses avantageuses, lisser avec satisfaction les moustaches garibaldiennes plantées sur son visage buté de bandit sarde, c'était comme un vieux film. Un bouffon, une horrible canaille, Cadorna. Qui aimait se laisser photographier auprès de ses homologues français et anglais, dont il singeait le pire jusqu'à la caricature. Il ne croyait ni aux casques ni aux mitrailleuses. La meilleure arme du soldat, pensait-il, était l'esprit de sacrifice. Pour le soutenir, au cours de la guerre, il colla plus de sept cents hommes au poteau et limogea autant de généraux et colonels. Tu le crois, ça ? Il pensait que les Autrichiens viendraient par la Suisse. Avec plusieurs dizaines de milliers d'autres femmes, l'arrière-grand-mère de Raffaele avait été réquisitionnée pour construire la ligne Cadorna : des fortifications, un sacré beau travail, en plus, du Simplon au Tessin. Un cadeau pour les guides touristiques.

Le grand-père de Raffaele avait plein d'anecdotes. D'abord deux ans à la Marmolada dans les Dolomites. Les Italiens chargeaient le long des pierriers, sous le feu des batteries autrichiennes. Elles tiraient droit depuis le sommet, à presque 3 500 mètres. Sur leur versant, ils avaient creusé une vraie cité dans le glacier. On attaquait en contournant. On attaquait en creusant. En s'approchant assez, on reconnaissait les voix de ceux qu'on tuait. Beaucoup de recrues ne tenaient pas le coup. On les hissait à grandes charretées par téléphérique, des plaines, des champs, de partout. Des jeunes, qui ne connaissaient pas la montagne. Épuisés dès leur arrivée. Malades, souvent. Puis la neige était arrivée, d'énormes couches, qu'on crevait à coups de canon. Dix mille soldats en un seul mois ! Engloutis ! Rien que sur la Marmolada. Le 13 décembre 1916, 4 millions de mètres cubes de neige étaient descendus. Pour continuer la guerre, on avait dû construire une tranchée. Dix-huit mètres de haut ! On essayait de faire tomber la montagne sur l'ennemi avec des mines. Dans un autre massif, une fois, on en a mis une de 35 tonnes. Ça a détruit une falaise en entier et le camp autrichien derrière, mais ils étaient partis depuis longtemps, pas stupides, ils avaient entendu creuser.

Au bout de deux ans, Raffaele avait gagné ses galons. Instructeur. À l'été 1917, avec quelques autres *alpini*, on l'avait déplacé vers le bassin de l'Isonzo. Les pertes étaient inimaginables par là. Les *recrutes*, on en pelletait des camions et des camions. Tirées du Sud, des Pouilles, de Sicile. On savait maintenant les équiper. Les former. Au moins à bien mourir. Et l'ennemi préparait quelque chose. On ne savait pas bien, racontait Raffaele l'Ancien, il y avait seulement des rumeurs, des bruits. Jusqu'ici, l'initiative avait toujours été italienne. On allait nous-mêmes nous jeter sur les balles. Mais on ne pouvait pas s'empêcher d'avoir un peu peur. On murmurait. Des changements de l'autre côté. Des Allemands qui arrivaient. Qui rejoignaient les Autrichiens. On aurait préféré ne pas se battre contre eux.

C'était moins froid, quand même, moins âpre que le front des Dolomites. L'automne était encore doux dans les pentes d'herbe. Sous le vent, les feuilles faisaient comme des caresses.

Dans son quartier général installé dans l'ancien palais épiscopal aux murs blanc crème de la vieille cité d'Udine, Cadorna attendait le choc avec une confiance dont il entretenait le tout petit roi d'Italie. Penché vers Sa Majesté, sous l'ombre des châtaigniers, il pointait dans le calme soir le reflet doré des canons sur les pentes parmi les vignes et les corps. Au bout de onze assauts successifs sur l'Isonzo et plus de cinq cent mille morts dans ses rangs, il avait fait le bilan, tiré les conclusions, raisonnable. L'expérience aidant, les faits prouvaient l'inanité des charges frontales. La bataille à venir, expliquait-il, se jouerait dans les tranchées, à l'attrition ; Allemands ou pas, l'Italie alignait au moins une dizaine de divisions de plus que l'ennemi.

Mais voilà. Pendant des semaines, l'autre versant avait vibré du bruit des roues et des essieux. Les Allemands ne voulaient pas, ne pouvaient plus se permettre de traîner. Pour en finir au plus vite, ils avaient mobilisé la moitié de leurs wagons et déplacé plus de deux mille canons, dont cinq cents de gros calibre, et d'énormes quantités de grenades, de lance-flammes, de réserves de gaz toxiques. Le 24 octobre 1917, le barrage d'artillerie sembla faire tomber toutes les montagnes du monde. On l'entendit jusqu'à Venise. En six heures, Allemands et Autrichiens lancèrent près de deux millions d'obus et de mortiers, dix pour cent chargés de chlore et de gaz moutarde. Alors oui, le commandement italien avait équipé ses troupes pour les protéger de la guerre chimique. Mais ça ne fonctionnait pas, *Santa Madonna !* Les gaz, tu ne peux pas t'imaginer. Ça ne te tuait pas forcément. Ça tuait l'homme en toi. Tu n'étais plus que la peur. Le grand-père de Raffaele avait vu plusieurs de ses amis, des courageux, courir avec leur masque plein de morve. D'autres tiraient au hasard. Lui ne fut qu'aveuglé. De la débâcle, il ne connut que la sensation des feuilles et des points de couleur, l'eau et la rumeur des boues, à peine troublée par les chariots qui feulaient dans les flaques et le léger *tac tac* des pelotons d'exécution. Caporetto fut un modèle de bataille d'encerclement. Cinquante mille tués, trois cent mille prisonniers parmi les Italiens.

Pendant toute la guerre, dans des conditions épouvantables, et au prix de pertes énormes, les plus lourdes de tous les fronts en proportion des effectifs engagés, les Italiens avaient fixé sur les Alpes une quarantaine de divisions allemandes et autrichiennes. En apprenant, lors de la conférence de Versailles, quel serait le salaire de ces sacrifices, le représentant italien pleura et supplia. Si peu ? Rien d'autre, vraiment. Comment le dire au peuple ? S'être battu pour ça ! Raffaele l'Ancien lui n'avait pas pleuré en comprenant qu'il ne grimperait plus jamais. Il y avait tout autour une grande colère qu'il partageait, de nouvelles voix qui parlaient fort dans le pays, des chemises sombres qu'il avait presque envie de suivre. Il avait eu des fils. Beaucoup. Il les avait éduqués.

Raffaele le Jeune n'échappait à son grand-père que pour tomber dans les mains de sa mère. Il passait ses étés avec elle dans les refuges qu'elle gardait. Trop haut pour un si jeune enfant, lui avait-on dit. Trop de travail. Mais il n'y avait pas le choix, l'aîné aidait déjà dans les fermes, la famille s'occupait de Silvio, le benjamin. Et bon, Raffaele s'acclimatait. À cinq ans, il apportait des verres et des plateaux aux touristes toujours plus bêtes et plus nombreux. Sa mère devinait tous les risques qu'ils allaient prendre. Raffaele passait des heures à l'entendre avertir. Puis le soir les sermons venus de sa famille à elle, transmis depuis l'arrière-grand-oncle, le pieux, qui avait aidé *dom* Gnifetti à planter la première croix au sommet de la pointe qui portait désormais son nom. Heureusement, tu seras à moitié piémontais. Entre Aoste et Piémont, Raffaele se sentait parfois un peu métis.

Il s'entraînait avec le sérieux des êtres conscients de ce qui leur manque. La grâce. La petite aile intérieure que son père n'avait pas eu le temps de lui passer, et qui portait son frère Vincente. D'ailleurs, on ne demandait jamais rien à Vincente. Il faisait ce qu'il voulait, ratait parfois, qu'importe, avec la confiance qu'on mettait en la magie de ses mains. Dans les années 1980, la domination française sur l'alpinisme connaissait une éclipse, comme l'italienne avant elle. En rocher, les Américains posaient de tout nouveaux standards. Les expéditions lointaines devenaient le terrain de jeu de la Pologne et du Japon. Les cartes étaient rebattues. De nouveaux exploits à trouver. Toujours d'autres, plus loin, plus extraordinaires. Qui saurait jamais jusqu'où peut se hisser un corps humain, calculer toutes ses façons de se tordre et de s'inventer. Les grandes faces nord en moins de deux heures. L'Everest à la journée, en espadrilles bientôt. Quelle face ne serait pas skiée ? Quelle arête ne serait pas courue ?

Le petit frère de Raffaele, Silvio, avait des dispositions. Il skiait vite et aurait pu ouvrir un nouveau pan des exploits de la famille. Mais il n'aimait pas vraiment ça. Se lever toujours avant le soleil, se faire crier dessus. Jouer sa vie. Le ski extrême est quand même le plus fou des sports. On n'a pas droit à l'erreur, pas sur un centimètre ou c'est la mort assurée. Un jour, son entraîneur voulut l'obliger à skier blessé. Silvio arrêta tout et choisit de faire fructifier un autre don inédit dans la famille. Il comprenait, lui, ce que valent les choses, savait où placer son effort. De guerre lasse, la famille admit que deux alpinistes suffiraient. On consentit à le laisser s'enrichir.

23

« Je voudrais tellement qu'on ne confonde pas
montagne et exploit sportif.
Je ne me suis jamais senti sportif
sur le tour que je viens de vivre,
je me suis senti bouquetin, chamois,
je me suis senti seul aussi, petit,
minuscule et immense,
je me suis senti des ailes et de plomb.
Et j'ai aimé tout ce que je sentais. »

Paul Bonhomme,
Raide vivant

Le lendemain je n'ai fait que regarder mes plaies et m'empêcher de revivre la chute. Tout était confus. Et le chien qui ne revenait pas.

Le soir, Morgane est montée me trouver. Raffaele nous attendait, pas loin, juste au bout du parking. Une pizzeria. Ils étaient plusieurs, des guides, protégés par un mur de chopes de bière. J'ai mangé sans oser leur parler. Ils criaient presque. Raffaele ne semblait pas calmé. Je n'ai pas eu le courage de demander des nouvelles de Michelangelo. Lui-même d'ailleurs n'en disait rien. Toute sa rage, celle qu'il montrait, allait aux accidents. Il parlait sans s'arrêter, impossible. Le silence aurait fait trop de mal.

Il y a une semaine, juste avant mon arrivée. Deux filles. C'était évident qu'elles n'y connaissaient rien. Il leur avait montré les corniches, les conditions d'hiver, le bleu terrifiant, impossible qui bombait les grands sommets. Il leur avait expliqué qu'avec des précautions d'artificier, un as de la compagnie, un des meilleurs alpinistes d'Europe, avait mis plus de quatre heures à tailler son chemin, marche après marche, sur l'arête gelée entre la Dufour et la Zumstein... Elles étaient quand même parties. Quelques heures plus tard, elles avaient lancé un SOS. Par radio, on leur avait dit de ne pas bouger, d'attendre, mais quand Raffaele est arrivé avec l'hélicoptère il n'a vu qu'une trace interrompue au niveau d'un pont de neige effondré. Alors, il a fallu descendre, aller décoincer les corps.

Un autre guide a renchéri. Et avant-hier. Deux Polonais. À la fin de la traversée des Lyskamm. Sous mes yeux ! Je regarde derrière moi, je vois les pieds du premier qui commencent à glisser. J'essaie de retenir la corde, mon client essaie de retenir la corde. Un moment, je crois que j'y arrive, puis le deuxième type dévisse aussi. Je suis presque arraché. Je dois lâcher. On les regarde filer dans le couloir. Leur hurlement, tu sais, tu ne l'oublies jamais. Six cents mètres à 60 degrés. Pour nous, c'était clair qu'ils étaient morts. Mais il y a des cordées au bas de la face. Ils entendent les cris, le bruit de la chute, ils voient les deux sauter comme des fusées sur la rimaye* et atterrir sur le glacier. Ils se disent. Ils sont en miettes. Les restes vont finir dans une crevasse, ça va être terrible de les retrouver. Elles sont énormes. Mais ils s'immobilisent sur un replat. Et ils commencent à bouger. Un film. Je te promets, les collègues, sur le glacier, ils ont eu l'impression d'être dans un film, qu'une force maléfique animait les corps, qu'ils allaient se faire attaquer par deux zombies. Tous les deux, ils bougent. Il y en a même un qui se relève, il tremble, il fait un bruit bizarre, oui, ça doit être une force maléfique. Les gens s'approchent, ils pensent d'abord que le type crie, puis ils comprennent qu'il est en train de rire. Tu crois ça, toi ? Il rit, le con.

– Carrément ? a dit Morgane. Elle faisait son possible pour être des leurs. Raffaele a presque crié. Si je le crois ? Putain. Dieu a fait un miracle de dingue pour ces deux abrutis, et tout ce qu'il trouve à faire, c'est rire. Et ce matin, ce matin encore un type a voulu le traverser sans crampons au-dessus de la cabane Gnifetti. C'est pas très raide, mais il avait pas de casque, il s'est pris toutes les pierres de la moraine*, il est arrivé devant le refuge avec la tête du Christ de Mel Gibson. Il en a pour un moment à l'hôpital, celui-là, comme quoi, on ne sait jamais comment ça peut tourner. En parlant d'accident bête, à Gnifetti toujours, il y a eu ce jeune qui s'est coincé les crampons dans un barreau de l'échelle d'accès, sept mètres de chute et pas dans la poudreuse. Il va rester tordu le reste de sa vie. Dieu fait le malin avec les deux imbéciles sur le Lyskamm, mais ça, il s'en fout. Pas assez grand pour lui.

À ce moment, je l'ai trouvé si triste, je me suis dit qu'il se retenait de pleurer.

J'ai fini par les laisser entre eux, Raffaele, Morgane et le groupe, et je suis rentré me coucher plus honteux, plus abattu que la veille. Ça n'était pas mon truc, ça ne le serait jamais. Je me suis endormi.

Les bruits m'ont réveillé. Raffaele et Morgane chargeaient le van. Je me suis approché d'un air gêné, sans oser leur parler. Ça venait d'être décidé, m'a dit Morgane. Un engagement de deux semaines dans les Dolomites, pour des grandes voies surtout. Après cette nouvelle nuit, j'allais mieux. Mon bras saignait toujours, mon orgueil moins. Je me suis demandé s'il fallait les croire. Au dernier moment, vraiment ? Le Cervin n'avait peut-être jamais été au programme. J'étais encore trop sonné pour réfléchir. Le temps passait, ça oui. L'été allait filer, j'allais tomber, sans être retenu par rien, dans une autre année. J'aurais beau faire. Ça m'a fait comme un nouveau coup.

– Tu peux rester, m'a dit Raffaele. Il faut seulement faire attention à la clef. Il n'était plus en colère, mais je sentais quelque chose de changé, coupé, pas vraiment froid mais formel dans sa façon de me parler. Dans quelques jours sans doute, m'a-t-il dit, un autre de ses clients viendrait s'installer au chalet. Un ingénieur, Andréa. Peut-être pourrions-nous nous exercer ensemble, si j'y tenais encore. D'habitude, ils étaient plus nombreux à venir. L'an dernier, l'un d'eux avait passé tout l'été à la maison.

Au moment de partir, Morgane est revenue chercher un livre en haut. Elle m'a dit. Tu sais, Michelangelo a été retrouvé. Pas loin de chez Vincente, comme on le pensait, là où broutent les moutons. Mort. La nuque cassée, quelques morceaux en moins. Sûrement un loup. Un moment, je me suis senti ému, des larmes, comme parfois pris en traître par un film facile, toute cette douceur qui rappelle qu'on vit vraiment. Et puis ça expliquait beaucoup de choses. J'ai eu honte. D'être là. D'avoir occupé la pensée de Raffaele avant-hier avec mes bêtises. D'avoir glissé. De n'avoir pas dit non quand je ne l'avais pas senti. De n'avoir pas su avancer, faire avec la peur et la distraction, en pleine falaise avec un homme qui venait de perdre un être qui était presque comme un enfant pour lui.

Il n'y avait plus rien de vraiment clair pour cet été. Ambroise et Judith ne savaient toujours pas quand ils viendraient. Je me suis mis à penser qu'il n'y aurait rien, que tout tomberait à l'eau. Je suis resté dix jours dans la maison. Sans Raffaele, tout y devenait doux. Les draps frais, l'ombre merveilleuse en temps de canicule. Je faisais parfois le ménage. Andréa s'en chargeait plus souvent. Il était arrivé plus tôt que prévu. Un homme de mon âge, chauve, silencieux, qui ne parlait qu'italien et classait son matériel comme un amoureux.

Le soleil persistait. Il finissait par nous rendre malades. Certains jours, la canicule remontait jusqu'à nous, diluée certes, comme au bord de la mer l'écume jetée sur les pieds d'un marcheur par une grande vague. L'isotherme dépassait les plus hauts sommets. Plus de 5 200 mètres, un record. Les couloirs, les glaciers devenus impraticables, les alpinistes se bousculaient le long des arêtes. On aurait dit que plus rien ne passait, c'est ce qu'on lisait sur tous les forums, les comptes rendus de course sur Camp to camp rivalisaient pour décrire les conditions les plus pourries. On avait l'impression que plus un pas n'était possible en montagne, mais les gens étaient quand même là-haut. Il y en avait tous les jours au moins un qui cherchait un compagnon de cordée. Août avançait, je connaissais ça, ça passerait si vite qu'en moins que rien nous serions jetés dans l'automne et toutes les autres urgences qui me tomberaient dessus. Ce serait une année perdue.

24

« Celui qui dans une échancrure de la vallée de Zermatt
ou bien de Staffelalp aperçoit le Cervin
pour la première fois ne se trouve pas brusquement
devant un bloc de pierre ou un accident de terrain.
À vrai dire, il ne l'aperçoit pas : le Cervin apparaît.
Tout à coup il est là à surgir, ouvrant l'espace. »

Henri Maldiney,
Ouvrir le rien. L'art nu

Au bout du village, je reste planté face au torrent. Les minutes passent, je me demande pourquoi j'attends, je suis venu machinalement, il y a trois jours, c'est ici que le barbu m'a pris en voiture. L'arrêt de bus s'y trouve-t-il vraiment ? Ce n'est pas sûr. Je n'ai pas vérifié. Ni les horaires, qu'au chalet je ne retrouve nulle part, ni dans ma chambre, ni dans le salon.

Au bistrot, on m'indique un autre parking un peu plus bas. En plein soleil, j'attends. Je m'assois, un bout de papier me dérange dans la poche de mon short, je le chiffonne. Je cherche autour de moi une poubelle pour le jeter, j'en trouve une. Je réalise que c'est l'horaire que je tiens dans ma main.

Je le déplie. Tant de chiffres, si petits. Un temps encore et quand je lève les yeux, la silhouette carrée du bus s'éloigne déjà sur la grand-rue. Je ne l'ai pas vu s'arrêter. Alors je marche. Je suis le sentier qui descend dans la vallée, la route dans la forêt, j'ai soif, je me retourne pour prendre de l'eau dans mon sac, mais je n'ai pas de sac. Je marche encore le long de l'immense camping, j'ai soif, je cherche mon sac à nouveau, je n'ai toujours pas d'eau. Dans ma poche, un bout de papier chiffonné m'agace tant que d'un geste brutal je le sors, tout froissé. Encore l'horaire des bus. Le premier village et ses ponts de pierre. Que faire de ma journée ?

Un crissement, une voiture qui pile derrière moi. Je me retourne. Romane agite la main dans son van. Son large sourire de bouledogue. Je finis par monter. Où je vais ? Je ne sais pas très bien. L'odeur me fait reculer. Romane ne peut pas ne pas le voir. Elle me dit qu'elle descend au Ponte dei Salti plus bas dans la vallée. Les gens arrivent de partout pour s'y baigner, de Milan, de Turin, avec leurs couleurs et leurs bruits de fête, de frime et de vacances. Il y a longtemps, Romane y venait depuis Côme avec ses amis. À l'époque, peu connaissaient l'endroit. En fin de soirée, en ville, ils se révélaient l'existence de cette oasis. Du pont, dont seuls quelques-uns osaient sauter. Romane ne peut plus désormais son corps se casserait sur l'eau, elle avait même cessé de se baigner jusqu'à cette année. – Elle est beaucoup trop froide, d'habitude. Cette année, peut-être que je pourrais essayer. Tu sais, ça peut être dangereux pour moi.

Romane est assise comme un bloc, seule sa tête penchée vers l'avant émerge de la carapace. Je regarde ses petites mains crispées sur le volant, masses boursouflées, couvertes de pansements. Les bras, puis le corps, qui me paraît léger, fragile. Un bref coup d'œil. – Je te laisse là-bas aussi, me dit-elle. Mais tu dois me promettre de sauter. Il faut sauter tant qu'on peut. Il y a quelques années, j'y suis revenue, tout le monde m'a regardée, il y a même des gens qui ont crié. Ben je l'ai fait. J'ai sauté. – Et ? – J'ai fini à l'hôpital. Mais pour deux jours. S'ils croient que deux jours d'hôpital ça me fait peur. C'est une des meilleures choses que j'ai faites. – C'était il y a longtemps ? Dix ans. J'allais avoir soixante-dix ans. Je n'étais plus venue depuis des années. – Vous... Tu viens beaucoup ici ? – Plusieurs mois chaque année. – Pourquoi au camping précisément ? – Pourquoi pas. – Tu ne préfères pas quelque chose de plus confortable ? – Ils t'ont raconté des histoires sur moi, hein. Certains ici croient que je suis une Agnelli. Ou une Colonna, selon les versions. – Et ce n'est pas vrai ? – Ce n'est pas tout à fait vrai. J'ai un peu d'argent, ça, c'est vrai. C'est surtout mon mari qui en a eu, mais il m'en a laissé. Qui était son mari ? – En quoi ça te regarde ? – Tu comprends, je suis... on peut dire que je suis écrivain. – Tu ferais mieux de ne pas poser trop de questions à ce sujet, tu sais. Écrivain ou pas. – Pourquoi, c'est un parrain de la mafia ? – C'est bien, pose-toi des questions. Les énigmes c'est idéal pour l'imagination. Mais pour revenir au camping. Pour moi le confort, c'est d'entendre la nature. – Et quand tu n'es pas ici. – Je suis ailleurs. – À Milan ? – Le moins possible. Au bord de la mer si je peux. Sinon, à l'hôpital.

Nous dépassons quelques maisons, une église. Romane est toujours plus penchée. – Allez demande-moi ce que j'ai. – Qu'est-ce que tu as ? – Ça ne te regarde pas. Selon les médecins, je suis morte. – Comment ça ? – Je devrais être morte. Ça fait des années qu'ils me condamnent, je n'arrête pas de survivre. – Survivre à quoi ? – Ça ne te regarde pas. Mes reins. Vincente, Raffaele, tous les autres. Ils font les malins, ils jouent les durs. Mais ils ne savent pas ce que c'est. Je suis sûre qu'ils n'auraient pas supporté. Ils m'avaient dit que la greffe ne tiendrait pas. Mais ça fait six ans, et ça tient.

Devant nous, le fond de vallée s'écarte, la rivière s'évase en chenaux, tout brille. Au bord de la route, des voitures dans chaque creux, sur chaque place. Des familles, des couples enfants à la main, des parasols. Des cris quand les pneus crissent. J'ignorais qu'il y avait aussi ça. – Tu as raison, je vais descendre ici, dis-je. – Alors, descends tout de suite. Je vais mettre du temps à me garer. Descends. Allez. Dépêche-toi. Je saute sur la route. Une boule d'air et de fureur me frôle. Les gens conduisent comme des fous. Sur le côté, des dalles mènent à l'eau claire. Je n'ai pas d'affaires, tant pis. J'entre pas à pas. C'est à peine froid. Je nage un peu. D'aval, le bruit régulier des corps qui fendent l'eau. Quelques mètres, et voilà les arches du pont. Je m'approche, je grimpe sur le côté. C'est haut, presque 15 mètres, il faut se dresser sur un mince rebord ou se propulser, j'hésite. Derrière, on rit, on pense que je vais renoncer. Je me propulse. Un coup, encore un coup sur mes blessures au bras, mais tout va bien, le froid me prend. Je suis redevenu immortel comme jeune je n'ai pas osé l'être. En émergeant, je pense à ce qu'a dit Romane, son dernier saut.

Pour se hisser hors de l'eau, il faut escalader un rocher blanc, lisse. Au moment où je m'y colle, un petit nuage passe, rien ne luit plus, le blanc fait penser à celui des os, des fossiles. À quatorze ans j'ai ressenti ça pour la première fois, quand j'ai compris, la mort, c'est pour de bon, un jour ça serait vrai. Depuis, j'ai vécu. Vécu, vécu, vécu, mais pas appris grand-chose à ce sujet, tout ce que j'ai mis dans le sac de ma mémoire, et pourtant c'est toujours aussi impossible. Je respire fort, profondément, sur le haut poli du rocher, je m'emplis du soleil revenu, et du calme, et de la paix. Oh oui, pour la première fois cet été, je me laisse aller dans la paix sombre et liquide.

Je me réveille, je suis presque seul. Le soir a chassé les gens vers la vallée. Trempé, je marche le long de la route. Combien jusqu'à la maison de Raffaele ? Quinze, vingt kilomètres peut-être. J'attends d'avoir séché pour faire du stop. J'aime trop ce genre de soir. La lumière vous met tout dans la main. Mais derrière moi, ça klaxonne. Le van de Romane, qui remonte la vallée. Je cligne des yeux. À l'avant, un visage barré d'énormes lunettes. La porte s'ouvre, Lise agite les deux mains, crie salut.

– Tu es resté longtemps, dis donc, dit Romane. J'ai eu le temps de me baigner et de descendre jusqu'à Pont-Saint-Martin faire les courses. L'odeur de Romane sature l'habitacle. Imaginer son corps dans l'eau, ça me dégoûte un peu.

– Tu as fait quoi ? demande Lise. Je dis que j'ai nagé et dormi. – Pour nager vraiment, dit Lise, il faut aller tout en bas. Quelques kilomètres dans la Doire face au courant, ça te lave de tout, ça fait un super entraînement pour la montagne. – Aujourd'hui, l'idée, c'était plutôt de ne rien faire. J'aspirais à l'étoile de mer. – Ah oui ! L'étoile de mer. Ma position sexuelle préférée. Lise secoue la tête, c'est drôle, ses gestes sont tous excessifs. Moi aussi par cette chaleur je me liquéfie. C'est ultradur de trouver la motivation. C'est con avec toutes ces courses à faire. Elle s'interrompt. Romane a accéléré. – Tu as sauté ? me demande-t-elle. – Sauté ? – Du pont. Tu as sauté du pont ? Je la tranquillise. – C'est bien, dit-elle. – Et pour la montagne, demande Lise, tu en es où ? Quels sont tes prochains projets ? Je dis que je ne sais pas trop. – Raffaele fait encore des siennes ? Je parle un peu de la journée d'avant-hier. Lise met sa main à la bouche pour siffler. – Le Torre Grande, dis donc, ça devient sérieux. Eh. Une première grosse gamelle, ça s'arrose. Elle se tourne vers Romane. – Tu as de quoi au camping ? Je parle de la colère de Raffaele. – Celui-là, fait Lise. Je parle un peu de Morgane, avec trop d'éloquence malgré moi, car Lise m'adresse un gros clin d'œil. – Ah oui, elle assure Morgane. Elle est vraiment devenue bonne. Dans tous les sens du terme. Si ça te dit d'essayer, je ne crois pas qu'elle ait quelqu'un en ce moment. – Même pas Raffaele ? – Ah non. Ah vraiment pas, non. Enfin j'espère. L'horreur que ce serait. La réalité, c'est que depuis moi, elle n'a plus jamais eu quelqu'un de sérieux.

Lise, gronde Romane. Merci de m'aider pour les courses, mais ces trucs-là… Lise glousse, moins fort cette fois. Elle cherche ses mots. – Au moins pour la montagne, dit-elle. Vous pourriez faire des projets ensemble. – Ce n'est pas impossible. Mais plus tard.

Pas cette année sans doute. – Pourquoi pas cette année ? Faut insister. T'as vu tout ce qu'il y a à faire. Sans les moutons, j'y serais tout le temps. J'ai peur de perdre des points en évoquant l'envie de repos que j'ai à peine touchée du pied aujourd'hui. Les montagnes, ce soir, j'y pense comme à des devoirs. Ça ne donnerait rien de bon. Je préfère reparler de Raffaele. Après ce qui s'est passé, je n'ai plus très envie de le voir. – Faut dire, c'est un fasciste dans l'âme, dit Lise, et cette fois la voiture pile, je me cogne presque à la vitre avant. – Lise, dit Romane, ça tu n'as pas le droit.

Il y a quelqu'un d'autre soudain derrière le masque de bouledogue. Parlant... Je ne sais pas très bien de quoi, de guerre, de ses premiers souvenirs de voix américaines, du goût des conserves. A-t-elle cent ans ? Cent vingt ans ? Son visage est tellement brouillé. Il pourrait avoir tous les âges. Je ne suis pas tout son monologue, quand il se termine, je pose la seule question qui a pu se former en moi dans ce flot de souvenirs. – La guerre... Mais tu devais avoir trois ans ? – Deux ans, dit-elle. Mais je me rappelle tout. Depuis que j'ai un an. Livia aussi me parlait de sa toute petite enfance, son cousin parlant avec ses amis mafiosi, ces ombres par lesquelles elle entretenait ma fascination. Ma mère elle-même me répétait encore parfois sa stupéfaction devant le visage de Madone de Livia, son expression de satiété inquiète, parfois tordue en moue aristocrate, son front plissé abaissant ses sourcils exagérément soulignés sur ses yeux errants, dont le contour, qui se bridait légèrement, adoucissait une expression de concentration que leur sillon acidulait soudain d'ironie. Romane jeune ressemblait peut-être à Livia ?

J'ai dû perdre le fil de la conversation. Romane parle de Raffaele, de sa vie, pas si facile. Non, pas du tout, répète-t-elle, alors que Lise croise les bras avec une expression boudeuse. Le van redémarre. Peut-être est-ce le moment de poser mes questions. – Il est marié, si j'ai bien compris ? Romane soupire. – Avec une cliente, oui. Une fille du Sud, une journaliste.

Toujours la même histoire depuis Charlet et Isabella Straton. – Zian et Brigitte, dis-je. Dans *La Grande Crevasse* de Frison-Roche. – Mon père et ma mère, dit Lise. Sauf qu'ils ont innové à leur façon. C'est elle qui est devenue guide. Lui, il est resté ingénieur. Au CERN, me dit-elle avec un autre clin d'œil. Il fait partie de l'équipe qui essaie de créer un trou noir. Si la fin du monde commence à Genève, ce sera la faute de mon père. Romane grogne. – Les guides n'arrêtent pas de tomber dans le piège. En plus, la femme de Raffaele était d'abord venue interviewer son frère. Je n'aimerais pas être le deuxième choix.

– Tu sais, dit Lise, je serais guide, je voudrais pas forcément d'une montagnarde. Ce métier, y en a forcément un qui attend l'autre, autant que ça soit moi. Puis là en l'occurrence, c'est sa femme qui a fait une connerie. Et qui s'en est rendu compte. Le van pile. – *Basta*, dit Romane. Tu continues à pied. Florian m'aidera à porter les affaires. – Hein ? Lise pose une main sur la porte, hésite, se retourne avec un demi-sourire. – Tu sors ! répète Romane. Fataliste, Lise fait coulisser la porte. Un petit signe. – Désolée, Romane. Vraiment. À vite, Florian ! crie-t-elle de la rue, et un moment je me dis que le Cervin, ça se fera peut-être avec elle.

Nous ne parlons plus jusqu'à l'embranchement, la barrière qui défend le camping. On ne voit rien. Ni maison, ni tentes, seulement quelques tôles qui laissent deviner des citernes, une toute petite cahute obscure aussi, qui semble vide, dans laquelle une silhouette se dresse comme un ressort. Je crois reconnaître la petite barbe du gardien fou. Il hèle Romane, qui répond, bien trop vite pour mon niveau d'italien. Le ton monte. – *Basta*, dit-elle. Enfin, la barrière s'ouvre. – Cet idiot voulait te faire signer un registre, dit-elle, un registre. Chaque mètre j'ai peur que nous écrasions des dormeurs, soudain Romane s'arrête. – Je me mets n'importe où, dit-elle. De toute façon, je ressors pour te raccompagner. C'est ce que j'ai dit à l'idiot de l'entrée pour le calmer. Allez hop. J'ouvre le coffre, en tire deux sacs, deux autres, Romane a fait tant d'achats, je ne peux m'empêcher de me moquer. – Tu te prépares à la guerre nucléaire ? – Pourquoi pas, dit-elle. Poutine l'a annoncée. Pour la terre, ce serait le moins pire.

Le van roule si lentement. On dirait que Romane se tient au volant pour ne pas tomber. – Raffaele, dit-elle, il a la vie difficile. La maison de famille, avant son frère l'aidait, maintenant, c'est lui qui paie presque tout. T'imagines. Le connard tout de même. Avec tout ce qu'il gagne. – Ce qu'il gagne ? Qui, son frère ? Il gagne quoi ? Il n'est pas berger ? – Berger ? Mais qu'est-ce que tu racontes. – Vincente Tardio. C'est même écrit sur sa notice Wikipédia. – *Ma* qu'est-ce que tu racontes. Je parle pas de Vincente bien sûr. Je parle de l'autre frère. Je parle de Silvio. – Je ne le connais pas, lui. – Ah, ça ne m'étonne pas. Ils sont vraiment fâchés. – Avec lui aussi ? – Avec lui surtout. Avec Vincente, ils se chamaillent. Avec Silvio… – Décidément, il se fâche avec beaucoup de monde, Raffaele. – Beaucoup ! Sa femme, elle l'a forcé à faire plein de travaux, et elle n'a même pas attendu qu'ils soient finis pour partir. Pour voir son fils, Raffaele est obligé d'aller chercher des clients dans le Sud. – En ce moment, il est dans les Dolomites. – Parce que sa femme y va, oui. Alors que lui, son truc, c'est la neige et la glace. La vallée, elle a beaucoup de chance de l'avoir. C'est quelqu'un avec une conscience et un sens du devoir. Les autres, ils pensent qu'à leur pomme. Et ils s'étonnent qu'on vienne leur marcher dessus. Et quand un des leurs se bagarre un peu, ils le laissent se tuer pour eux.

Le van s'est garé devant la maison de Raffaele, noire et silencieuse. Romane se tait. Je ne sors pas. Tous deux, nous baignons dans la fatigue. – Tu as entendu l'histoire du chien de Raffaele ? – Oui. On dirait qu'elle ne va rien ajouter, mais finalement, elle murmure. – Je comprends qu'il soit triste, mais la nature c'est comme ça. Romane s'anime, au fond d'elle-même, de son tout petit corps, quelque chose arrive encore à bouillir. – Le chien n'est pas un animal sans défense. Il a dû se passer quelque chose. Il a dû aller chercher le loup lui-même. Le loup n'attaque pas le chien s'il peut l'éviter. S'il ne peut pas, il le fait par embuscade. Pas pour manger, pour libérer la voie. Il arrive par-derrière et lui casse la nuque. Le chien, c'est un traître, il ne faut pas l'oublier.

Peut-être que je grimace, ou bien c'est mon silence qu'elle interprète comme… je ne sais pas très bien quoi d'ailleurs, un doute. Elle crie presque. – Mais quoi, c'est la nature. Mourir, c'est la nature.

Chaque fois que quelqu'un s'indigne, je ne résiste pas au désir de contredire. Pas pour provoquer, peut-être parce que les convictions m'effraient, elles sont gratuites, j'y sens quelque injustice aussi, moi qui doute sans arrêt. – Mais alors, dis-je, c'est aussi la nature de se défendre. Avec des fusils ? Le loup utilise bien ses crocs. – *Ma*, crie encore Romane, tu es de leur côté ou quoi ? Et pourquoi pas la bombe atomique ! S'il partait seul avec juste un couteau, là, je voudrais bien comprendre. Un combat égal, respectueux. Tu lui diras. Toi, tu lis beaucoup, il t'écoutera si tu lui en parles, je sais qu'il estime les gens qui étudient.

25

« Tout l'art de l'alpinisme c'est de savoir
qu'on ne peut faire que ce dont on est capable. »

Reinhold Messner

(Aurélien de l'Abîme)
Bonjour à tous. Je cherche quelqu'un
pour m'accompagner pour une course ce week-end.
J'aimerais plutôt un 4 000,
je peux leader* dans le AD.

(Moi)
Hello ! Selon le programme je pourrais être intéressé.
J'ai sans doute beaucoup moins d'expérience.
J'ai déjà suivi des amis ou des guides
dans des courses AD, mais je suis assez limite en manips.
Bonne endurance en revanche
(plusieurs fois des randonnées alpines
avec 3 000 m de D+/- dans la journée).

Salut.
J'aurais aimé faire le Cervin.

Cervin ça me plairait beaucoup, mais ça paraît risqué
pour un essai, on ne se connaît pas
et je ne suis pas un as.
Tu as d'autres choses qui te viennent à l'esprit ?

Pourquoi pas la dent Blanche ?
Mais il a aussi un glacier foireux en ce moment.

C'est tentant.

Pas trop dur.

Sur Camp to camp ils écrivent « Les conditions
sur la montée : TRÈS BONNES ; aucun souci.
Les conditions sur la descente : très mauvaises
sur le glacier des grandes murailles ; crevassé, glace,
chute de pierres ; dangereux. Le passage est possible
mais il faut absolument maîtriser les techniques glacières
(descente au piolet sur glace,
40° descente sur glace/crampons). »

Pas cool.

La glace est mauvaise partout en ce moment.

Clairement.

Faut pas y aller quand on est pas sûr.

Mais y a plein de possibilités.

OK. Par ailleurs je n'ai pas le matériel
pour sortir quelqu'un d'une crevasse,
et je pense que si ça arrivait, je saurais faire

un ancrage par corps mort* mais la suite des opérations
serait plus compliquée.
Si tu as d'autres gens partants
sur les courses AD* que tu proposes, n'hésite pas.

Merci d'être honnête mais tkt.

De mon côté, pour bien avancer,
j'ai besoin d'être rassuré par rapport
à la personne devant. Si je me sens en confiance,
ça avance sans problème. En général,
il y a un petit moment de vertige à surmonter
dans les 15 premières minutes, mais ça passe.

Pas de panique, j'assure.
Obergabelhorn par Arbengrat,
puis descente en traversée, t'en penses quoi ?

Il n'y a aucune réchap une fois sur l'arête.
Je crois que ça cote AD+.
Après avoir fait connaissance, peut-être.
Mais juste à côté, il y a a le Rothorn de Zinal.
Ça je veux bien tenter.

Assez petits-bras ça, non ? Et la cabane est chère.

Mais les affaires de bivouac sont lourdes.

C'est vrai.
Faisons ça.

Réservation faite.

Putain c'est vrai que c'est hypercher, une folie.

Ai appelé, condis bonnes.
Et aussi on sera sûrement pas seuls.

Clairement, le Rothorn de Zinal,
c'est le truc à faire en ce moment.

Salut, Lise, comment ça va ?

Super. Vince m'a donné congé ce WE.

Tu fais quoi alors ?

On va traverser l'Obergabelhorn avec des potes.

C'est pas mal ça. Par l'Arbengrat ? Je vais être pas loin.

Oui, par l'Arbengrat.

Comment est l'arête ?

Il paraît qu'elle est bien.

Vous êtes combien ?
Tu avais évoqué l'idée qu'on fasse une course ensemble.

Quatre. Désolée. Compliqué de faire
une cordée de trois et une cordée de deux.

OK. De toute façon, j'ai déjà un plan, comme je t'ai dit.

Cool.

Le plan c'est le Rothorn de Zinal.

Ah ouais, c'est juste à côté. Tu pars avec qui ?

Justement, je voulais t'en parler.
Avec Aurélien de l'Abîme. Tu le connais ?

Quoiiiii ?
Tu pars avec Aurélien ?
Looool. Mdrrrrrr.

Quel est le problème.

Non, non. Y a pas de blem.
Disons.
J'suis ravie d'avoir fait ta connaissance.

Non mais c'est quoi le truc ? Il est pas bon ?

Il grimpe bien, c'est pas le problème.

C'est quoi alors.

Bah, avec lui, autant y aller en solo, quoi.

??
Tu m'effraies là.
Je peux te tel ?

OK.

Salut, c'est Morgane. J'ai eu ton message.
Je ne connais pas bien cet Aurélien, mais je crois
qu'il n'a pas trop d'expérience de haute montagne,
c'est plutôt un type qui grimpe des falaises.

Je l'ai vu grimper, il est bon, mais pour guider
un débutant, je ne ferais pas forcément confiance.
Je veux dire. T'as pas besoin d'annuler complètement.
Lise dramatise. Mais tu connais déjà mon avis,
partir sur une course engagée sans guide,
surtout en cordée avec quelqu'un
que tu ne connais pas, c'est pas un bon plan.
Le Rothorn de Zinal, c'est quand même un gros truc.
Pardon, t'es pas vraiment débutant, mais quand même.

C'est si dur ?
Toi tu m'aurais emmené ?
Morgane ?
Lise, tu peux m'expliquer ?

(Lise)
Salut, écoute, j'ai pas été claire au téléphone.
Je te conseille de ne pas partir avec ce type.
Moi il m'a vraiment fait flipper.
Alors que je suis quand même expérimentée.
Il met jamais de protections.
C'est Monsieur Couilles Sur La Table.
Sur l'arête du Jardin, il a tiré sur la corde
pour me faire aller plus vite
quand j'étais sur une pente de glace.
Tiré sur la corde, putain.
Il avait pas mis UNE SEULE broche.
Il aime être le patron là-haut.
Quand tu flippes, il jouit.
Avec un type inexpérimenté,
il va s'en donner à cœur joie.

(Morgane)
Florian, je bosse toute la semaine,
je ne peux pas répondre

À L'INSTANT à tous tes messages,
et puis tu connais déjà mon avis.
Votre truc, t'as le niveau pour suivre dessus,
mais en premier tu ferais des conneries.
Je ne m'engagerais pas avec quelqu'un
que je connais pas – ET qui n'est pas connu
pour être un pro de la sécurité – sur un itinéraire
où tu ne peux pas être un peu autonome.
Et maintenant JE DORS.

Salut Aurélien.
Alors je suis désolé, je me sens pas bien du tout.
C'est pas très glorieux, ça ressemble à une gastro.
Penses-tu pouvoir trouver quelqu'un dans le délai ?
Si c'est le cas, je vous transfère
la réservation à la cabane.
Sinon je l'annule.

Tu rigoles, là ???

Non, désolé.

Mais tu te fous de moi là ?
Tu pouvais pas le dire plus tôt.

Plus tôt je n'étais pas malade.

Dis plutôt que t'as la frousse.
Que tu te chies dessus de frousse.
Annule la cabane,
je vais trouver personne.

OK. Je paie les frais.

Un conseil si t'as peur, renonce à monter.
Ça se fait pas de se dégonfler au dernier moment.

(Lise)
Mdrrrrr, le vent que t'as mis à Aurélien.
L'excuse toute pourrie.
Tellement pourrie qu'il y a cru.
Il était dég le mec.

C'était pas vraiment voulu, hein.
Dis donc, puisque t'es là.
Je m'y perds un peu avec les histoires de famille.
Romane m'a dit que Raffaele avait un autre frère
et qu'ils étaient aussi fâchés.
C'est quoi l'histoire cette fois ?

(Morgane)
Flo, Lise m'a envoyé ton échange avec Aurélien.
Je trouve ça un peu…
Je pense qu'on gagne toujours à être sincère.
Une cordée, c'est basé sur la confiance.
Si tu commences à raconter n'importe quoi.
Et que ça circule.
Bref.
Contente de te savoir en sécurité en tout cas.
Pour répondre à ton SMS.
Attention, pas en tant que future guide.
Enfin, hypothétique future guide.
Sur les trois plans possibles.
Lagginhorn solo : en ce moment, OK.

Tu prends les crampons au cas où,
des affaires chaudes, et même si ça te paraît
facile, tu n'oublies pas que c'est un 4 000.
Mode trail, je le ferais pas.
Weissmies arête SE, si j'étais pro je dirais non.
Mais j'y suis montée en baskets en 2020. Lol.
Donc à toi de voir.
Si tu le sens, vas-y.
Juste, pas en baskets.
Tu t'équipes pour la partie finale en neige.
Et si t'as un doute, tu renonces.
Tu me diras.
La Ruinette, c'est plus chaud.
Donc je dis plutôt non.
C'est pas beaucoup plus dur comme
grimpe, mais c'est expo.
Si tu t'engages, t'es obligé de continuer.
Et si tu pars de tout en bas, ça fait une grosse bambée.
Par contre c'est vraiment superbeau.
Dis-moi tes plans.
Bises.
(les Dolomites c'est supercool.)
(Mais c'est que du rocher, t'imagines.)
(C'est mon terrain en même temps.)
(Au retour, je vais devoir faire une pause de Raffaele.)
(Je pourrais t'accompagner à un truc comme la Ruinette.)
(C'est pas le Cervin ou l'Ober,
mais pour travailler les manips, c'est cool.)
À plus.

26

« Le paysage est fou. »

Victor Hugo, *En voyage*,
tome II, « Alpes et Pyrénées »

Je n'en pouvais plus d'attendre dans ce désordre qui n'était pas le mien. Ça ne me reposait pas, ça m'angoissait, ça me faisait m'enliser dans plein de vieilles pensées, tout ce que j'aurais pu faire d'autre et de mieux des quarante ans passés. Ça ne devait pas trop durer tout ça, alors je revenais à certains sommets, des 4 000, qui avec la canicule se déneigeaient. De l'autre côté. Pas loin. Ça se faisait très bien. Presque rien, après ce dans quoi Raffaele m'avait traîné. Il suffisait de cesser d'avoir peur. Ou d'avoir plus envie. J'ai fini par partir à pied.

Au moment où je me suis mis à marcher, Ambroise s'est manifesté. C'était décidé. Ils venaient. Les dates étaient fixées. J'avançais penché sur mon téléphone et me heurtais aux murs des bergeries. Les troupeaux s'éparpillaient, les chiens semblaient prêts à mordre, les bergers ne s'excusaient pas. Ambroise insistait. C'était pour dans une semaine. Sa chambre et celle de Judith étaient déjà réservées. Restait la mienne. J'ai sorti ma carte de crédit sous le soleil plombant d'une vallée qui ne s'arrêtait pas. Le lendemain, je marchais encore. C'était pas si près, mon affaire. Pour trouver une frontière praticable, il m'avait fallu descendre, monter, traverser un col orné d'une grande vierge d'or. C'était encore de la beauté, que la fatigue filtrait. Je me suis à peine énervé quand Ambroise est revenu à la charge, le paiement n'était pas passé, il fallait recommencer, vite, la chambre allait m'échapper.

Les premiers sommets s'appelaient le Lagginhorn et le Weissmies. En haut du premier, j'ai été le seul à attraper la coulée jaune du soleil. Le lendemain, j'ai lutté contre la fatigue mais j'ai continué. J'ai traversé des tas de trucs avec des noms, qui m'ont fait descendre et monter, puis redescendre et remonter. J'ai dormi dans un autre refuge. Tôt le matin, les gens m'ont regardé. Je n'avais pas bonne mine. Je suis parti dernier. Le Weissmies c'était déjà plus engagé. Je me suis dit que j'allais essayer, j'ai doublé des gens, grimpé le long d'une arête de pierre puis d'une arête de neige, encore une fois tout est sorti de l'ombre, l'Italie, sa brume toujours si douce qui sentait presque la vigne. Je suis redescendu avec une Allemande qui s'est laissée glisser comme moi dans les cheminées, mains en avant parfois ; cet équilibre, cette danse d'araignée, ça commençait à venir, j'ai même failli me sentir heureux. Tes questions à propos de Dieu sont légitimes, m'a-t-elle dit quand nous nous sommes séparés.

J'ai pris le bus. Le train. Le bus. J'ai redormi au pied d'un grand barrage pour le troisième sommet. J'ai remarché, avec plus de difficulté, grimpé encore. Ce sommet s'appelait la Ruinette. Morgane m'avait déconseillé d'y aller seul. Je suis passé quand même, tout en haut je me suis perdu dans l'énorme vue, c'était plus beau que tous les jours passés. Il y avait tous les sommets. Dressé à l'endroit où j'étais, Whymper avait coché des marques dans son carnet, jeté un regard attentif et technique au Cervin, fait des croquis. J'ai essayé moi aussi. J'ai jeté mes yeux de tous les côtés, fait mon possible pour m'imprégner, me gorger, je ne sais pas si j'en ai arraché beaucoup, de la beauté. Je suis redescendu. Vite et bien. Je l'avais bien ce coup-ci. Dans la peau. Mon corps faisait tout comme il faut. Et je me suis laissé glisser. Du sérieux, des centaines de mètres de chute si je me loupais. J'étais heureux. Un moment. Jusqu'à ce que je sois assez bas pour retrouver la canicule. Elle me l'a fait payer. Les cascades faisaient un bruit de marteau, à vous défaire la terre, tous les glaciers s'en allaient dans ce vacarme et flottaient dans l'air plein de poudre. Au bout du lac, le chemin rejoignait les touristes, passait par des tunnels creusés dans les falaises, juste sous les chutes d'eau qui étaient si fortes que l'humidité vous fouettait et vous aveuglait, que tout tremblait.

Sur le couronnement du barrage, à Mauvoisin, le téléphone a sonné. Ambroise. Une histoire de matériel cette fois. Cette voix, ce béton, ces touristes et ce soleil affreux ! Je me suis penché sur la rambarde, j'ai entendu un cri de mère, dans la lumière, aperçu une femme tirer un enfant vers l'arrière. Je me suis souvenu de ma propre mère me retenant sur un autre barrage, un vide si parfait qu'on avait trop envie de se lancer.

Côté lac, un groupe en tenue de cycliste discutait en allemand d'Ukraine et de Russie, heureusement qu'il y a ces barrages, disaient-ils. Les vallées ici étaient pleines. De touristes, d'histoires, de souvenirs. Il y avait peut-être eu Hannibal, sûrement Napoléon, à Martigny, en bas, il restait des musées, des tableaux, des statues, de l'agitation presque comme à Paris, je n'en pouvais plus. Ce qu'il fallait maintenant c'était dormir. C'était tout oublier. Le Cervin était à l'infini. Il restait quatre jours avant de retrouver Ambroise. J'ai décidé de les passer chez ma mère.

27

« Le train arrivera à 4 505 mètres, environ 20 mètres au-dessous de la crête sommitale est-ouest, quasiment horizontale. On construira sur celle-ci des galeries et des locaux destinés à la restauration, au personnel de service, aux guides, etc. »

Projet de chemin de fer du Cervin
déposé par Leo Heer-Bétrix
et Xaver Imfeld, 1890

Au tout début, l'univers entier tenait dans cette petite chambre. J'avais cru d'abord le posséder en rêvant. Alors, je ne m'ennuyais jamais. Je m'y étais promené des années sans rencontrer de bornes ou de frontières. J'y avais nagé, plutôt, car c'était une mer. J'avais connu d'extraordinaires demi-sommeils, au cours desquels les mots devenaient des images, les images des idées, les idées des sensations. Au réveil, parfois, ces trésors flottaient quelques minutes encore, effleuraient, nénuphars, la surface de ma conscience, et jamais la vie ne semblait plus réelle.

D'abord, j'ai cru que je n'y retournerais pas. Ma mère m'y encourageait. Elle m'avait attendu à la gare à minuit. La chambre était impeccable, le lit bien fait avec des draps tout bleus, le sommeil plein de promesses prodigieuses. Avec le calme, ça aurait pu être le paradis. Je me suis réveillé tard et j'ai traîné au lit, comme au début d'une histoire d'amour. Vers midi, j'ai entendu ma mère qui se levait. Elle dormait mal, écoutait de la musique jusque tard dans la nuit. Elle a poussé la porte. J'ai bâillé. Plus tard, elle a voulu savoir combien de jours de vacances il me restait. Pas tant que ça, insistait-elle. Je ne m'étais même pas reposé. Peut-être vaudrait-il mieux appeler le docteur Nuaje. La fatigue de tous ces jours me rendait tranquille : je n'ai pas élevé la voix.

Sur mon téléphone, j'ai trouvé un autre message d'Ambroise. Il voulait connaître les horaires de toutes les remontées pour vérifier mes plans. Ma mère avait raison. Je ne devais pas y aller. Ça durait depuis plusieurs mois, cette histoire. Il ne me faisait pas confiance. Il amenait avec lui des préoccupations parisiennes et d'autres que je n'imaginais même pas, venues de ses voyages, peut-être de sa particule. Son livre à lui était fini. Il commençait le suivant. Comment savoir avant qu'il ne soit trop tard si tu te comporteras en guide fiable ? m'avait-il écrit. Ce coup-ci nous nous sommes appelés. J'ai parlé de tout ce que je venais de faire, trois 4 000, 2 000 mètres de dénivelé à chaque fois, trois jours de suite. Je n'ai pas aimé ma voix. J'espère qu'on pourra te faire confiance, m'a-t-il dit. Je n'ai pas répondu. Il devait me parler autrement, à quarante ans, j'avais droit moi aussi à mon aura de mystère, mes colères d'homme.

Je me suis promené dans l'appartement. Ma mère ne disait rien de mes jours passés sinon que les photos étaient belles et qu'elle me trouvait l'air fatigué. Ce que j'étais. Le corps un peu courbatu de partout, petites douleurs, petites raideurs, rien de vraiment grave. Ce n'était pas si mal d'ailleurs. Ça m'inquiétait un peu. Quant aux genoux… Mais c'était surtout le cerveau qui n'en pouvait plus de se forcer tôt le matin. Ma mère sentait mieux que moi que ma tête n'avait plus envie d'effort, ni de quoi que ce soit de brutal, qu'il me fallait un peu errer et me laisser aller à la rêverie, ce qu'à Paris bientôt je ne pourrais plus non plus. Elle voyait venir plus tard le coût de ces vacances gaspillées, quand il faudrait recommencer à me faire violence, cette fois pour faire ce pour quoi on me payait, et que je ne pourrais plus. Au déjeuner, elle m'a apporté du riz, des olives et de la roquette. Qu'est-ce que j'avais pu manger là-bas ? Elle m'a suggéré d'aller à la piscine, ce qui était malin, elle s'y prenait comme il faut pour m'éloigner des montagnes. C'est vrai, j'avais des pensées d'eau.

Nager m'a fait changer de fatigue. J'y suis retourné le lendemain. Et l'eau appelait l'eau. Ma mère savait que des envies d'océan allaient venir. D'île, d'alcool, et de quelque chose qui avait un peu de l'amour, beaucoup de l'abandon, qui me revenait comme un morceau de jeunesse que j'avais l'impression d'avoir manqué. Une époque où le Cervin était bien loin, sur les cartes. Dans la famille, en vrai, ça avait toujours été la mer. Nous passions le gros des vacances à l'île d'Oléron. Le voyage durait deux jours à travers une France pleine de champs et de forêts. Il y avait la sueur, les fesses qui grattent, les pauses pipi, et toujours les mêmes histoires. L'odeur fétide d'une usine peu avant La Charité-sur-Loire. Les châteaux d'eau dont mon père savait tout. Et là-bas. Là-bas, c'était le sable, ses châteaux, son varech de bulbes et de papier crissant. Les méduses, aussi, gélatine molle comme du flanc, à vomir. Et les vagues ! Mon père allait très loin. Ma mère s'inquiétait. Elle osait à peine s'avancer dans cette eau à 15 degrés, à laquelle mon père se préparait toute l'année par des douches glacées. « Sur le *Titanic*, j'aurais survécu quinze minutes de plus que les autres. » Ça sonnait comme une blague. Parfois, il expliquait combien c'était sérieux. Les canots de sauvetage… Ils n'étaient pas revenus tout de suite. Ils avaient attendu. Attendu la fin des cris, du risque de submergement. Ils s'étaient approchés une fois le silence verrouillé pour pêcher ce qui survivait. Pas grand-chose. Peut-être cinq, six personnes. Mais quand même. Quand même ça valait le coup d'essayer, de se battre. Tenir dans l'eau, juste un peu plus longtemps. Telles étaient les leçons de mon père. Et tout sentait si bon pendant ces vacances ! Nous allions dans la forêt, odeurs crasseuses d'aiguilles, d'écorces sirupeuses. La plupart du temps, on se perdait. Il y avait aussi la maison. De grosses touffes de feuilles luisantes et grasses, un parasol d'argent bleu, et bombé comme un rêve. Sous le laurier, mon petit jardin. J'y plantais des fleurs très anonymes et qui ne duraient pas. Un chemin dallé dans le jardin, des pierres familières, une baleine grise, ventre maternel. Nous faisions des grils aussi, et c'était à chaque fois la même fumée sale, l'odeur d'herbe et d'orgies. Au début du mois d'août, on remballait tout, et c'était à nouveau tortue suante sur de l'asphalte.

Le soir du deuxième jour, je suis revenu de la piscine en trottinant. À ce moment, mon téléphone a commencé à m'envoyer des notifications, des photos de plage, de bleu, de paix ; comment est-ce qu'il savait, ce truc ? Si vite, si précisément. Cette couleur exactement. Est-ce qu'il m'enregistrait ? Me contrôlait comme le Horla. Ou est-ce qu'il calculait vraiment si bien ? Ambroise pensait que c'était fatal. Le calcul courait derrière nous tous avec ses dents, et rien ne lui échapperait, aucun hasard, aucune singularité, j'aurais beau chercher du bizarre et de l'abîme en moi, de la couleur, m'acharner à faire ma musique, ce serait rien qu'une course pour l'honneur. Une sorte de Tetris, un jeu contre la machine qu'on peut pas gagner, où ce qu'on peut faire de mieux, c'est tenir, rester le dernier. Ça lui suffisait peut-être, à Ambroise, à moi il fallait plus. Je ne pouvais pas vivre sans espérer rien, pour le panache. J'avançais à l'espoir. Au filon de lumière qu'on sauve sans savoir ce qu'on porte, sinon qu'on sait jamais. J'allais pas continuer si tout était perdu. Le livre, la montagne. Autant se donner au sable alors. Aux femmes si je pouvais.

J'ai fait quelques recherches. C'était peut-être possible, oui, dans le peu de jours qui me restait. Si ça avait été moins cher ! Encore mon avarice, aurait dit Ambroise, mais c'était beaucoup plus bête que ça cette fois, il fallait que ça tienne sur mon salaire. Peut-être des amis, de la famille qui pourrait m'accueillir ? J'ai pris quelques contacts. Un ami, en particulier, me laissait espérer. On ne se voyait plus très souvent lui et moi. Il habitait le paradis. Une île. Son père aimait parler philosophie. Le second soir, mes draps étaient si doux que je ne pensais plus qu'à ça. Un certain été surtout, si lointain. L'ami en question avait invité un groupe entier. Je m'étais presque imposé. C'était une chaleur moins totale et permanente, plus habituelle parce que c'était loin au sud de l'Espagne. On accédait au délice de la mer par un chemin abrupt dans le sable.

Il y avait eu Véra. Au début, elle ne me plaisait pas. Elle n'avait sans doute pas pensé que ça serait moi. Elle avait le choix. Mais un soir, j'avais été le seul à avoir le courage de descendre vers l'eau, et nous avions couru ensemble dans cette lumière qui déséquilibrait. À plusieurs reprises, nos épaules nues s'étaient touchées. Des deux côtés, un rire gêné. J'ai enlevé mes lentilles sans mettre mes lunettes, avait gémi Véra. Je ne vois rien, je suis aveugle.

Elle m'avait attrapé le bras.

Le vent avait refroidi l'eau déjà fraîche de la Méditerranée. Elle avait désigné quelque chose à l'horizon, qu'elle ne voyait sans doute pas mieux que moi. Est-ce que j'étais d'accord pour la suivre jusqu'à cette dernière bouée, à 300 mètres du rivage ? Je m'étais rué vers la mer, m'y étais étalé en trébuchant sur une vague. M'étais laissé mâcher, tourner, rouler. Les vagues noyaient mes yeux. Cette mer moussue avait un arrière-goût d'enfance. Véra était arrivée à ma hauteur. Au corps-à-corps, l'effet qu'elle me faisait ne pouvait plus être nié.

Elle avait une façon de sourire, Véra. Bouche fermée, tranquille, sûre que tout lui viendrait. Et, par intermittence, un petit rire. La mer l'avait recrachée, suffoquant de rire, tandis que je me débattais encore enlisé dans sa peau. Véra avant de s'enrouler dans sa serviette m'avait embrassé sur les lèvres. J'avais dit. Ah bon. Elle avait ri et répondu. Ah bon. Le reste, ça avait été le nœud de nos mains sur le chemin du retour, nos épaules qui se cognaient encore, les chocs qui nous rejetaient sur les bords du sentier, puis le coup de fatigue une fois à la maison, qui m'avait fait m'écrouler dans un fauteuil d'osier. La sensation de sa présence derrière moi. De ses mains sur mes épaules, de sa poitrine pressée sur moi. Des cris montaient du bord de mer, la pieuvre du soir semblait contractée par l'effusion d'une force nouvelle. La robe de Véra glissait le long de son épaule. Ma tête était à la hauteur de ce qui se révélait, et il y avait une fascination à se perdre dans l'assurance de cette épaule nue qui bâillait, comme si, dans son négligé serein, elle était devenue le monde.

Véra s'était approchée encore, jusqu'à ce que son buste se colle tout à fait à mes épaules. La mer moussait, explosait. La main de Véra derrière ma nuque. On devrait prendre le risque, s'embrasser vraiment, qui sait ? Ça pouvait marcher. C'était drôle. L'éclair de sa langue perçant cette fois son sourire. Cette sensation, ce froid qui roule en moi, c'est toi. Je ne sais plus qui de nous avait dit qu'il serait envisageable de faire l'amour. Oui, vraiment, si vite ? Oui, oui, si vite, la chose se fait parfois entre homme et femme.

Sur quelques vidéos, je retrouve son rire. Ça dure peu. Nous survolons toute notre vie qui vient, nous savons tout, les baisers commencent à peine, ils ont ce goût mûr et grinçant que nous cherchons toujours depuis. Elle a ce sourire liquide où je me jette. Moi, je ne sais plus quoi de lumineux. Et son parfum, si associé à elle dans ma mémoire, le retrouver, c'est presque fondre. J'ai mis des années à savoir le nom. Une cousine, un jour, qui le portait. J'ai dû cacher ma réaction ce jour-là. J'en ai eu honte. J'en ai acheté. Aussitôt j'ai revécu la chambre et le temps végétal, les draps humides comme une dionée qui nous mangeait. On faisait rien que recommencer, je m'étonnais d'y arriver. Je comptais les fois d'ailleurs. Ça ferait prétentieux de dire combien. Entre, on se chuchotait des fantasmes qu'on faisait durer aussi comme des romans. Me promener sur toi. Elle riant. Fontaine. Où ça. Pour le moment, par ici. Le long de la poitrine comme vers une dune. M'enliser. Tu es profonde tu sais. La falaise du cou. Les lèvres tu es sûr ? Fais attention. À elle, je dis tout.

C'était autre chose alors. Un moment que je n'avais pas su faire durer, la chance d'autre chose. Véra avait été extraordinairement gaie et patiente. Sans Cervin, sans rien de dur à l'horizon.

28

« Avance, connard ! »

Accompagnateur du Club alpin français
encourageant un touriste bloqué
sur les échelles de la mer de Glace

Flo, une copine aspi* t'a croisé
il y a quelques jours sur la Ruinette.
Aspirante guide, hein.

C'est fort possible oui. Malgré ton interdiction.

C'est ta vie tu sais.
Bon, elle m'a dit que tu semblais à l'aise.
Tu fais comme tu veux, moi, sur un truc
comme ça, je prendrais quand même une corde.
J'apprendrais à m'en servir d'abord, bien sûr.

J'ai essayé, j'ai même pris un cours,
mais la prof n'était pas terrible.
Bon en fait ça me force à être plus vigilant sans corde.

Haha.
Tu as intérêt à être vigilant oui.
Sinon c'était comment ?

La Ruinette ? C'est formidable.
Il y a une de ces vues.
Tu comprends les dimensions du massif.
Cette folie de glace au milieu.

Tu devrais revenir en hiver, et traverser tout ça.

Faire la Haute Route, tu veux dire ?

Ouais.

Pour le moment, je ne suis pas tellement
dans un trip « glace, froid, vent », tu sais.

Ou sinon je connais des stages.

Tu veux absolument me mettre à l'école.

Je m'entraîne à être chiante, t'as oublié ?
Bon t'es où maintenant.

Je suis de retour chez ma mère.
À Bâle.

Tu ne pars plus avec tes amis ?

Je ne sais pas.
Je suis censé les rejoindre.

Mais tu n'as pas envie.

À l'instant, j'ai plutôt envie de mer.

Sea, sex and sun.
C'est surtout le côté *sex* qui fait défaut
en montagne d'ailleurs.

...

Bon, si tu n'y vas pas, dis-le-leur vite,
les faux plans tu sais, c'est vraiment pas sympa.

Merci maman.
Je l'aurais déjà fait, mais j'ai peur
de me faire engueuler.

De nouveau !
C'est qui tes potes ?

Un ami écrivain. Et son amie.
Enfin, une copine à lui.
Genre superwoman elle aussi d'ailleurs il paraît.
Elle court des marathons.
Je ne sais pas si je gagnerai contre elle.
Je pense quand même.

Il y a toujours 10 à 15 % d'écart
entre les records homme et femme.

Vous ne faites que 90 % de l'éperon Walker ?

Non, le record féminin est à 115 %
de l'horaire du masculin.
Et encore, c'est exceptionnel.
Au mont Blanc l'écart est plus grand.

Et niveau humour, c'est bien pire, je réalise.
Au moins 65 % d'écart.

Haha. Mais du coup, vous devez faire quoi ?

Je pensais leur montrer la cabane du mont Rose.

En les encordant ?

Non. En suivant la piste balisée.
Le site du Club alpin suisse dit que
ce n'est pas nécessaire.

Tu fais que ça ?

Il va falloir retrouver la motivation.

Bon. C'est peut-être mieux que tu annules, en effet.

Des fois tu me fais vraiment penser à ma mère tu sais.
Ou à mon éditrice.

Sûrement des femmes très bien.
Tu devrais les écouter plus.

Je sais pas.
Bref.
Merci à vous, sublime gardienne du mont Solitaire.

29

« *Excellent location but extremely overpriced.* »

Avis sur Tripadvisor

Je n'ai pas pu résister. J'y suis retourné. Je n'ai eu qu'à tout remettre dans le sac et à prendre le train. Toujours les mêmes tunnels, le même trajet. Je suis arrivé en début d'après-midi. Le Cervin y était, les gens aussi, les boutiques, les emblèmes, Patek et Rolex, l'entrée de gamme coûtait à peine plus qu'un guide pour la face nord du Cervin.

Je suis entré dans un hall d'hôtel qui donnait envie d'être riche. J'ai reconnu Judith penchée sur son sac, visage caché par ses cheveux. Je me suis approché. Elle ne me voyait pas ou elle faisait semblant. Je me suis balancé sans oser l'appeler. Dans mon dos, le bois de l'escalier a grincé. Ambroise aussi tirait un sac énorme. Il l'a déposé, a mis le coude sur le bureau de la réception. Il ne m'a pas tout de suite salué. – Ils ont accepté de préparer un pique-nique avec les petits déjeuners. Il suffisait de demander. Il est resté un moment accoudé, faisant peser son regard sur moi. – Tu sais, j'ai vérifié. On a un train à 6 h 48. Tu ne l'avais pas vu ? Ou tu l'as fait exprès ? Puis il a souri et m'a tendu la main. Il fallait toujours qu'il joue son personnage, mi-motard et mi-fin de race. Heureusement, à ce moment, la tête de Judith a émergé de son sac. Elle m'a salué bien grand, à l'américaine, me serrant dans ses bras.

Ça a été une très belle soirée. Je m'y attendais quand même. D'abord, ils m'ont conduit dans un musée, devant l'église, sur la place du village. Je suis entré dans le petit dôme de verre persuadé de me faire avoir, piège à touristes, tout ça, mais ça a été escalier sur escalier, un immense trou sous le sol, des étages et des étages de reconstitutions, un petit Louvre. Ça racontait toute l'histoire du succès de ce lieu, et du Cervin bien sûr, les Anglais qui se retrouvaient chaque année dans ce bout de vallée à ourdir leurs plans d'assaut. Whymper, amoureux, impérial et hautain. Le versant suisse jugé inaccessible, les tentatives qui se succédaient côté italien. Le guide Carrel, le bersaglier, trop grand pour effacer son nom derrière l'Anglais. Un an, deux ans, quatre ans, alors qu'en Amérique la guerre de Sécession donnait au monde un premier aperçu des ravages de l'artillerie. L'arrivée de Whymper et de son équipe un jour de 1865. L'urgence. La colonne italienne partie avec des moyens inédits, qu'on ne voulait pas laisser vaincre. L'expédition improvisée, le pari fou, monter d'ici, suivre l'arête du Hörnli. La victoire inattendue des Anglais fêtée depuis la vallée, puis le retour de Whymper et de deux guides seulement. L'accident ? On s'en doutait, on avait cru entendre les cris, le fracas de l'éboulement dans la face nord. Le drame planétaire. On n'imaginait pas.

Dans des salles noires, on vous montrait des vidéos, des historiens, des descendants, le grand Messner lui-même. À la fin on n'était plus sûr de rien, ce que valait Whymper, à qui la faute ? Les Anglais brillaient beaucoup moins après tout ça. Ambroise, lui, les aimait davantage. Ce Whymper aussi génial que buté, aussi fort que bringuebalant, c'était un personnage pour notre époque. L'élément d'un bon livre, qui irait des Alpes à l'Himalaya, de Whymper le macho à Mallory le mystique. Mallory, c'était l'Everest. Enfin, là non plus, on ne savait pas vraiment. C'était plus tard en tout cas. Une autre affaire qui avait fait le tour du monde aussi. L'occasion d'un très gros livre. Ambroise se documentait toujours beaucoup. De mon côté, je me suis concentré sur deux images géantes du Cervin détaillant les voies d'accès. Je les ai photographiées avec le projet de les étudier à fond, de tout visualiser pour me préparer. Le conseil du docteur Nuaje me revenait.

Nous avons dîné sur une terrasse. Par terre, de fausses peaux de bête, moelleuses même au regard. Et dans les verres, l'or qu'on levait face au Cervin. – *I invite you*, a dit Judith. *Guys, I'm happy to be with you !* Je ne la connaissais presque pas. Sur Facebook en tout cas, elle ne tenait jamais en place. C'était un paysage après l'autre. Un bronzage et des sourires si étincelants. Imprégné d'envies de mer et de souvenirs de Véra, j'en avais fait défiler la veille au soir.

Sourires de Corfou, d'Égypte, du Mexique. Je mentirais en niant que ça avait aidé à me faire venir. La curiosité aussi. Un jour, j'avais questionné Ambroise. Dans quoi est-ce que Judith travaille au juste ? Il ne savait pas précisément. De l'espionnage peut-être. Une sorte de fonds, appuyé sur une banque. Elle gagnait bien sa vie, mais au prix de tant de travail qu'elle ne compensait qu'avec des loisirs volcaniques. Il l'avait connue lors de sa vie mercantile, d'abord, étudiante d'un cours qu'il donnait. Judith adorait le Cervin. Elle adorait tout et trop pour le goût d'Ambroise qui se mit à grogner que c'était beau partout. Et que sur le chemin, il avait vu bien des endroits qui valaient celui-là. Vraiment, je n'imaginais pas que cette voix m'accompagnerait un jour ici.

Le lendemain il a fallu se lever. Être prêt à l'heure dite. Marcher prudemment d'abord pour descendre l'escalier. Ne bousculer personne dans la gare, heureusement presque vide, à l'exception de quelques randonneurs et des alpinistes à l'air sérieux. J'avais si hâte de leur montrer, toute la vue, et puis mon nouveau moi. *There is wifi !* s'est exclamée Judith, et Ambroise a secoué la tête tandis que le train s'ébrouait.

Je guette, je ne veux rien manquer de leur bonheur quand ils découvriront ces plaines là-haut, comme si des bras s'ouvraient sous le ciel formidablement bleu. Ambroise fronce les sourcils, prend la mine concentrée d'un philosophe. – On ne commencera pas à marcher avant 8 heures, dit-il enfin. Depuis hier, il tourne en boucle. Nous devons avoir tout notre temps et avancer lentement. Son genou ne va vraiment pas bien. Un faux mouvement en poussant sa moto. Son poids peut-être, même si je n'ose pas en parler. Et l'âge, dit-il. Je connaîtrai ça moi aussi, ça n'est plus si loin.

Puis vient un moment de silence, tous les trois nous plongeons nos visages dans nos mains. Mais Judith se lève, colle son visage aux vitres. Elle crie. – *Amazing !* Qu'espérer de mieux pour accepter de mourir, découvrir ce paysage à côté d'elle.

À l'aplomb d'un monolithe, le train s'est arrêté. Ambroise s'est aussitôt levé. Il m'a regardé. Le chemin d'accès au glacier est là, non ? J'ai répondu qu'il en existait un autre plus haut, que ce serait dommage de manquer la vue. – Tu sais, on dit que c'est la plus belle du monde. Ambroise a soupiré. Fallait toujours que je fasse des comparaisons. Avant de devenir mon ami, Ambroise avait été ce type dont la voix envahissait l'espace sonore des restaurants. C'était le bon moment, l'époque où la musique était revenue pour moi. Tout allait presque bien. Enfin, j'étais écrivain. Auteur disons. Bref, ce type qui faisait tout ce bruit, j'avais fini par lui parler. Le hasard d'un soir avait fait que ça avait pris. Puis je l'avais lu, j'avais découvert des histoires d'îles, de cascades. J'en avais moi aussi d'immenses dans mes souvenirs. Et des couleurs et des montagnes, des noms, toute une enfance, tout un pays à partager. Un jour, à ce type-là, je lui montrerais Lauterbrunnen et Zermatt. Lauterbrunnen, avais-je dit, c'est Rivendell. C'est la demeure des elfes chez Tolkien. Le Cervin, c'est le mont Solitaire. C'est un peu comme ça, en refaisant le trajet de Tolkien et Frodon, que mon esprit et celui d'Ambroise s'étaient mis ensemble en marche.

Nous sommes arrivés tout en haut à l'observatoire. À cette heure, la gare d'altitude était presque vide, les kiosques et les loggias déserts. J'ai commencé par guider Judith et Ambroise vers un petit mur, droit dans le courant thermique du glacier. Derrière, j'ai entendu un cri. Ambroise se tenait la jambe. Un faux mouvement. Bêtement. Sur les marches. Ce genre de chose m'était déjà arrivé aussi, j'aurais dû prendre sa douleur au sérieux. Mais tout m'a paru irréel. – *It's huge, my God, it's huge*, disait Judith. Presque deux fois la mer de Glace, ai-je répondu, faisant mine d'ignorer un nouveau soupir d'Ambroise qui nous rejoignait en boitillant. Le grand sommet plat qui ressemble à un hippopotame, c'est le Breithorn. J'y suis monté, mon guide m'y a emmené pour m'entraîner. Ensuite, c'est le Pollux et le Castor, le Lyskamm, et tout ça, ce sont les sommets du mont Rose. Au fur et à mesure que je donne les noms, je sens l'intérêt de Judith grandir. Elle aime connaître le nom des choses. Des vêtements, des plantes, pourquoi pas des montagnes. Judith a pointé le doigt entre les deux massifs, vers un bloc noir, loin, au bout de la crête où nous nous trouvions. – *There is something here. A telepheric station, it seems.* Elle parle toujours aussi vite. C'est un beau point de vue, on peut y aller. Judith s'est exclamée. – *Oh really !* Ambroise a dit que ça n'était pas prévu. J'ai hésité. En avançant au pas de course, c'était possible. Je me suis tourné vers Ambroise. – Tu n'es pas obligé de le faire si ça t'embête. Je peux accompagner Judith, et on se rejoint au départ du sentier de descente. C'est indiqué.

Le premier escalier m'a coupé le souffle. Judith était derrière moi, un monstre infatigable. Un panneau annonçait. Stockhorn, 2 h 40. Je me suis retourné pour donner des consignes. – Moins vite. Nous allons devoir tenir à ce rythme. J'ai eu l'impression de le dire surtout pour contenir Judith. Au bout de quelques minutes, le jus est revenu. J'ai sauté des murets, des barrières, puis Judith s'est écriée. – Florian ! Florian ! *You lost your sunglasses.* Elle s'était déjà baissée, elle riait, elle n'arrivait plus à s'arrêter de rire. – *Be careful*, a-t-elle chuchoté en me les tendant. À mes oreilles, le son portait l'impulsion de sa langue contre ses lèvres. C'est rare et c'est dangereux, une femme qui fait ce genre d'envie.

Nous sommes montés au sommet d'une proue qui donnait sur rien, sur le blanc. – *You are a machine*, a dit Judith. Avec un peu de honte, j'ai pensé à ce qu'en aurait dit Raffaele.

La descente nous a pris plus de temps. La crête entière se dévidait devant nous. Ses oscillations faisaient fuir le bâtiment tout petit là-bas, et derrière, sans cesse, le fabuleux Cervin. Ambroise nous attendait allongé dans un cercle de sacs. Silence explicite. – Où on va, maintenant ? – On va là-bas, dis-je en désignant une tache blanche qui brillait dans les méandres. – Là-bas, dit Ambroise. Mais il est déjà 11 heures. J'ai insisté. – Ça fait deux heures de marche. Ambroise a repris sa voix de démonstration. – Ça ne va jamais faire deux heures. – Deux heures et demie peut-être. – Le panneau dit 3 h 40. – Le panneau sous-évalue. Sans courir, avec Judith, on a divisé le temps par deux.

Alors, nous avons plongé.

Au bas de la première pente, j'ai entendu un bruit. Ambroise venait de glisser. Il était parvenu à se rattraper mais il boitait plus qu'avant. Nous marchions à l'horizontale droit dans le vertige de lumière. Puis nous sommes arrivés sur le glacier. Judith s'est élancée. – Pas de crampons ? a demandé Ambroise. Tu sauras nous sortir d'une crevasse au moins ? Il a insisté. – La manœuvre pour me sortir si je tombe, tu connais ? – Mais quelle manœuvre enfin. Nous n'avons même pas de corde. Ambroise n'y avait pas pensé. – Pas de corde ? Je me suis énervé. – Tout est balisé ici. Sécurisé. La corde n'est pas toujours indispensable. À nous d'évaluer. Je criais toujours, j'avais l'onction de Morgane, j'étais sûr que Raffaele lui-même aurait approuvé.

Du haut, Judith nous a fait signe. Une crevasse barrait notre piste, ouverte sur un bleu menaçant. – *What do you think.* Son ton n'était plus le même. Du nuancier sans fond de l'Amérique, je découvrais la femme d'affaires. Le temps d'un murmure, le visage d'Ambroise s'est décrispé. – Tu es vraiment le dernier des connards. Vraiment. Au-dessus, la neige s'est mise à craquer. Deux alpinistes en noir ont surgi, encordés. Celui de devant – un guide – nous a jetés un regard consterné. Il a lâché. – *Ohne Steigeisen.* Ambroise s'est tourné vers moi, méchant. – Qu'est-ce qu'il a dit ? – Qu'il faut enfiler les crampons, a dit Judith qui parlait allemand et français quand elle le voulait. – Ce n'est pas indispensable, mais c'est plus prudent, ai-je ajouté, parole en l'air inutile, caractéristique du Florian d'avant. Pour mettre les crampons, Judith et Ambroise ont été plus rapides. Ils s'étaient exercés. – Tu ne sais même pas le faire toi-même et tu prétends nous guider ?

Nous avons avancé en suivant des drapeaux dans un dédale de couloirs et de grottes, encerclés par un bruit d'eau qui semblait venir de tous les côtés lui aussi, de dessous même la glace, intensément liquide et bleue, si mince. – On n'a pas le choix, a grincé Ambroise comme si nous étions vraiment en détresse. On avance. On va jusqu'au refuge.

L'autre bord du glacier, enfin. Les crampons qu'il faut enlever et ranger, la moraine lisse éblouissante au soleil. À 15 heures, nous nous hissons dans un enchevêtrement de tôles et de miroirs. La cabane. Je n'avais pas choisi cet endroit au hasard, les architectes s'étaient vraiment lâchés. Cette fusée allait intéresser Judith. Cette station spatiale. Le soleil n'avait pas démérité depuis un mois, il continuait comme ça, fixe, incendiaire, imperturbablement blanc, à force, je ne voyais plus bien, des formes violettes couraient au pourtour de mes yeux. Un moment, j'ai cru que la journée pourrait être sauvée. Ambroise s'appuyait à la balustrade, se cassait en deux pour étirer sa jambe. – Tu fais comme tu veux, vous faites tous les deux comme vous voulez, moi je dors là. Il était tout changé, tout renouvelé. J'ai voulu avoir l'avis de Judith.

Assise sur un banc, elle parlait en anglais avec des alpinistes, deux jeunes. Pris par le noir de la cabane, je n'ai pas réagi assez vite. J'ai commandé des röstis au lard, d'énormes jaunes d'œuf luisants. J'ai somnolé. Malgré sa jambe, Ambroise sautillait. À la table voisine, les Anglais étaient sous le charme de Judith. Ses gestes, son grand rire, son visage qui soufflait à leur oreille son haleine californienne. Elle leur parlait du projet pour lequel elle travaillait pour sa banque, sa vision, sa manière d'administrer le monde. La petite fenêtre ouverte pour moi allait se refermer, malgré l'été, malgré le Cervin.

Puis le sol s'est mis à grincer. Un pas lourd. Accablé. Ambroise s'est planté devant moi. – Complet. – Comment ça. – Je te dis qu'ils sont complets. À dix minutes, nous attrapions les dernières places. Dix minutes, putain. Il s'est affaissé. – On pourrait peut-être faire venir l'hélico ? Cette fois encore, je ne l'ai pas pris au sérieux. Ils ne se déplaceront pas pour ça. – Pour ça ? – Tu n'es pas mourant ou gravement blessé. – Je boite depuis le début, je suis déjà épuisé putain. Je vais être en danger si j'essaie de descendre. C'est leur rôle de m'aider. J'avais commencé à déconner, j'ai continué. – La descente, ai-je dit, sera plus facile que la montée. Nous ne repasserons pas par l'observatoire, nous irons plus bas, au lac, là où tu voulais sortir du train tout à l'heure. Jusqu'à la gare, ai-je promis, il y a trois heures de marche. Trois heures, presque tout en descente. Il nous en reste presque quatre pour attraper le dernier. On est large.

Judith s'est levée, flanquée des deux Anglais. Depuis deux semaines, ils campaient dans les hauteurs, multipliant les sommets, c'étaient des vrais. Ils nous proposaient de nous aider à descendre, de nous guider. En retour, elle avait promis de les inviter à dîner. – *William has an ingeniery degree in environnement. We have a lot to discuss. But we must leave now.*

– Alors on y va, putain, tout de suite, a dit Ambroise. Il s'est retourné vers moi. – Paie ton alpiniste, sérieux. Heureusement, on finit avec des pros. Je me suis parlé tout seul, nous n'avions pas besoin de guides pour ça, enfin. En poussant la porte du refuge, nous avons retrouvé le soleil fou. Judith marchait entre les deux Anglais. Derrière, très loin, Ambroise criait. Au bout de cinq minutes, les jeunes ont commencé à se jeter des regards.

Les pierres roulaient. Nous sommes arrivés sur le glacier trop loin, trop haut, au-dessus d'une rimaye. Le plus petit Anglais a laissé échapper un rire nerveux. L'autre avait déjà ses crampons. Judith aussi. Ambroise fouillait dans son sac. Avec de tout petits gestes, j'ai sorti les miens du sac. Quel idiot d'être monté si haut sans les mettre. Je me suis retrouvé dernier, Ambroise s'est retourné. – Avance, m'a-t-il dit, presque sans desserrer les dents.
– Mais avancer vers où ?

Les Anglais ne savaient pas non plus. Nous avons fini par nous rejoindre de l'autre côté sur une plateforme de pierre. Il faudrait encore beaucoup monter, descendre, nous étions loin. Le soleil pleuvait toujours. Un des Anglais s'est tourné vers Judith. – Ils disent que les difficultés sont passées. Qu'ils voudraient attraper le 18 h 48. Ils ont chargé leurs sacs, le plus petit a semblé hésiter, Judith a regardé Ambroise qui lui a répondu. Vas-y. Ne t'inquiète pas. Un dernier coup d'œil, puis d'un saut elle s'élance, tire une corde de métal, disparaît. – Prodigieux spectacle, tu ne trouves pas ? dit Ambroise. L'indifférence souveraine d'une femme qui vous méprise.

À ce moment sa colère a changé de registre, une colère d'homme, une vraie. Alors, j'ai fait comme un enfant qui n'assume pas. Oui, nous avions le temps, nous pouvions marcher plus lentement, le dernier train partait à 19 h 48. Nous venions tout juste de passer la moraine. Autour, tout s'affaissait. Quand nous sommes arrivés au panneau jaune et rouge qui marquait la fin des difficultés, je me suis cru sauvé. – Regarde, nous sommes de retour sur les sentiers. Il est écrit une heure. La gare est à une heure. Cette fois, nous y sommes presque. Le chemin est bon, il n'y a plus de problème. Mon crâne bouillait. Qu'est-ce que j'avais fait de si faux ? Ambroise, lui, mitraillait le soir chaque fleur.

Comme un jouet, la gare était là. Vide et blanche, et jetant son ombre dans le soleil du soir. Je savais ce que le silence signifiait. J'ai préféré ne rien dire, prolonger le répit jusqu'à ce que nous soyons juste devant les rails, face au tableau d'affichage. Quelques minutes sont passées, puis je suis revenu vers Ambroise assis contre le mur dans le soleil enfin adouci. En semaine, il n'y avait pas de 19 h 48. La voix d'Ambroise : blanche. – Combien de dénivelé encore jusqu'en bas. J'ai murmuré. – Le chemin est facile et bien marqué. Environ 1 200. Deux heures, disons, deux heures. Enfin, Ambroise a dit. – Tu sais, je ne suis pas un type rancunier. Je n'en veux jamais à personne. Je prends acte, c'est tout. Je prends acte de ce que sont les gens. Je veux seulement que tu restes avec moi le temps qu'on descende. À mon rythme, s'il te plaît.

30

« Pour qu'une montagne puisse jouer le rôle de mont Analogue, il faut que son sommet soit inaccessible, mais sa base accessible aux êtres humains tels que la nature les a faits. (…) La porte de l'invisible doit être visible. »

René Daumal

Quelques secondes avant que ça arrive, nous nous disputions encore. Nous avions pris tout le soleil de la journée, tous les coups du glacier, de la lumière, de la lumière encore. Sentir derrière moi son pas d'ours ou de yéti m'empêchait de me laisser aller face au Cervin dans le soir. C'était comme en hiver, il trônait là sur un plateau, un géant me l'apportait. Nous venions de dépasser un hôtel qu'Ambroise avait regardé avec envie. Trois fois déjà je l'avais promis : ce raidillon serait le dernier. Il suffit de regarder, le village est juste en bas. À vol d'oiseau, le passage n'est vraiment pas long. À vol d'oiseau, à vol d'oiseau, répétait Ambroise. Tu te prétends alpiniste et tu dis à vol d'oiseau ! Ça n'a aucun sens en montagne. La face nord de l'Eiger, c'est très rapide aussi à vol d'oiseau ! À vol d'oiseau… Mais vraiment ! Mais n'importe quoi ! J'ai d'abord entendu le grattement des chaussures sur la poussière. Je me suis retourné. J'ai vu Ambroise osciller, lentement, plonger mains en avant, en quart de cercle autour de son pied retenu par une pierre, puis rouler, une première fois, une seconde, beaucoup plus vite, rebondir avec des bruits mous dans l'entonnoir de la pente, vers la morsure de lumière qui l'interrompait en bas.

Disparaître.

Lentement, ça a fait son chemin. J'ai compris. J'ai admis que c'était peut-être grave. J'allais le découvrir pendu à son fil en train de grogner que je suis un idiot et un irresponsable. Plus tard, nous ririons en le racontant. Était-ce ma faute ? Et son genou ? Son genou depuis ce matin ?

En avalanche, les émotions sont revenues. Ça ne pouvait pas être vrai. Comment être l'homme qui aurait à vivre avec ça ? Je me suis penché, je n'ai rien vu. Impossible de savoir s'il avait chuté de quelques mètres où de trois cents. Au fond, un trou de lumière laissait deviner une barre rocheuse. J'avais failli me tuer plus tôt pendant l'été, dans un endroit comme ça. Au Tessin. J'avais marché comme un fou, je n'en pouvais plus, le sentier s'obstinait à longer les crêtes et par dessous, un vert indistinct m'attirait, le carré rouge d'un toit, rien que du bonheur de vallée. J'avais voulu couper, je m'étais laissé glisser dans le lit d'une cascade sèche qui tenait pas sous les pieds. Je m'étais retenu. Ça m'attirait, ça me jetait dans une odeur de roche mouillée, fallait freiner, à tout prix freiner. Je m'en étais sorti. Mais ce que je voyais me rappelait trop ça. Je risquais de partir moi-même si j'y allais. De m'en aller.

Les secours ! J'y pense enfin. Je ne sais plus le numéro. 1212 ? 1214 ? En Suisse, c'est 103 euros la minute d'hélico. Ça vient vite les pensées. J'aurais pu faire mieux, sûrement, être traversé par des sentiments un tout petit peu nobles au moins, mais quoi. J'étais humain, fait de tout ça, mélangé, je ne me cache pas, de rien, de ces choses-là. Je n'ai vraiment pas honte d'avoir pensé ça. De l'autre côté de la frontière, les Italiens seraient venus pour rien, ils se seraient contentés de nous jeter des insultes. Raffaele m'en avait appris. Je pense à lui soudain, je ne pense plus qu'à lui.

Un petit vent a soufflé. Une flûte, un coup de froid, comme si tout l'équilibre du jour et de la température cédait. J'ai senti la montagne plus fort. Les ombres, les fantômes humides et glacés, toute une terreur. Un moment je suis resté figé, sans faire un bruit, sans rien. Puis j'ai risqué quelques pas dans la pente. Les pierres ont roulé avec un bruit terrible sur le silence, un appel pour toutes les bêtes, pour tous les loups-garous. Ce n'est pas si raide, finalement.

Et je l'ai vu. Pas loin. On l'aurait dit allongé, en train de se reposer, de prendre le soleil sur une grande dalle. Je l'avais souvent vu couché comme ça. Sa façon de s'étendre quand la fatigue est forte ou le soleil trop bon. Il respirait. Enfin je crois. Peut-être. Pas beaucoup. Il allait falloir appeler, parler aux secouristes. Reconnaître que c'est vrai. La lumière est encore si forte, l'écran presque noir. Je tape 1212. Rien ne vient. Le réseau passe à peine. J'appuie sur le nom de Judith. Rien. Je l'imagine rire avec les Anglais. Je la revois me dépasser sur la moraine, glisser comme si elle dansait, je me dis que je n'avais pas d'autre choix alors que d'aller après elle, courir derrière sa silhouette qui filait vers le fin bandeau du sentier du bas.

J'appelle ma mère. Elle l'attendait, elle l'avait toujours dit, on dirait qu'elle jubile un peu parce que ce n'est pas moi, de quoi me faire réfléchir à l'avenir. Enfin, elle donne le numéro.

Ça a sonné deux fois, une voix a résonné. Suisse allemande. J'ai voulu dire où nous étions. C'était inutile. Ils traçaient l'appel. Ils n'ont pas eu l'air contents que moi aussi, je sois descendu dans les rochers. Ils arrivaient. Au maximum vingt minutes. Ils m'ont dit de me mettre en sécurité.

Au loin un hélico butine. Déjà le nôtre ? Je suis assis. Je n'ose pas le toucher. Ses yeux sont ouverts, ses lèvres bougent sous sa barbe, où qu'il soit en tout cas il ne réalise pas qu'il n'en sort aucun son.

31

« De là où nous l'observons, c'est une espèce de molaire gigantesque et sinistre, surgie des profondeurs autant que de l'imagination déréglée d'un démiurge rageur, une menace d'abîme au cœur du paradis [...]. »

Nicolas Chemla,
Murnau des ténèbres

Le bruit que ça fait, le vent que ça vous jette. L'hélicoptère fait du surplace. Il pointe son nez, s'arrache d'une secousse. Il tourne, là-haut, il s'élève, au bout d'un fil, une silhouette pend. Je me demande un moment si c'est Raffaele, mais c'est quelqu'un que je ne connais pas, plus jeune. Le sauveteur ouvre la bouche. Je n'entends pas. Il se penche sur Ambroise. Il se baisse, approche son oreille, fronce les sourcils. Tout va très vite, chaque geste du sauveteur est précis. Déjà le brancard s'élève dans les airs avec Ambroise. C'est fou. Il s'éloigne. Je ne distingue plus que deux points dans le ciel, un grand et un plus petit qui finit par se confondre avec le premier.

Le secouriste est resté à côté de moi. Il ne dit rien. Je dois répéter pour qu'il me réponde. – Au moins plusieurs côtes cassées. J'insiste. Je veux savoir. Les bras et les jambes ? Le sauveteur n'a rien vu. La colonne vertébrale ? On ne peut pas être sûr. L'impression que tout va bien, et *pouf*, un faux mouvement au décollage et l'accidenté meurt parce que la colonne était abîmée. Alors par précaution, il a pris le temps de s'assurer de l'axe du corps d'Ambroise sur le brancard. Il l'a monté avec autant de soin que s'il jouait au mikado.

Un souffle de vent. Je suis en chemise. – Bon, je descends, dis-je. Je regarde au-dessus de moi, le rocher qui se perd dans l'ombre et cache le sentier. Je fais trois pas, je glisse, sous moi, les pierres s'en vont. Le sauveteur crie. – *Hey.* Il m'engueule. Je dis qu'il est déjà tard. Il grimpe à ma hauteur. – *Du kommst mit*, dit-il. Je dis que je n'ai rien, et je me trouve idiot. La nuit arrive vraiment. La fatigue, le choc. Je ne vais pas me sauver comme ça. Ils ont besoin d'un nom, il faudra bien que quelqu'un paie. Ai-je un baudrier ? Il me fait signe de le mettre. Il vérifie.

Au fond de la vallée. Le fracas à nouveau. L'auge laissée par le retrait du glacier et ses grandes dalles brillant des dernières lueurs qui se renvoient aussi le son. L'hélicoptère passe sous un rognon. Déjà, une corde arrive. D'une main, le sauveteur me tire par mon baudrier, de l'autre il prend la corde. Nous décollons. C'est si rapide. J'ai l'impression que c'est le sol qui est parti. Autour de nous, les glaciers s'allument de leur lueur de nuit. Il n'y a plus de sommets, de distance ou de danger. Que des couleurs. Ça n'est pas si différent de la chute. La même sensation qu'on me jette un film fragmenté, auquel je ne comprends pas tout.

Entre mes jambes, un lac bleu-gris, un lac moraine. Des maisons jouets. Un village je crois. Un corps me touche, un corps léger. La corde nous ramène l'un sur l'autre le sauveteur et moi, dans l'air nous flottons en grappe. La corde nous tire tout contre l'habitacle, il n'y a plus que le tourbillon de métal.

Le sauveteur a attrapé la porte. Il prend mon bras. Je tire aussi. Un pied sur le rebord. On m'attrape. C'est tout petit, tout étroit. Je sombre dans une obscurité huileuse. Un dernier coup d'œil à la fenêtre, je vois la longue vallée bleue se perdre dans les masses nuit des montagnes, tout au fond les lueurs. Alors je ferme mes yeux. Je presse fort sur mes paupières, avec la même hargne je m'imaginais embrasser Judith. Je me souviens de la mort de la vieille voisine à l'île d'Oléron. Quelques heures plus tôt, nous avions discuté. Je venais même de caresser son chat. Je l'avais trouvée gentille, si gentille, une vie d'harmonie et de bonheur allait commencer, tant elle était gentille, et quelques heures après, l'attroupement devant chez elle. J'avais passé la nuit à me dire que tout pouvait changer, il suffisait de trouver un autre rêve, au réveil, sa mort aurait appartenu à la nuit, tout aurait continué autrement.

Une main s'est posée sur mon épaule, on me secoue. Il faut descendre, l'hélicoptère s'est posé. Deux ombres émergent. On me demande mes coordonnées. C'était prévu. Ambroise ? Évacué vers l'hôpital, au fond, à Visp. Pas de nouvelles. Tout va si vite, je suis seul devant une porte qui se ferme, sous une grande tour de pierre, dans une odeur de bois tout au bout du village.

32

Imaginez une tortue, imaginez Sisyphe à peine capable de se porter lui-même le long des rues vides, dans ce bout de village où les touristes ne vont pas. Puis dans l'escalier, presque vertical. Il m'a fallu une heure pour rentrer à la chambre. Même sur le lit où je me suis laissé aller avec ce goût de repos, plus inerte qu'une dalle de torrent. Sans dormir, sans cesser d'un peu penser.

La porte d'à côté a coulissé. J'ai entendu la voix de Judith, l'eau de la douche couler. Sa voix au téléphone, excitée. – *So cool.* Des coups brutaux sur ma porte. J'ai crié. – Entre. Elle était en chemise, moi à moitié nu. Elle ne s'est pas excusée. Elle a demandé. – *How are you.* Puis – *Where is Ambroise.* J'ai répondu, elle a crié. – *What ?* Elle s'est précipitée. – *It's a bad joke ?* J'ai essayé de raconter. Elle m'interrompait sans arrêt. Pourquoi ? Elle ne faisait que répéter. – *Shit. Shit.* Puis elle a dit. – *It's my fault.* – *No, it's mine.* – *I let you down like an asshole.* J'ai dit qu'en qualité de plus expérimenté, j'assumais logiquement la responsabilité. Elle a dit. – *Fuck you.* Elle m'a demandé où il était, ce que je faisais encore là. À cette heure il n'y avait plus de train. Elle a répété. – *Fuck.* Sa moto était garée au parking. Combien de temps à pied ? Une heure. Et en courant ? – Ça dépend de ton rythme. Elle m'a dit qu'alors elle y allait.

Cinq minutes plus tard, elle est revenue avec sa veste en cuir. – *Are you ready.* Je ne l'étais pas. – *Hurry up, so.* Je lui ai demandé si elle n'était pas fatiguée. – *Of course, I'm tired.* J'ai dit que je n'avais pas de moto. – *You go behind me.* Elle a fait mine de s'éloigner. J'ai dit qu'on ne savait pas où on le gardait. Alors elle est revenue vers moi, elle a fermé la porte, frappé le mur. *Of course*, partir en pleine nuit, en moto, sans destination claire, *so stupid*. Elle a sorti son téléphone. – *The first train tomorrow is at 6*. Elle a posé sa main sur la porte, s'est retournée. – *You will be ready ?* Je n'ai pas dû avoir l'air convaincu, car elle a lâché la poignée, elle est revenue encore. – *You will*, m'a-t-elle dit. Elle s'est laissée tomber sur le lit. – *Fuck.* Elle tapait son front avec sa main. – *Fuck.* Puis elle s'est mise à parler.

Elle a retiré ses gants en parlant, par saccades, tirant d'abord avec des petits gestes nerveux et maladroits sur l'index du gant droit qu'elle semblait hésiter à saisir, qu'elle a ensuite arraché d'un coup violent. Elle les a froissés, en boule, comme si elle ne savait plus que faire d'appendices que sa distraction lui faisait prendre pour des parties d'elle-même. Elle s'est levée. A posé la main sur la poignée, entrouvert la porte. L'a refermée. – *Fuck.* À travers plusieurs épaisseurs de mur, un cri de protestation. Elle est revenue vers moi. – *No way. Can I sleep with you ?* J'ai demandé. – *What do you mean with with ? – You are so dumb.*

Elle a jeté sa veste, sa chemise, chassé son pantalon à coups de pied, s'est approchée, a passé une jambe sous les draps, qu'elle a tirés vers elle. Elle est restée tournée, sur un coude, en me montrant son dos qui était fin, léger. Elle était là, elle prenait bien plus de place que son corps, j'étais déjà dans le halo, centimètre après centimètre, je glissais. Nous sommes restés comme ça un moment. J'ai pensé que nous allions nous endormir.

Mais elle s'est tournée, toute douce.

Elle a avancé la main. – *May I ?* J'ai fait signe que oui. Elle a hésité. – *Are you sure.* J'ai dit *of course*. Alors elle a posé la main sur mes côtes. Les doigts légèrement pliés, comme pour jouer au piano. J'ai senti le bout de ses ongles. Elle a demandé. – *You don't have a problem with this kind of contact ?* J'ai eu envie de la serrer si fort. C'était la première fois qu'une femme s'en souciait, me demandait ça. Je me suis approché. Nous étions presque collés. À mon tour, j'ai posé ma main sur son dos. C'était tout lisse. Ma main n'aurait jamais assez de chaleur pour tant de froid. La sienne a couru le long de moi. Quand ses cheveux ont commencé à verser sur mon visage, j'ai frissonné. Elle s'est un peu reculée. – *Sorry !* J'ai dit. – *No. No.*

Je caressais son dos. Je ne disais rien. Il me venait des choses évidemment. J'ai passé ma main sous sa taille, je l'ai fait basculer, elle était légère, incroyablement. Elle s'est penchée sur moi – ses cheveux m'ont caressé. Une de mes mains se perdait sur le dos qui ne finissait pas, l'autre collait à sa poitrine. La sienne s'est avancée timide, comme pour toucher le feu. Je l'ai entendue avaler sa salive. Alors je n'ai plus voulu que sa peau. Elle m'a regardé d'en haut. Une expression d'oiseau qui va fondre. Elle est retombée, ça a été bouche sur bouche, dents qui s'entrechoquent, langues aussi, en guerre. Elle tient ma tête dans ses mains, pousse, aspire, cette partie de moi qui se cache et se tait.

Enfin je gémis. Je cède, je lâche, elle aussi, tout son corps se décrispe et se détend, il est doux. Elle respire, une longue inspiration silencieuse et son regard. Nous restons là. Sa peau est grasse. Des rides minuscules s'annoncent à l'estuaire de ses yeux. Et une toute petite voix, qui me demande où j'en suis moi. – *Are you done ?* Pas tout à fait. Elle rit. – *What do you mean,* pas tout à fait. Nous finissons couchés l'un à côté de l'autre. Je me crispe. J'y suis. Nous restons allongés, nos mains l'une contre l'autre. Qui se caressent tout doucement.

Mais elle se lève. – *Tomorrow, at 6*, dit-elle d'une voix fatiguée. Je la regarde se baisser pour ramasser ses vêtements, marcher sur la manche de sa veste sans le remarquer, réfréner un haut-le-cœur, se baisser, pousser la porte, presque nue. À travers la cloison, je l'entends vomir.

33

J'ai passé la nuit à tourner et à me retourner et le lendemain ma tête dans le miroir m'a terrifié. Encore dix ans de plus. Des cernes, des rides, et presque plus rien de beau, des joues d'Allemand, un vieux toupet de cheveux. Dans ma tête, c'était encore pire. J'ai pu tout juste acheter les billets. Le reste, c'est Judith qui l'a fait. Elle a tiré sa moto, fait passer mes deux mains autour de sa taille pour que je ne tombe pas. Ensuite, j'ai fermé les yeux, plongé le nez dans le cuir de sa veste pour échapper au vent, au bruit. Je n'avais pas pu faire entrer Judith et cette nuit dans mon esprit, rien qu'une odeur, une peau.

Dans les couloirs de l'hôpital, j'ai à peine pu la suivre. Enfin on nous a reçus. Des côtes cassées, rien de plus, nous a-t-on dit. Je suis resté comme ça. – Est-ce qu'il gardera des séquelles ? demandait Judith. Ça risquait oui. Je ne sais plus ce que j'ai dit, ou ça a été mon regard, mes yeux épuisés et méchants, mais tout a changé. Tour à tour nous avons interpellé le médecin qui a fini par ne plus répondre à rien, de quoi avions-nous l'air. Entre elle et moi, ça a continué par des remarques toujours plus dures, dont nous paraissions surpris nous-mêmes. Nos voix paniquées. Le ton est monté au point qu'on a failli nous faire sortir, puis une douleur au bas-ventre m'a cassé en deux. J'ai juste eu le temps de pousser la porte des toilettes.

Quand je suis sorti, j'étais seul. Judith était entrée dans la chambre d'Ambroise. Une infirmière a refusé que j'y aille. Mon état. J'étais peut-être contagieux. Je devais d'abord me faire tester.

Je marche lentement, je sors. Je m'arrête devant une agence immobilière. À côté de moi, quelqu'un grogne, je l'empêche de lire les annonces. Un Russe. – Je ne l'ai pas fait exprès. Excusez-moi. J'ai les yeux fixes et malades, il croit que je le défie, dit quelque chose de dur dans sa langue. – Je te dis que je ne l'ai pas fait exprès. Il s'avance. Je me mets à crier. Un ami est pratiquement mort. Ce n'est même pas vrai. J'articule mal, il ne comprend rien, mais mon comportement doit l'inquiéter, car il s'éloigne. Qu'un type comme ça s'effraie, ça en dit long sur ce dont j'ai l'air. Je suis dans ce genre d'état où tout doit sortir. Ça doit. De n'importe quelle façon. Tout est verrouillé sur ce type, le mal du monde, tout le malheur, et l'injustice et la colère, je pourrais les fracasser en lui.

J'ai repris mes esprits plus loin à la gare, devant un supermarché. Il y avait des pâtisseries vertes. Du chocolat. Des canapés au thon. À boire aussi. Des couleurs rassurantes, suisses. Peu à peu j'ai arrêté de trembler. Dans ma poche, le téléphone a vibré. Judith peut-être, je n'ai pas vérifié. Dans cet état, rester ne servait à rien. Je suis monté dans le train. Quand il est parti, j'ai eu l'impression d'avoir échappé à une folie. J'ai appelé ma mère. L'écran glissait à cause de la sueur. Je transpirais vraiment beaucoup. Elle m'a demandé. – Tout va bien ? Je lui ai dit que je revenais. Pour un bon moment sans doute. Que je ne me sentais plus capable de rien. – Comment vas-tu faire alors. – Je vais écrire au docteur Nuaje. – Il faut oui. Mais tu n'auras pas de problème avec ton travail ? – Je suis clairement malade. – Covid ? – Je n'ai pas fait de test. Je ne crois pas. – Si tu as un arrêt, ne partage surtout pas de photos de montagnes. – Ne t'inquiète pas non. – Tu arrives quand ? Ici le chat va beaucoup mieux, il a recommencé à manger. J'ai voulu répondre mais la douleur au bas-ventre est revenue avec l'intensité d'une aiguille. – Allô, disait ma mère. Allô !

J'ai raccroché et filé aux toilettes du train.

34

À la gare de Bâle au début, je n'ai trouvé personne. Devant l'entrée, ni même au parking. Après quelques minutes d'attente, j'ai eu envie de pleurer. Puis la voiture est arrivée, et j'ai eu un peu honte. Ma mère avait quatre-vingts ans. Quand je me suis assis, le calme a tout effacé. Aucune épreuve ne m'était imposée pour prouver mon identité. Je n'étais pas Ulysse, je n'avais pas de royaume à réclamer.

Pendant trois jours, ce petit épisode viral m'a fait passer dans un monde si différent qu'à ma guérison, il n'en est rien resté. La faiblesse dans les os. La sensation difficilement descriptible que l'intérieur de mes nerfs et de mon esprit vibrait, comme si ma volonté s'embourbait. La fatigue goulue à laquelle je cédais, et parfois, la nuit surtout, des montées d'angoisse. Ambroise. Judith, et plein de petites voix qui revenaient d'en bas pour me faire honte. Au milieu de la nuit, j'allumai la lumière, attrapai le téléphone. Je lus enfin le message de Judith, brutal. Ensuite, je lus ses excuses. Gentilles, mais un instant, elle avait pensé tout ce qu'elle m'avait écrit.

Ça m'a suffi. Pendant une heure, j'ai dérivé. Je ne décrochais pas. J'ai fini par faire défiler les annonces des forums d'alpinisme. Propositions de courses, images, dénivelés. Partout, des gens, partout des groupes, du bruit, du tumulte. Le reflet du soleil sur la neige des photos aggravait ma nausée, mon mal de tête.

Au moindre clic, c'était toute la montagne et sa terrible lumière qui s'engouffrait dans la chambre comme un mauvais sort, et ces gens à qui rien ne faisait mal.

Je me suis levé tremblant devant le miroir dans le froid de la fièvre, avec mes frissons, mes gargouillis. J'ai repris le téléphone et cherché, comme d'habitude, tout ce qui pouvait m'effrayer. Mes symptômes, un cancer peut-être. J'ai commencé à me tâter le bas-ventre. Ça se pouvait. Si oui, comment tenir ? Prendre des risques ? Partir seul tant que je le pourrais, au Cervin pourquoi pas ? Pourquoi pas, oui, si tout était vraiment foutu ? Inestimable cancer. Aveugle, obstiné, greffé là, planté dans le gras. Comme si tout confluait en une bille de réalité en moi.

35

Est-ce que vous auriez un moment ?
J'ai besoin d'une ordonnance.
Vous êtes là ? Il n'y a aucun créneau sur Doctolib.
Ça fait deux fois que j'appelle votre secrétariat.
J'ai peut-être été un peu brutal.
Enfin, vous me connaissez.

Tu as eu le docteur ?

Il ne lit même pas les messages. Secrétariat, bloqué.

Comment vas-tu faire alors.

Je n'en sais rien.
Insister.
Hurler au téléphone.

Tu veux que j'appelle aussi ?

Si tu veux.

Docteur, j'aurais vraiment besoin de vous parler.

J'ai eu vos messages.

On peut s'appeler ce soir vers 23 heures si vous voulez pour une consulte.

Je vous ai déjà adressé l'arrêt.

36

« Une montagne sortait de la mer, maintenant
distinctement visible sur le fond assombri du ciel.
[...] Il était là. Sa lumière froide rayonnait
comme une source de silence,
comme une virginité déserte et étoilée. »

Julien Gracq,
Le Rivage des Syrtes

Au bout du troisième jour, j'ai recommencé à me promener dans l'appartement. Les chats eux-mêmes l'exigeaient. La femelle miaulait de manière misérable devant ma porte pour réclamer son droit de passage et d'inventaire. J'ai tout juste réussi à effleurer sa tête. Ce n'était pas spécialement contre moi, m'a dit ma mère, la chatte craignait tout le monde à part elle. Les maîtres déteignent parfois sur leurs chats. Le mâle se laissait plus faire mais semblait vraiment mal en point, maigre, vieilli. Il m'a fait pitié avec ses yeux malades, sa démarche un peu tremblante. Ses jours comptés, il les vivait tout de même avec tout ce qui restait en lui d'intensité féline. Jusqu'à la fin il serait là, présent.

Puis la température a un peu baissé, une pluie continue s'est mise à tomber qui a rendu la ville triste à pleurer. Ma mère m'a suggéré d'appeler mon père. Je suis allé un après-midi dans son appartement, plein de souvenirs qu'il passait son temps à trier. Les cactus couvraient la terrasse. Ils grandissaient, forcissaient, ne mouraient pas. Certains étaient nés avant moi. Au-dessus, la colline aussi restait la même, toujours coiffée de sa ruine. Là-haut, j'avais appris à grimper, à imaginer des passages, des ailleurs.

Mon père marchait prudemment mais se souvenait toujours de tout. Ma propre mémoire ne vient pas de nulle part. Avec un sourire de Bouddha, il m'a montré quelques lettres de chefs d'orchestre et de compositeurs, certaines récentes. Nous avons parlé de mes projets, de ma mère qui craignait tout, mais que je n'épargnais pas non plus avec toute cette agitation. Le Cervin, pour quoi faire ? Bill Gates aurait perdu son temps à cela ? À courir ? Le marathon, c'était pour mon oncle dans sa ferme. Depuis l'âge de douze ans, mon père travaillait sans cesse ses percussions. Il y avait un peu de Raffaele en lui. J'avais mieux à faire. Mes recherches, mes activités d'influence ou de lobbying, mon père ne comprenait pas bien ces choses françaises, abstraites, mais il espérait voir d'autres photos de moi avec des ministres. Avant que je parte, il n'a pas pu s'empêcher de faire ses recommandations. Moins de montagne, plus de prudence. Et fini les arrêts maladie, surtout. Lui n'en avait jamais pris, ça n'était vraiment pas suisse, vraiment pas.

Je suis revenu chez ma mère à pied, regardant tout, étonné de certains carrefours où autrefois tournaient les motos, où je sursautais en croyant reconnaître certains visages.

Pendant quelques jours, il n'a plus été question d'autre chose que de petits dangers. Les œufs mangés le matin l'estomac vide. La viande mal mâchée. Le sucre, le sel, le vent dans mes cheveux mouillés après la piscine, les lacets. Ma mère ne cessait de me mettre en garde. Je me suis énervé, nous nous sommes un peu disputés, ma mère m'a rappelé combien j'avais été difficile. Une nouvelle fois, nous avons parcouru ma vie. J'aimais beaucoup le faire. Ça me travaillait moi aussi.

Ma mère parlait de mon enfance et mon adolescence comme d'une succession de batailles. Moi, je me rappelais la course, la nage, toutes les forêts d'ici, et toute cette énergie qui m'avait propulsé malgré tous les chocs et les coups, les moqueries parfois. Bizarre mais plein d'allant, c'est ce qui me sauvait. Et obstiné. Plein de rêves et d'idées, qui finissaient par me rallier les autres, certains du moins.

Quand la pluie s'est interrompue, je suis allé me promener dans la forêt. Sur les branches, j'ai fait quelques tractions. Ça aussi, je le faisais autrefois. À force d'entraînement, j'étais devenu le plus rapide du lycée à la corde. J'enchaînais deux montées à l'équerre. Des choses qui comptaient un peu aux yeux des autres. Toujours les yeux des autres oui. Bon, il y avait la solitude, je ne trouvais guère à qui parler dans ce pays peigné.

Non, pour moi, les vrais problèmes étaient venus après. Quand enfin, l'enfance m'avait lâché et qu'il ne m'était resté que le gris des rues et cette ville où personne ne disait jamais rien d'essentiel à personne. Où on pouvait se frôler et grogner pendant cinquante ans sans chercher à se connaître puis mourir comme ça pour rien. Alors, il n'y avait plus eu que ça au loin, mourir, vue de cette ville, la vie ne contenait rien d'autre. Il paraît pourtant que j'avais une famille ici même si on se voyait à peine, on ne se parlait pas. On n'était rien les uns pour les autres sinon des soupçons.

Ma vraie famille, je la cherchais en France. Pour ça, j'avais tout ce que racontait ma mère de mon autre pays que je ne faisais qu'imaginer, plein de tantes et d'oncles, et de cousines et de cousins, qui vivaient des vies parfois abîmées mais surtout vivantes et virevoltantes. Et qui venaient de partout, qui discutaient de tous les pays. La France que ma mère ne vivait plus du tout et dont elle parlait avec la nostalgie du paradis perdu.

Comme il lui manquait, ce pays fait d'originalité, de tolérance, d'ouverture d'esprit ! Chaque année là-bas, quand j'étais petit avec ses frères et ses sœurs je mettais des noms sur les mystères du monde. Là-bas, j'apprenais qu'on pouvait faire autre chose que constater ce qu'il y a. Je trouvais toujours quelqu'un à questionner, à qui arracher sans fin des mots et les jeter dans tous mes vides. Il y avait, dans la famille de ma mère, des spécialistes de tout. L'un m'apprenait l'existence des racines et des puissances, des nombres imaginaires, des fractales, une autre me passionnait pour les reines de France, un autre revenait d'Amérique avec des informations exclusives sur l'avenir de l'espèce humaine… La France avec ses grandes villes toutes pleines de mots à prendre.

Quand mes parents s'étaient séparés, j'étais tombé côté français. À l'âge que j'avais, les gens deviennent adultes, mais je n'avais pas pu. Ma mère n'aimait pas que je reparle de ça. Elle non plus, elle n'avait pas su. Elle ne connaissait plus la France hors de ses rêves. Rien de ses pièges et de ses complications. De sa violence et des bourrasques qui la traversaient qui n'étaient pas les mêmes que celles de la Suisse. Mais bon. Tout le monde l'incitait à me pousser hors du nid. J'avais commencé à habiter seul à Strasbourg. Je m'en souviens, j'étais comme enseveli. Je débarquais dans les querelles et les idées des gens sans rien y comprendre, prenais et rendais des coups qui n'étaient pas les miens et me poussaient à devenir méchant. Ce que disaient mes vêtements, mes allures à certains Français, mes mots surtout, que je ne retenais pas, que je déversais à n'en plus finir dans ce pays de la parole. Qui les faisaient tour à tour sourire et mordre. À cause d'histoires politiques qui en Suisse ne signifiaient rien. D'une guerre sociale cachée mais si violente. De réflexes qui les faisaient s'enthousiasmer ou se scandaliser à des moments qui ne me disaient rien à moi.

Je me souviens des allées rousses de Strasbourg, plus profondes que des canyons. Peut-être aussi cherchais-je autre chose. Je ne m'endormais qu'en pensant au crépitement du modem qui retentirait le lendemain. Toute mon attention était happée par ce nouveau monde. Chercher des passages, capter les signes, jeter des centaines de bouteilles dans des centaines de canaux.

Un an plus tard, l'arrivée à Paris. Les hôtels et les sièges d'entreprise clignotaient, donnaient au périphérique l'allure d'un port immense. Ça grésillait partout, les phares infusaient dans la marmite. Je me souviens, je me suis mis à chanter dans ma tête d'abord, pour me promettre le bout du monde, des chansons fonçant à pleine vitesse sur l'océan. J'étais perdu, mais pas vraiment, puisque je savais que la terre était proche et que je serais recueilli. Je n'avais jamais autant pensé.

Je mettais la matinée à quitter mon lit. À midi, à 13 heures, les femmes de ménage de la cité universitaire passaient vider les poubelles ; elles me regardaient en gloussant me retourner dans les draps. Elles m'aimaient bien. Le soir, quand il faisait beau, je devenais voyant. Je n'avais plus peur du chaos. À chaque pas, j'avais l'impression de plonger dans le ciel comme une giclée de peinture à l'huile... Puis je fondais. Je m'étalais, sous un poids inflexible de rêves et de formules, et je restais pendant des heures, allongé, fauché, inerte, sourd au temps. La nuit tombait, et je sortais enfin. En marchant, quelques projets venaient qui disparaissaient le temps que je trouve où m'arrêter pour les noter. Je marchais. J'oubliais ce que je voulais. J'enfourchais mon vélo, errais sans savoir quoi faire, rentrais. Je passais une heure à chasser les lapins roses sur un site de jeux en ligne, et m'endormais en trouvant ma vie merveilleuse. C'était autre chose que la réalité.

Avec ma mère, nous en reparlons souvent. La première fois que je suis allée te voir. Seigneur. Je m'en souviendrai toute ma vie, gémit-elle. Tu vivais les volets fermés. Tes bagages n'étaient même pas défaits. Je ne te l'ai jamais dit, mais des résidents s'étaient plaints. Des filles t'avaient croisé nu la nuit dans les cuisines. Vingt ans ont beau être passés, chaque fois qu'elle raconte ça, je suis scandalisé. Oui je me levais. Et alors. C'était pour manger. Manger à 4 heures ? Oui des boîtes de conserve ou des raviolis surgelés.

Ma mère avait trouvé elle-même le premier psychiatre. C'était un vautour, qui estimait mon cas intéressant. J'aimais son bureau. Classique. Un bois noble qui grinçait un peu, ce qui ajoutait à l'atmosphère feutrée. Un sol en marqueterie, des tapis rouges. Il ne me faisait pas payer si cher. La distinction de ce grand oiseau, sa voix froide et veloutée. J'étais flatté. C'était un professeur de l'université, un expert, une sommité. Nous discutions ensemble du diagnostic. Un collègue aurait pu conclure à de la schizophrénie, estimait-il. Mais vous faites des études très théoriques et avez une façon de parler naturellement abstraite. Je dois donc faire la part de ce qui relève de votre vocabulaire, et de ce qui est vraiment pathologique, vous m'excuserez d'user de ce terme un peu professionnel. Je ne pense pas qu'il s'agisse de schizophrénie, en tout cas pas *stricto sensu*.

En désespoir de cause, il m'avait prescrit des neuroleptiques. Mes rêveries, mes explosions l'alarmaient malgré tout. On ne savait jamais. De cette façon au moins, il se prémunissait. Des années plus tard, le docteur Nuaje, son successeur, avait été indigné. Des neuroleptiques. Absurde. Invalidant. De telles prescriptions sont irresponsables. Je milite depuis longtemps pour imposer une formation continue stricte à mes collègues, mais rien ne se passe. Quand on sait, en plus, l'importance de ces années, de ces premières années de l'âge adulte, de ce sas initiatique, quand on sait leur importance ! Quand on sait que toute votre vie future se construit sur ces expériences, quand on sait qu'une prescription peut gâcher une existence…

Le vieil homme ne s'était pas arrêté là. Manifestement, il y avait autre chose à dénouer. Une de ses amies, prestigieuse et samaritaine psychanalyste du Ve arrondissement, m'avait reçu à son tour. La montagne revenait souvent dans mes rêves, avait-elle remarqué. C'était une femme cultivée. Ce sommet, le Cervin, quel est son nom allemand ? *Matterhorn*. Dans *Matterhorn*, qu'est-ce qu'on reconnaît ? Je n'étais pas convaincu. *Matter*, oui, mais c'est le nom d'une rivière, ça ne s'écrit pas *mater*, la mère. Ça sonne de la même façon, OK. Je réfléchissais malgré tout, non ça ne marchait vraiment pas. Ce n'était pas un problème de nom. Le Cervin, c'était surtout un symbole. La montagne par excellence. Une forme. Une séduction. Alors la psychanalyste triomphait. Une forme, vous voyez bien. Une forme pointue. Qu'est-ce que ça peut bien évoquer d'après vous ? Mais non, ça ne collait toujours pas, ni mère ni père, ni phallus, ni tout ça, seulement le signe d'un océan de couleurs, d'une réalité perdue sous ma peau qui voulait renaître.

Bien plus tard, j'avais demandé l'avis du docteur Nuaje qui avait soupiré de dégoût. Une psychanalyse. Carrément. Comment peut-on être assez con pour penser que ça soit la façon la plus indiquée de traiter le cas d'une personnalité déjà aussi vulnérable à l'irréalité et au désordre.

Entre-temps, avec les médicaments, je grossissais. J'oubliais tout, je m'habituais à la fatigue, au manque d'envie, à fléchir devant toutes les peurs. Semaine après semaine, les séances se poursuivaient, instructives, intellectuellement gratifiantes, médicalement inutiles. Je traversais en courant l'esplanade du Trocadéro et revenais à la Seine par les fontaines du palais de Chaillot dont je descendais l'escalier avec un sentiment de royauté. Dans la nuit d'hiver depuis la tour Eiffel, l'Œil de Sauron me cherchait.

Ça avait duré des années, des années, avant que le reste revienne. L'énergie. Tout ce que j'avais à faire et qui me revenait, si tard, à presque quarante ans. Grimper. Courir. Écrire aussi. Et ça passait par cet été. J'en étais sûr.

37

Pendant quelques jours, j'ai cru que je résisterais. Je me reconstituais loin de tout, dans l'illusion, sinon la sécurité d'un havre que rien n'atteindrait jamais. Évidemment, je savais que ce n'était pas vrai. Je connaissais l'âge de ma mère et le mien. Chaque jour, des petites démarches me rappelaient l'existence du dehors. La facture du sauvetage en hélicoptère était arrivée. Ça faisait beaucoup plus qu'un demi-salaire. On m'assurait que ce serait remboursé, mais comme je n'avais pas été blessé, ça n'était pas absolument certain. Ce n'est pas moi, disais-je, qui ai voulu monter dans l'hélicoptère.

Je n'ai pas osé appeler Ambroise ou Judith, qui était pourtant revenue dans ma tête, mêlée à Véra et à d'autres. Mais je ne pouvais pas. Je ne savais rien de l'état d'Ambroise. J'ai temporisé, je me suis mis à lire son tout premier livre, le plus long, celui qu'il préférait. Six cents pages, avalées en deux jours, dont j'ai publié la critique dans la foulée. Ensuite, j'ai pu me lancer. Un petit message d'abord.

Cher A. Je voulais tout d'abord te présenter mes plus sincères excuses pour tout ce qui s'est passé. Je suis content de te savoir hors de danger. J'aurais voulu pouvoir passer te voir, mais j'ai moi-même été complètement malade ces derniers jours. Je n'entre pas dans les détails, mais ça n'avait rien de glorieux. C'était viral, et pas spécialement original.

NB : j'ai enfin lu en entier ton premier livre et je suis admiratif. Je n'en dis pas plus, j'en posterai bientôt une critique.

Auquel il a répondu. D'abord, pour râler, pas contre moi, mais à propos des hôpitaux suisses, de l'attitude des médecins surtout. Un point noir pour lui qui aimait tant ce pays qu'il parlait parfois de venir s'y installer. Pendant ces quelques jours, il n'avait pas pu échanger avec un être humain. Des machines, des ingénieurs. Rien ne l'effrayait plus que ça, la machine toujours prête à pointer sous l'humain, à fonctionner.

Enfin, il m'a parlé de son état. Des côtes cassées, sans plus. Enfin sans plus. Son retour à Paris avait été difficile. Chaque secousse du train lui arrachait des plaintes. Et maintenant, il se sentait creux de l'intérieur. Une sensation troublante. La nuit surtout. À son âge, cette douleur resterait peut-être. Elle nicherait, serait sa note, ce avec quoi il faudrait vouloir vivre. La nouvelle voix dans ses livres peut-être. Car il s'y était remis. Énorme ça allait être ! J'allais voir ! Les Alpes ? Un brouillon, un prélude. De très grandes choses viendraient bientôt.

Ensuite, pendant plusieurs jours, nous ne nous sommes plus rien dit. J'ai reçu un message de Raffaele. Son frère Vincente venait de lui parler de moi. Il lisait mon roman. Ça l'intriguait. Si ça m'intéressait toujours, il lui restait un créneau à la fin de l'été. Il me proposait de travailler mon autonomie en alpinisme et, peut-être, d'en profiter pour visiter son frère. À cet instant, je n'étais pas prêt. Ma mère, quand j'en ai parlé, ne s'est pas mise à monologuer comme je le craignais. Elle s'y attendait. Elle savait comme moi que l'affaire n'était pas réglée.

38

Hello Florian, je viens de lire ta critique.
Le truc que t'as mis en ligne à propos du roman
d'Ambroise. Son éditeur m'a appelée.
Tu as dit texto qu'après avoir écrit un livre comme ça,
on pouvait mourir.
Tu l'as fait exprès ?

Non, que ça devait être moins scandaleux
et inadmissible de mourir.

Tu réfléchis parfois ?
Tout le monde savait que vous partiez ensemble.
Tout le monde a entendu parler de l'accident.
Son éditeur vient de m'appeler,
je te dis. Il est coriace en plus.

Ambroise avait l'air content.

Non mais ça suffit. Tu cherches vraiment
la fessée, autrement c'est inconcevable.
Tu vas changer ça tout de suite.
Pendant ce temps je vais faire
ce que je peux pour les calmer.
Mais c'est la dernière fois.

Tu me rappelles une amie aspirant guide.

Sûrement une fille très bien.
Je n'ose pas imaginer ce que tu lui fais subir.

39

« C'est quoi la différence entre un cabestan
et un demi-cabestan au fait ? »

Question posée quelque part
sur l'Obergabelhorn

(Morgane)
Flo, j'ai appris pour l'histoire avec ton ami.
Ça va comment ?

Lui ou moi ?

Lol. Les deux.

Je me remets difficilement de ma terrible gastro.
C'est dur.

T'es con. Et lui surtout.

Il a survécu.

Mais encore ?

Écoute, ça a l'air d'aller. En fait,
ça a l'air d'aller plutôt pas mal.

C'est-à-dire, pas mal.

Un certain nombre de trucs abîmés,
mais rien de définitif quoi.

Bon.

Enfin ça ne doit pas être drôle, quand même.

Non. Mais ça arrive.

Faudrait pas.

Si, ça arrive. Écoute,
pour le coup t'y peux pas grand-chose.

C'est toi qui dis ça ?

Le sentier où t'étais, c'est vraiment un truc de touriste.

Quand même pas tout à fait.

Quand même pas loin. Tu tombes là,
c'est vraiment que tu regardes pas.

Ou que t'es très fatigué.

Ouais. Il est adulte, ton pote.

On aurait dû descendre par le train.

Il pouvait lire les horaires. Ou regarder la carte.

Moi aussi j'aurais pu.

Ouais bon.

On a un peu déconné au début. J'ai fait un détour
imprévu. Il m'avait dit qu'il avait le genou abîmé.

Il avait qu'à pas suivre.

Il l'a pas fait. J'ai fait le détour seul avec la fille.
Judith. En courant.

Putain, j'imagine parfaitement.

T'imagines quoi ?

Deux mecs en montagne avec une fille.

C'est un peu trop résumé.

Oui, bon. Trois personnes intelligentes
qui pourraient se dire plein de choses passionnantes
mais finissent par se faire la course.

Flatté que tu dises que je suis intelligent.

C'est Raffaele qui le dit, pas moi.
J'essaie de comprendre pourquoi il le dit.

Sans commentaire.
Tu disais que c'était pas ma faute.

C'est votre faute à tous les deux.

Et Judith ?

Judith ?

Bah oui. On était trois. Elle nous a lâchés.

Je crois que j'aurais fait pareil.

Sauf que c'est toi la guide. T'es pas censée dire ça.

Non en effet.

Je suis même pas si sûr que tu pourrais
me semer d'ailleurs.

Rendez-vous sur le Torre Grande pour vérifier.
Tu passes en tête.

Mais sur un sentier ?
Non mais je plaisante. D'ailleurs,
où en es-tu avec le probatoire.

Je suis sur la prépa des épreuves d'hiver.

Tu passes ça en Italie, en Suisse ou en France ?

Pour commencer, en France.
Même si l'Ensa me fait moyennement envie.
L'École nationale de ski et d'alpinisme.
Je sais pas si tu sais à quoi ça ressemble.
Personne n'a envie de s'enfermer dans un gros
bloc de béton avec quatre grandes tours.

À qui le dis-tu.
Et Raffaele ?

Je ne bosse plus avec lui.

Tu m'expliqueras ?

Quand on se reverra, alors.
Je n'ai pas envie que ça soit mal interprété.

Justement, je reviens bientôt.

Ah ?

Raffaele m'a proposé de refaire
une course d'entraînement.
La même que celle où tu m'avais emmené.
Mais en me faisant passer devant,
pour que je travaille les manips.

Ben, bon courage.

Il m'a dit que son frère avait lu mon livre
et souhaitait me rencontrer.

La classe.

Qu'est-ce qui t'arrive ? T'essaies de devenir sympa ?

Faut croire.

Y a quand même encore un peu de marge.

Quand tu seras derrière moi sur le Cervin,
mon ami, tu verras qu'il y en a énormément.

Quand ça ?

Sûrement pas maintenant. C'est fermé.

Fermé ? Il y a une barrière autour ?

Oui. Laser. Et des drones qui surveillent.
La vérité, c'est que le versant italien
est complètement interdit à cause des chutes de pierre.

(Lise)
Putain, j'avais oublié de répondre à ton message
d'il y a un mois.
Le truc sur le deuxième frère de Raffaele.
Pardon, je débarque. Morgane m'a dit que tu repassais.
Que tu allais venir boire une absinthe avec les moutons.
Et te faire photographier avec Vincente Tardio.

J'ai déjà une photo de moi avec Erhard Loretan, tu sais.
À onze ans.
Dédicacée.
Il a écrit à ma mère depuis l'Himalaya.
Jeune, ma mère était une bombe.
Pardon, je m'égare un peu.

La claaaaaassse !
Fais voir une photo de ta mère.
Je rigooooole.
Bon, pour répondre à ta question d'il y a Mathusalem
à propos du troisième frère. Y a pas d'histoire,
juste que Silvio Tardio est un vrai connard, c'est tout.
Pour le coup, je comprends très bien Raffaele.

Qu'est-ce qu'il a fait ce Silvio ?

Vincente non plus ne le supporte pas.

Mais pourquoi ?

Il n'est pas alpiniste.

Quoi, c'est tout ?

C'est un homme important dans la vallée.

Et alors où est le problème ?

Il bosse avec la compagnie du téléphérique.
Avec les Suisses. Raffaele doit sans arrêt
gérer sa merlde.
Enfin sa merde.

Cad ?

Bah, t'es allé au Breithorn. T'es descendu
sur Valtournenche. T'as vu à quoi ça ressemble, là-bas.

À peu près, oui.

C'est horrible.

En effet.

Il paraît même que c'est lui qui a donné
le refuge des Guides aux Suisses.

C'est un peu tiré par les cheveux.
Comment il aurait pu faire ça.

J'en sais rien. Les gens le disent.
Raffaele doit l'entendre tout le temps.

Finalement, tu l'aimes bien, Raffaele.

Il aime la montagne. Silvio, il la hait.
Il l'a toujours haïe. Un type qui fait monter des bombes,

des bulldozers et des camions géants.
Des pelleteuses pour boucher les crevasses.
Des putains de pelleteuses. Il faut une haine
délirante pour faire ça. Envie de les aplatir.

Ou juste envie de gagner de l'argent.

De la haine je te dis. À mon avis,
il y a un truc avec leur père.

...

Quoi.

Je ne suis pas trop freudien.

T'appelles ça comme tu veux, c'est pas normal.
Un connard comme ça dans une famille comme ça.
Enfin. Je suis nuuuuuuuuulle. Je t'ai même pas demandé
de tes nouvelles, à toi et ton ami.
J'espère que ça va. Je suis allée regarder les livres
qu'il écrit, ça m'a l'air vraiment bien.
Enfin les tiens aussi.
Mais les siens plus.
J'avoue.
Bon en fait je suis surtout jalouse.
Vincente m'a parlé de ton livre.
Publier, c'est mon rêve, tu sais.
Publier mes textes et mes photos.
Tu pourras me tuyauter ?

On ne publie pas de livres d'images là où je suis.
Enfin, de beaux livres.
Mais je peux essayer.
Je ne promets rien.

On s'égare totalement.
Bon, mais si tu peux faire quelque chose.
C'est vraiment mon rêve tu sais.
Plus ça me tient à cœur, plus je joue à l'idiote,
je ne sais pas,
j'ai peur qu'on me prenne trop au sérieux,
que ça me coince dans quelque chose
qui est seulement un bout de moi.
La jalousie des gens aussi.
Bon c'est UN rêve.
Mais pas LE rêve.

40

> « Pendant une seconde l'admiration nous coupa le souffle devant la surnaturelle beauté cosmique du paysage, puis une vague répulsion s'insinua dans nos âmes. Car cette ligne violette au loin ne pouvait être que les terribles montagnes du monde interdit – les plus hauts pics de la Terre et le centre du mal sur le globe. »
>
> H. P. Lovecraft,
> *Les Montagnes hallucinées*

J'ai hésité encore quelques jours. Mes jambes déjà parties, mais avec le soleil, rien n'était mieux que ma colline. Celle du début. Du temps où le monde avait été profond. La Terre alors n'était pas ronde ; elle comportait bien plus de dimensions qu'une sphère. Les sentiers, les cachettes, la forêt piquetée entre les rochers, les couronnes de ruines en haut, plus loin, les rangées de vignes elles aussi zébrées d'escaliers merveilleux.

Pour le moment, je ne veux être qu'ici. J'avance vers ces forêts qui valent tout. Je le sais. Je l'oublierai, mais à cet instant je le sais. Je l'ai oublié tant de fois. À douze ans, j'amenais mes amis sur ces chemins-là. Les irréductibles, ceux qui ne voulaient pas grandir. C'était l'automne, un automne du temps où l'on regardait encore les feuilles, on espérait on ne sait quoi encore en les voyant briller d'une teinte déjà fugitive. Je me souviens, j'étais frustré parce que certains suivaient et parce que d'autres ne suivaient pas.

Je m'enfonce dans le tapis jusqu'au point où le rideau d'arbres que je longe et celui qui ferme l'horizon se rejoignent. Je cours. Je passe entre deux hêtres envahis de lierre qui forment un petit portail. Au milieu, un sapin évase ses longs bras bleus. Autour, les feuilles volent, je trébuche plusieurs fois. Il a fait si chaud cet été que l'automne glisse déjà au cœur de la couleur sa pâle nudité. Sous le couvert des bois, la rousseur peu à peu enveloppe tout, et noie les sursauts jaunes et verts. Plus lentement, je continue dans la forêt. Enfin, la lumière perce à travers le bois dénudé, annonçant l'imminence et dans l'ombre je l'aperçois, non pas glorieuse mais obscure, comme ramassée sur elle-même. Une de ces maigres ruines bâties à l'aplomb d'un pic rocheux y forme un belvédère. Agrippé au bois, je m'élève le long de marches inégales, glissantes, verdies de mousse. Je débouche sur une sorte d'esplanade trouée en son milieu d'une faille rectangulaire.

Elles sont bien là. Lointaines. Leur dos de lune brille au creux des collines. Aujourd'hui, je sais tous les noms. Je les connais. Je les ai vues, approchées. Il y a les trois grands sommets des cartes postales, toujours les mêmes, l'Eiger, le Mönch et la Jungfrau. Emmêlées, scintillantes, les étendues de l'Oberland. Quelque part, perlant dans une confusion que mes yeux ne percent plus, il y a le mont Cervin. C'est maintenant. Cette fois, il faut y aller, il faut monter. Le temps file, le mercure grimpe sans cesse sur le thermomètre du temps.

41

« On venait en vacances à l'hôtel de Paris.
C'était un vrai bordel. On faisait les cons, [...]
on se saoulait, on se marrait et on faisait des Premières
(en alpinisme). Forcément, les guides chamoniards,
qui étaient obligés de gagner leur vie
en amenant les gars au Mont-Blanc,
nous détestaient. Les années 1960,
c'était quelque chose. »

Pierre Mazeaud

En 1911, Tolkien allait aussi vers le Cervin. Peut-être est-il arrivé par Bâle. Peut-être est-il passé juste là où j'ai grandi. Ce voyage, écrira-t-il plus tard, sera la clef de tout : le Hobbit et le Seigneur des anneaux.

L'arrivée par l'Oberland d'abord, lors d'un été brûlant. Pour entrer dans la vallée de Lauterbrunnen, il faut franchir une rivière grossie par l'eau de fonte, qui gronde, rugit comme une cavalcade. On s'avance ensuite entre les falaises. Elles sont si hautes. L'herbe si verte. Et l'eau qu'on regarde pleuvoir la nuque cassée en arrière. Les petites mèches d'eau filant leurs nœuds avec les sentiers, jusqu'aux immenses bonds terminaux. Havre d'elfes. Dans la pierre là-haut, les ouvriers creusent, s'infiltrent, s'insinuent dans la face nord de l'Eiger, vers un col encore inaccessible. Bientôt, comme un pinacle, un dernier escalier monte en feu d'artifice et s'ouvre la corolle d'un observatoire. En 1911, les Suisses creusent toutes les montagnes. On donne les derniers coups de pioche au tunnel du Lötschberg qui n'est alors qu'un puits de mine, long de 20 kilomètres. On ne passe pas. Pas encore. Quelques mois plus tôt, il y a eu des morts.

Pour entrer en Valais, il faut emprunter les cols. J'imagine Tolkien glisser sur les dalles du Grimsel, puis avancer dans le silence le long du glacier Aletsch, le plus vaste d'Europe, au moins trois mers de Glace à lui tout seul. Il le raconte d'ailleurs. Ses lettres. Le silence effrayant. Son guide, un paysan, qui lève les yeux vers les moraines sous lesquelles on se traîne. Ça frémit. Ce n'est qu'une pierre. Tout semble tenir à peine. On s'approche et soudain c'est un bruit d'artillerie, les craquements se jettent l'un derrière l'autre, se poursuivent, se bousculent tout autour de l'horizon. On s'accroupit, on se protège comme on peut de l'éclatement, énorme et uniforme, qui remplit tout l'air et tout l'espace sonore. Le verra-t-on jamais, ce fabuleux Cervin ?

Tolkien arrive à Zermatt poussiéreux et fourbu. L'odeur de ses chaussures agresse les riches Françaises. Son journal, ses lettres parlent de leurs grimaces. De leurs yeux froids qui voudraient lancer des sorts. Pensez. Zermatt est un lieu d'harmonie et de douceur, hors du temps, les rôdeurs n'y ont pas leur place. En catimini, le lendemain, Tolkien et ses amis quittent le village et s'avancent jusqu'à la chapelle du lac Noir sur les flancs du Cervin. Elle est bien là, la mère des montagnes, la solitaire, si proche, si lointaine. Impossible d'en trouver la porte secrète. Alors John se traîne. Il n'en peut plus. Sur l'éperon du Hörnli, un berger le porte presque. Trouvera-t-il seulement la force de revenir ? Il n'y a plus rien d'autre que le Cervin et la fatigue. Une petite voix, peut-être, lointaine, et qui crie. « Les aigles arrivent ! Les aigles arrivent ! » Oh ! Comme il aimerait que ça soit vrai.

42

« Il s'est un peu moqué de toi, Palituk.
Tu ne vas pas tuer un ours avec ça. Ce fusil est fait
pour tuer les phoques. Il permet de viser loin,
mais tire de petites cartouches. Pour tuer un ours,
il faudrait tirer quatre fois au même endroit ! »

Marion Poitevin,
Briser le plafond de glace

J'y suis retourné. Là-bas, en Italie. Ça n'a pas été simple d'ailleurs, tous ces cols. Et pas un transport public après la frontière. On pourrait presque dire que ça s'est bien passé. On a choisi une ascension. Au sommet, Raffaele a failli me complimenter. Il était moins fatigué, plus calme. Il m'a même parlé du chien. À la descente, il m'a débriefé. Avec le matériel, il faudrait faire mieux. Apprendre à disposer les friends des deux côtés du baudrier de façon que les gestes deviennent instinctifs. La concentration manquait encore par moments – il m'arrivait de faire n'importe quoi.

Nous sommes repassés au chalet. J'ai pris mon temps pour me doucher. Quand je suis sorti, Raffaele m'a hélé depuis son étage. – Prends des affaires que tu peux sacrifier. Chez son frère, ce n'était pas toujours très propre. Il m'a fallu quelques minutes de marche pour remarquer la forme bizarre sur le sac de Raffaele, puis une dizaine de secondes pour reconnaître un fusil. Nous avons dépassé des promeneurs et débouché sur une épaule rocheuse. Il y avait une petite chapelle, aux murs ravissants. Sur la route, j'avais lu plusieurs fois sa biographie. Vincente Tardio, records de vitesse au nez de Zmutt, au Cervin, expédition dans la cordillère de Darwin, tentatives sur la face nord-est du Masherbrum – « la face nord de l'Eiger et le Cerro Torre par-dessus ». J'imaginais même pas. J'avais tout étudié, toutes les photos, les fantomatiques surtout, dans l'air raréfié et le vent. Avant de pousser la barrière de bois, Raffaele a grogné. – Il vaut mieux éviter de trop faire l'idiot chez lui. On va faire simple : ce qu'il cuisine, tu dis que c'est génial. Sur ça, il est vraiment susceptible.

Plusieurs chèvres trottent devant nous. Elles bêlent. Raffaele répond. Je m'y mets. C'est une compétition entre elles et nous. Le sentier est de plus en plus boueux et glissant. Une piste indiscernable qui traverse une relique de mur croulant. Un toit achève de s'estomper dans l'ombre vibrante du soir. – Là, me dit Raffaele, c'est l'étable. Le chalet est de l'autre côté. L'étable est un peu mieux tenue. Pour les bêtes, il y a quand même des règles. Il ricane.

Devant la porte, deux chèvres hument le sol. Elles bloquent l'entrée. Raffaele les bouscule. – N'hésite pas à les dégager. Sinon, tu vas pas t'en sortir. La porte libère une odeur suffocante. Un pas dans la pénombre, je bute sur un petit mouton sale immobile au milieu de la pièce. Entre ses sabots, un chat file, s'enroule le long d'une poutre. Des objets, des animaux, je n'ai jamais vu ça. Dans un coin, quelque chose d'autre bouge. Je sursaute en le découvrant. Il est là, dressé comme une chandelle, à l'envers, appuyé sur sa tête et ses coudes, et les pieds poussés vers le ciel. Il montre un large dos rond. Il nous crie. – Bienvenue, les amis. Raffaele rit de mon air surpris. Vincente

Tardio se remet sur ses jambes. Quelle souplesse ! Il est rond, massif. – Accroche tes affaires bien haut, sinon les chèvres vont venir lécher. Elles lèchent n'importe quoi. C'est lui. Il parle doucement. Il s'approche d'un coin de la pièce. La lumière jaillit, trop faible pour nous éclairer.

Je m'assois. Quelque chose se frotte à mes genoux. Un contact râpeux sur ma veste. Doucement, j'essaie de repousser l'animal. – Génépi ? demande Vincente. – Oui. – Tu connais le *sirsasana* ? – Pardon ? Raffaele se tourne brusquement vers moi, comme un père choqué par une remarque de son enfant. – La position du *sirsasana*, dit Vincente. Ce que je faisais tout à l'heure. Tu connais ? Je réponds que j'en ai entendu parler. – Ça remet vraiment en ordre. Tu devrais t'y remettre Raffaele. Je parle bas. – J'essaie mais j'ai du mal à tenir. Je m'interromps : – Mais qu'est-ce que c'est que ça ! Dans l'entrée, un énorme mouton se dandine et fait sonner sa cloche. – Les animaux, faut les virer franchement, dit Vincente. Comme ça. D'une bourrade, il pousse le mouton qui s'écarte avec un *splatch*, un bruit de bombe d'acide. Même Raffaele a l'air choqué. – Tu les laisses pisser là, maintenant ?

Quand allons-nous parler de mon livre ?

Vincente hoche doucement la tête. Un tout petit mouvement, très triste. Je pense à ma rencontre avec Erhard Loretan, la gentillesse avec laquelle il nous ouvre à ma mère et moi la porte de son chalet au lac de Gruyère. Les étagères remplies d'objets en bois, sculptés, simples. Comme le Christ, Loretan avait choisi l'état de charpentier. La corpulence mise à part, Vincente Tardio est un peu de son école. Les grandes ascensions d'un seul trait, en légèreté, sans s'arrêter ; passé une certaine altitude, le corps meurt quoi qu'on fasse.

J'hésite à parler du Masherbrum mais Vincente et Raffaele ont d'autres affaires à régler. Et à propos, le chien ? demande Raffaele. Quand est-ce que je l'aurai ? – Je t'en ai réservé deux. Tu choisiras. Ce sont deux border collies, comme Michelangelo.

Les patous, j'en ai besoin. J'en ai vraiment besoin. C'est la première fois qu'une émotion traverse son visage. – Ils sont où ? – Il y en a un qui est à l'alpage avec sa mère. Lise va le ramener tout à l'heure. Au nom de Lise, Raffaele soupire. – J'espère pour toi qu'elle est meilleure bergère que montagnarde. Vincente bouge à peine, il reste en position de penseur, le visage appuyé sur sa main. Sa voix, toujours aussi calme et douce. – Avec un peu de patience, tout vient. Toi aussi, tu as fini par devenir un montagnard. – Avec beaucoup de patience, j'y arriverai peut-être, dis-je. Raffaele me lance un regard rapide. Son sourire. Son drôle de sourire. Il n'est pas assez célèbre pour être gentil, lui.

– Et l'autre chien ? – L'autre, murmure Vincente, je crois qu'elle est là derrière. Dans l'obscurité de la cabane, je distingue une cavité formée par les grandes poutres noires qui tiennent le toit. Raffaele se lève. Vincente le rappelle. – Ah, non, regarde, elle était juste à nos pieds. Vincente se penche, soulève une masse, un petit chien qu'il tient par la peau du cou puis dépose sur la table, à côté du caquelon. – Elle s'appelle Radieuse. – Radieuse ! s'extasie Raffaele. Ses gestes se font plus attentifs, plus précis. Je le regarde caresser le chiot qui essaie de le mordiller. L'approcher, puis l'éloigner de son visage. – Je te préviens, dit Vincente, celle-là, elle a de l'énergie.

Sur mes genoux, le frottement continue. L'odeur est toujours plus épaisse, j'ai l'impression que mes poumons s'en remplissent, mon corps entier. – Elle met du temps, murmure Vincente. Je demande. – Lise ? – Oui. Je lui avais dit d'être là. Il redresse imperceptiblement la tête. – Elle préférerait que tu prennes Radieuse. L'autre, elle pense que c'est le sien. – L'autre s'appelle comment ? Vincente ne dit rien, met une main à sa poche. Son téléphone est neuf, moderne. – Lise, dit-il, toujours calme. On t'attend. Quelques secondes passent. – Tu es où ? Eh bien tu cours, et tu arrives avant dix minutes. Il raccroche. – C'est bon, elle arrive. – Tu sais, dit Raffaele. Je pense que j'ai fait mon choix. Je vais prendre Radieuse. – Une promesse est une promesse, dit Vincente. Je te montre l'autre. C'est le minimum. Il se lève. – Je vais chercher les champignons. Tant pis pour elle, elle n'en aura pas.

– Bon sinon, demande Raffaele. Tu es certain d'avoir touché ? Vincente le regarde. – Quand je dis que je touche, je touche. Il boite. – Tu es certain qu'il va revenir cette nuit ? – Oui, c'est possible. Dans cet état, il n'a aucune chance de prendre un chamois, encore moins un bouquetin. – Il pourrait attaquer un autre troupeau. Il sait que celui-là est défendu. – Je ne l'ai pas tiré ici. Il fait un signe de la main. C'était du côté d'Ossa. Je m'étonne. – C'est de l'autre côté, non ? – Vingt kilomètres, dit Vincente. Bah, en courant ça fait deux heures. Moins pour un loup. – Même, dit Raffaele. Il a pu te sentir. – Je vais me poster au-dessus, sur la Cognera, pour bloquer le passage par le col. S'il m'a senti, il viendra par le bas. Là où toi tu seras.

À ce moment, quelqu'un a poussé la porte et s'est faufilé entre les trois chèvres qui se bousculaient dans l'entrée. À la lumière de la bougie, j'ai reconnu Lise qui m'a souri puis a fait un signe de tête à Raffaele. Une grande chienne s'est mêlée aux moutons. Une masse, qui arrivait presque à la taille de Lise. – Lúthien est dehors ? demande Vincente. Fais-la entrer. – Pas la peine, dit Raffaele. J'ai choisi l'autre. – Montre-la-nous, dit Vincente. Pour le principe. Lise ne dit rien. Le visage fermé, elle disparaît et revient quelques instants plus tard portant un petit être glapissant, apeuré. Un chœur de miaulements là derrière. Un chaton tombe tout droit d'on ne sait où, il atterrit devant moi, maigre, cassé comme ceux qui vous entourent au Maroc, en nuée. Avec des yeux larmoyants, il me réclame on ne sait quoi, ou bien il a senti qu'à ma façon je suis une proie pour lui. Les chats, je leur résiste rarement. Vincente me demande si j'en veux un. Avec un petit bruit, une autre flèche miaulante saute sur mon banc. – C'est bon, dit Raffaele. C'est confirmé, c'est l'autre. C'est Radieuse. – Je la laisse, alors, demande Lise. – Tu l'installes dans le grenier.

Lise s'est faufilée dans le dédale d'animaux et d'objets. Pendant plusieurs minutes, sa voix basse et consolatrice s'est perdue dans les miaulements et les raclements. Puis elle s'est laissée glisser d'on ne sait où encore, a failli tomber à califourchon sur le dos du mouton, il revenait putain, il a encore fallu le repousser. Elle a atterri presque à côté de moi sur une fine avancée de pierre dont elle s'est fait un banc. Vincente a poussé un rideau, a disparu dans un recoin, est revenu portant deux assiettes et deux bouteilles de vin.

Comme Raffaele est calme devant son frère ! Timidement, je questionne. Les plus hauts sommets lui ont laissé des souvenirs mitigés. Les 8 000 sont trop connus, presque trop accessibles. L'altitude limite les possibilités d'invention. De nos jours, la grande mode, c'est de les faire à la journée. Juste du sport. Je dis. – Trop facile, donc. Raffaele rit. – D'une certaine façon, oui, dit Vincente. J'insiste. Tout le monde ne peut pas prétendre à un 8 000, tout de même. Tout le monde, non, dit Vincente. Mais si tu veux, rien ne t'en empêche. Tout de même. Avec des bouteilles, dit-il, tout le monde peut monter au Cho Oyu ou au Manaslu. Et même sans. Enfin, au Manaslu, tu triches un peu, tu fais pas le vrai sommet. Mais c'est facile si tu fais les choses comme il faut et que tu prends le temps. Je pose d'autres questions. Ne me dis pas que tu y penses vraiment, dit Raffaele. Et pourquoi pas, dit Vincente. Mais il ne faut pas tricher avec les sherpas.

Qu'est-ce qui l'intéresse alors ?

Ses plus beaux souvenirs d'expédition sont dans le sud du Chili. Raffaele aurait voulu l'accompagner, mais l'armée, qui sponsorisait tout, ne voulait pas de deux frères dans une expédition. Pour ça, ils étaient cons. Les médias auraient plutôt aimé.

Il parle toujours aussi lentement, je ne sais même pas si c'est pour chercher ses mots. C'était dans le sud du Chili, à l'ouest de la Terre de Feu, dans la cordillère de Darwin. Les tempêtes et les remous y trompent même l'œil des satellites. Au centre, il y a un tel bouillonnement de nuages ! On ne sait simplement pas ce qu'il y aura. Les pics ne sont pas très hauts, mais les conditions toujours extrêmes. On débarque dans des fjords raides, les bords couverts d'épines, hérissés comme les tranchées de grand-papa. Pas un geste sans risquer de se déchirer. Imaginez ça ! D'immenses glaciers, aussi mouvants que des fleuves. Et le vent ! Dans ces cordillères, 100 kilomètres-heure sont l'ordinaire, et les bouffées parfois dépassent les 250 kilomètres. À 60, sur un sommet facile comme le Castor, tu ne rigoles pas tellement déjà. Non mais imaginez ! Chaque geste est difficile. Pas un seul endroit plat, pas le plus petit espace. Là où il n'y a pas la glace, la pierre s'effrite, forme des pics, des râpes, des trucs vicieux comme le long d'un volcan, et si tu descends encore, tu te prends dans des forêts primaires plus serrées qu'au cœur de l'Amazonie.

Pour la première fois, il s'anime. Et moi aussi, je suis ému. Quelqu'un qui a vécu tout ça aurait aimé mon livre ? Un livre, c'est si peu. Raffaele sourit, un peu, un tout petit peu. – Ça t'a rendu fou, d'ailleurs. Vincente bouge à peine. – Non, j'ai juste mûri. J'ai compris des choses. Que je croyais avoir déjà comprises. Comme on n'est presque rien. Raffaele ne peut s'empêcher de lever les yeux, pas vraiment au ciel mais autour de lui, dans le capharnaüm. Je ne sais pas s'il faut chercher quelque part une clef. Un événement. Une raison cachée à leur histoire. D'ailleurs je n'y comprends rien. Sur le même ton calme, factuel, indifférent sans trop l'être, Vincente reprend. Oui, il a été témoin de certaines choses. Messner aussi l'a été. Quand on est monté si souvent si haut, quand on s'est avancé seul dans ce que tous les autres s'accordent à penser inhumain, on sait que la nature est beaucoup plus grande que la pensée.

On découvre, on apprend. On s'étonne un peu, on laisse venir. – On laisse venir quoi, demande Raffaele, nerveux. Mais Vincente n'en dit pas plus. Ce qu'il a vu, cru voir, ou compris. Je préfère ça d'ailleurs. Je ne saurais pas quoi répondre s'il allait plus loin. Se mettait à parler d'extraterrestres, ça se pourrait bien. Je devine un peu ce qu'il retient.

– Ce qu'on ne peut pas éviter. Cette année, c'est clair pour tout le monde que les montagnes aussi vont s'effondrer.

Alors ce n'est que ça ? La peur de l'effondrement, de la fin du monde, rien de plus ? Je demande. – C'est à cause de ça, que mon livre vous a intéressé ?

– Un peu, oui.

Ça gronde au loin. Les vieilles Alpes qui se rappellent à nous. Vincente ouvre la porte. La sensation de suspens est formidable. Il fait trop noir pour qu'on voie venir le nuage, juste on le sent. Les pointes de vent sont des débuts de geyser. Au loin, des lunes rapides montent et se dissolvent en éclaboussures violettes, puis, porté par l'air, renvoyé par les rocs, le bruit se rue comme un train. On sent, on sent. Quelques gouttes déjà, et toute une masse au-dessus. – J'espère que ça ne va pas durer toute la nuit, dit Raffaele.

Les gouttes suivent les gouttes, toute l'eau arrive avec un bruit de cataracte. Une grande lumière dans la porte. Un bruit cette fois d'en dessous et d'autour, un tremblement. – Putain, fait Raffaele. – J'espère que je ne vais pas perdre encore des bêtes, dit Vincente. De l'autre côté de la porte, les cris du troupeau affluent avec le vent. – Si ça dure trop longtemps, gronde Vincente, tout le troupeau va se rassembler là et ne plus bouger, et ce sera foutu pour cette nuit. Tu pourras revenir. – Je travaille, dit Raffaele. Ça fait déjà beaucoup trop de nuits. – Tu pourras revenir quand ?

Un chat miaule, un autre, un autre. La bicoque prend les coups de la pluie, du vent. – On a un paratonnerre au moins ? – Obligatoire, dit Vincente. Plus loin maintenant, le tonnerre gronde. L'orage s'en va. Il fonce comme une forteresse volante, l'air et les montagnes vibrent de l'énorme sillage de sa masse. Vincente pousse la porte, dehors, la nuit est pleine d'eau et de lumières, c'est passé comme une fluorescence qui court toujours dans les brumes et les chardons. Et comme un vide aussi, tout ce que l'orage a pris avec lui.

Les cris des animaux reprennent de plus belle.

C'est bon, dit Vincente. Je crois qu'on peut y aller. – Aller où ? Il se retourne vers l'intérieur. Radieuse gronde. Un chat feule si sauvagement qu'elle recule et gémit. – Poule mouillée, dit Vincente. Derrière la table, un autre bruit humide retentit parmi les chèvres. Dans l'entrée, c'est un brouhaha. – Ah non, dit Vincente, le bélier, il n'entre pas. Va-t'en, va-t'en. Raffaele se lève. Je murmure. – Il y a tout de même des limites. – Bon, dit Vincente. Tu as tout pris ? Sur un clou, il décroche un sac. – Passe-moi le fusil, tiens. Raffaele vient droit vers Lise, je me retourne, je ne l'avais pas vu, juste à côté du crochet où pendent mon sac et ma veste, juste au-dessus de Lise. – Tes munitions ? – Dans le sac. À son tour, Raffaele passe la porte. Leurs voix au milieu des cris de bêtes attroupées. – Cette fois, tu réfléchis avant de tirer. Un choc. À travers la porte, Vincente lance. – Lise, si vous sortez cette nuit, faites gaffe que le bélier rentre pas.

Nous n'avons pas dit un mot de mon roman.

Contre ma main, je sens le contact d'un front de chat. Je tends la jambe. Quelque chose frémit, le corps d'une chèvre couchée à mes pieds. Lise vient s'asseoir en face de moi. Je la vois mieux. Elle n'a plus ses lunettes. Est-ce la lumière qui projette cette lueur rousse sur ses cheveux. Elle me dit. – Tu t'en es mieux sorti que Morgane avec Vincente. – Oui. – Je t'avais dit, elle est restée paralysée le jour où elle est venue.

Trois chatons se disputent mes caresses. Je suis obligé de les repousser. – C'est différent. Je ne suis pas alpiniste. Pour moi, vous êtes tous aussi intimidants, toi, Morgane, Raffaele,

Vincente. À la limite, Morgane plus que Vincente, parce que je l'ai vue grimper, au même endroit que moi. Les ascensions de Vincente, c'est un autre monde. Le front de Lise se plisse. Je demande. – Je ne me souviens plus. Tu travailles ici depuis longtemps ? – Quelques mois. – Excuse-moi de poser cette question, mais comment il te paie ? – Ce n'est pas lui, c'est une subvention qui prend en charge le salaire des bergers. C'est pas énorme non plus, hein. Surtout avec la masse d'efforts que c'est. Je fais au moins un millier de mètres de dénivelé par jour, et ça, c'est quand le troupeau est gentil. Y a pas mal de bergers, de bergères surtout, qui voudraient qu'on fasse un mouvement collectif. Une sorte de grève. Plus de protection sociale, enfin t'imagines. J'ai pas la force pour ça.

Je fais un signe de la tête, j'approuve, je sens qu'elle veut parler, ça m'arrange. – J'ai jamais été trop syndicat, j'avoue. Peut-être parce que je suis une bourge en transition. Elle se redresse, presque un sursaut. Son rire. Il y a un mois, elle est allée à une sorte de séminaire. Un truc de montagnards, de sociologues et d'artistes. T'imagines. Bon, je me suis presque fait sortir à coups de pierre à cause de ce que je disais. – Quoi ? – Comment je garde. Je suis une anar, une intello de la garde. Une romantique. Une archaïque. Disons que je ne suis pas trop branchée chien, pierres, police. Bon, parfois, faut mettre un petit coup. Le minimum, pour réorienter. Les moutons, je les regarde comme un ruisseau. Qui monte avec son flux. Ça se dilate, ça se resserre. Ça trouve une ligne, comme moi en alpinisme. Ils ont leurs moments de sympathie entre eux, de paresse, qui changent la consistance du tout. Et puis faut deviner avec l'exposition, l'inclinaison, la roche. Hypercompliqué, comme système. Je saurais pas comment modéliser. La théorie des catastrophes, ça suffirait pas, faudrait des maths contemporaines.

J'en profite pour glisser un mot. Je l'avais googlée. On trouvait des trucs étonnants, une fille au même nom doctorante dans un labo de physique. Une page de présentation, pas si vieille. Plutôt impressionnante. Des histoires de plasmas, d'états spéciaux de la matière, portes de la fusion nucléaire contrôlée, l'énergie infinie. De vieilles affaires. Espoirs usés. D'ailleurs, elle a l'air agacée. C'est elle oui. Mais c'est fini, fini de chez fini. Des maths, tout ça. Et puis cette sale ambiance dans les labos. Les entreprises qui ont peur que vous réussissiez, un tas d'espions on nous a dit. Pour pas un progrès depuis trente ans. Les moutons c'est sacrément plus sérieux. Ils m'ont fait découvrir des champs d'edelweiss. Je rigole pas. Tout cerclés de rochers. À trois mètres on l'aurait pas cru. Je les ai regardés tout brouter. Ce désastre. Pire qu'une meute de touristes. Si un truc me rend célèbre un jour, ce sera ma théorie des troupeaux. Je plaisante pas. Je pense vraiment écrire un truc là-dessus. Comme ça, les autres bergers viendront me lyncher ou me brûler, j'espère dans cet ordre, et je passerai à la postérité comme une martyre.

Elle rit encore, s'étire. Je me détends aussi. – Et cette histoire de loup ? – Je sais pas. Je ne sais plus trop. Si Romane savait que j'assiste à ça sans rien dire, c'est moi qu'elle abattrait.

Le grand chien s'est approché de nous. La foule des bêtes s'est écartée, à nos pieds il n'y a plus que l'odeur de son poil. Je demande. – Et tu ne dis rien ? Je pensais… – Que j'étais plus écolo ? Elle rit. Tu sais, les loups ont déjà assez de partisans. En fait, je ne comprends pas assez pour m'en mêler. Et toi ? Pourquoi tu ne dis rien ? Je réponds que ces histoires, je les traverse sans qu'elles soient les miennes. Ça ne lui suffit pas. Je devrais faire des efforts parfois. C'est comme avec Aurélien de l'Abîme. Tu as exagéré franchement. Renoncer au dernier moment. Il m'en a reparlé il y a pas longtemps, pendant une sortie. Il ne t'en veut pas, en même temps. J'ai failli m'énerver. Pourquoi il m'en voudrait ? Pourquoi à moi ? C'est Lise qui m'avait alarmé ! J'ai sorti le téléphone de ma poche pour lui montrer ses textos. Tout ce qu'elle m'avait écrit à propos de cet Aurélien. Couilles sur la table. Dieu le Père en montagne. Pour qu'il fasse attention à toi, t'es obligé de péter… C'est tout juste si elle ne m'avait pas prédit qu'il m'assassinerait entre deux relais, après avoir abusé de moi et m'avoir torturé. Ça ne tournait vraiment pas rond chez elle. J'ai élevé la voix un peu, j'ai vu qu'elle ne comprenait pas, répondait à côté. J'ai fini par me calmer.

J'ai parlé du tout petit Cervin, qu'il n'était pas exclu que je fasse tout de même un jour. Lise a sifflé. – Carrément. Ça aurait pas été si mal que vous partiez ensemble, Morgane et toi. Si vraiment elle peut pas se passer de mecs, elle doit les choisir moins forts qu'elle. Dit comme ça, ça n'était pas spécialement flatteur et Lise a dû s'en rendre compte, elle a baissé la tête, elle s'est marrée. – Non mais je veux dire, dont elle n'admire pas les talents d'alpiniste. Ses ex, ça a toujours été des catastrophes. Quand je l'ai connue, elle sortait avec un ingénieur, un ultra-trailer qui faisait exprès d'accélérer dans les marches d'approche pour la casser. Histoire de pas la laisser passer devant ensuite, tu comprends. Alors qu'elle grimpait mieux que lui. À Cham, ça a été pire. Elle s'est trouvé un aspi qui refusait de partir sur des trucs durs avec elle. Ça s'est tellement mal fini leur histoire, j'ai l'impression que c'est à cause de ça qu'elle a changé de massif. Elle a peur d'être heureuse, je crois bien. À quoi ça rime, vivre comme elle. Chercher le dur, faire du sport sans arrêt, viser la perfection, le contrôle en permanence, te construire comme une machine de guerre, puis exiger des mecs qu'ils te dépassent, pour que tout ce que tu fais, ça serve à rien. T'auras toujours besoin d'eux, tu restes une petite chose vulnérable. Mais mince, Morgane ! Assume enfin ! T'es forte ! Et relâche-toi ! Ça va un moment, le garde-à-vous. C't'illusion que tu peux tout contrôler. Que dalle, tu contrôles, c'est toujours un truc en toi qui te tient, un bout de ton inconscient qui te fouette, c'est ta prison. Bon, j'dis ça, mais c'est sûrement pas si facile, et plus le temps passe, moins ça le sera. Je connais pas toute sa vie, je devine des expériences pas très drôles, j'aimerais juste qu'elle n'en reste pas prisonnière, mais quand tu touches à certaines choses chez elle, t'es sûr de te faire jeter. Alors j'ai lâché l'affaire. De toute façon, pour elle, il y a vraiment plus que la montagne.

– Et pas pour toi ?

Nous étions seuls tous les deux avec des odeurs et des animaux, plusieurs bouteilles de vin, aucun de nous ne tenait l'alcool. Lise m'a posé des questions, précises, sur mon niveau, ce que je savais grimper, mon rythme. OK, le matériel, je ne savais pas forcément bien le placer, mais le récupérer ? Elle m'a dit qu'elle ne grimpait sans doute plus aussi bien que Morgane, mais qu'elle avait la caisse, chaque jour, presque 1 000 mètres de dénivelé avec le troupeau. – Oh dis donc. Si on le faisait maintenant ce karaoké. T'entends le super orchestre ? Beee. Meeeuh. Miaouu. – Et ouuuuuuu aussi. Ouuuuu ouuuuuuuu. Ma propre voix avait encore la force de faire vibrer l'air. – Putain, dit Lise, si on fait pas fuir leur loup avec ça. Nous nous sommes tournés vers la porte comme si Raffaele et Vincente allaient en surgir à l'instant, fusil en main. C'était possible. Entre deux bêtises nous avions eu le temps de nous dire que la traversée du Cervin, c'était jouable.

43

« En route. Mais le vent s'enrage,
la route se comble visiblement.
Voici un convoi de traîneaux,
un cheval tombé moitié enseveli. Mais la route se perd.
De quel côté des poteaux est-ce ?
(Il n'y a de poteaux que d'un côté.) On dévie, on plonge
jusqu'aux côtes, jusque sous les bras…
Une ombre pâle derrière une tranchée :
c'est l'hospice du Gothard […]. »

Correspondance d'Arthur Rimbaud,
Le passage du Gothard

Lise a d'abord été un point rouge, minuscule. Nous nous étions donné rendez-vous à la station intermédiaire du téléphérique. Au bout de l'alpage, la petite église blanche brillait. Lise a débouché, haletante, le visage aussi rose que sa veste. La veille, elle m'avait envoyé des captures d'écran avec des morceaux de carte. Les capsules nous ont déposés sur un col. Au début, Lise ne voulait pas les utiliser. L'un l'autre, nous nous étions reproché de faire un caprice. Je trouvais idiot ce dénivelé en plus sur cette pente moche, elle aurait aimé enchaîner toute la marche d'approche sans aide, lui donner une allure d'expédition.

L'ombre de quelques machines émergeait de la brume, il pleuvotait, le chemin suivait une piste de ski puis se perdait dans le brouillard. Lise a posé ses mains sur les bretelles de son sac. La météo n'était pas bonne. Un orage pas exclu dans l'après-midi. – Ça te dit qu'on coure ? Nos sacs étaient si lourds. Je n'aimais pas trop cette version de sa voix. J'ai voulu mettre mes chaussures de trail. Celles d'alpinisme n'entraient pas dans le sac. Pour les attacher, je me suis mis à genoux. Au loin, Lise courait. J'ai fait une sorte de nœud, je me suis relevé. Quelques mètres plus bas, une des chaussures s'est mise à pendre. Je me suis baissé et j'ai rouvert le sac. Ça tenait cette fois. Lise était tout en bas, toute petite. Un bout de corde a glissé sur mon épaule. J'étais déjà trempé, mes lunettes couvertes de buée. J'avais envie de tout jeter par terre.

Il m'a fallu presque une heure pour la rejoindre. Je luttais contre l'envie de tout arrêter. Le sac, la pluie, une sorte de peur, aussi, à chaque rafale. Ça amenait je ne sais quoi d'âpre et d'effrayant, que mon corps, lui, reconnaissait – il m'envoyait tous les signes qu'il pouvait pour m'arrêter. Le peu d'intérêt des Alpes dès que le soleil partait, ces fameux loups, et une rancune que je n'avais pas sentie naître avant-hier chez Vincente, qui faisait tourner en boucle certaines remarques de Lise dans ma tête – la sortie avec Aurélien de l'Abîme ratée par sa faute, ou l'histoire de Morgane, qui aurait gagné à faire plus de sorties avec un mauvais comme moi. Un grand bâtiment blanc a émergé du ciel tout boueux. J'ai failli abandonner. Je n'avais pas envie. J'étais revenu en me forçant, terminer la saison, aller au bout, une promesse que je mettais un point d'honneur à voir tenue.

Puis, comme ça arrive parfois, la brume s'est déchirée. Entre les branches, sur les lacets du dessous, j'ai aperçu Lise qui filait. J'ai coupé un premier lacet, un second, plus long, j'ai fini par dévaler droit devant elle dans une clairière. Elle a poussé un cri puis ri. Les chaussures se balançaient, la corde pendait sur moi par rouleaux, mes bâtons et mon piolet pointaient hors de mon sac. J'ai dit. – Je dois avoir l'air d'une créature immonde. – Oh putain oui. Du Lovecraft. Les loups doivent flipper leur race.

Nous sommes arrivés au bout de la forêt sur une route dallée, plus rien n'était indiqué, d'un côté, les marches grimpaient vers une chapelle, de l'autre, un alpage, et des machines, encore des machines, on construisait vraiment partout, dans chaque vallée, bientôt elles seraient toutes connectées, Zermatt, Cervinia, Alagna, Gressoney, Macugnaga qui sait, Saas de l'autre côté, pour quelques années avant la fin des neiges, ce serait le plus grand domaine de ski du monde. Lise a voulu prendre le chemin de l'alpage. – Tu es sûre que c'est par là ? – La vallée qu'on doit suivre, c'est celle-là. Elle pointait le doigt vers une entaille. Le soleil était revenu. On y voyait un peu mieux. D'un côté, une vallée qu'on devinait superbe, mais qui tapait dans des montagnes trop hautes, et au-dessus flottaient le Castor et le Pollux. Un peu à gauche, là où montrait le doigt de Lise, une gorge enserrée de falaises qui s'enfilait à l'ouest.

Les nuages avaient disparu. Maintenant, c'était tout à fait beau. Plus bas, il y avait des maisons, du bruit. Un groupe de randonneurs nous a indiqué une direction. La mauvaise. Lise a failli leur crier dessus. Elle m'a dit. – Désolée. L'orage ça me fait toujours un peu flipper. Le reste de sa colère est passé dans l'attaque de la pente. Il m'a fallu la suivre. Moi aussi, j'avais l'impression de voler. Ça passait d'alpage en alpage, c'était toujours plus beau, et long. Nous avions laissé la gorge loin derrière nous, filions dans une large vallée. L'herbe rouge et brun battait partout des pierres le long desquelles une mousse d'un vert, mais d'un vert, suggérait on ne sait quoi d'ailleurs. Il n'y avait rien. Presque personne. De loin en loin tout de même, des huttes de pierre campées, solides. Je comprenais pourquoi Lise avait voulu passer par là.

Que c'était long. Les téléphones ne captaient toujours rien, alors nous regardions le ciel. Encore clair, mais sillonné de traits. Je disais. – Ça a l'air d'aller. Lise n'aimait pas trop ça. Ce soleil entrecoupé de nuages très noirs soudain, très froids. Comme si toute vie s'en allait. Ça ne devait pas venir avant ce soir. Il était un peu plus de midi. Le poids des sacs commençait à nous faire ralentir. Une colline après l'autre. Que c'était long. Là-bas, plusieurs échancrures attiraient mes yeux. Où était notre col ? Dans l'une d'elles, je crus voir le Cervin. Dans une autre, la brume s'engouffrait, et au-dessus, étrangement haut, des ombres d'installations de ski pendaient, fantômes, de hauts gibets dans un cauchemar peint par Dalí.

Puis le lac est arrivé, un froid qui en montait, et nous tournait autour. C'était bon. Un peu de froid enfin. Un peu violent peut-être, si brusquement. Ça s'agrippait, comme une nuée de petits anges dont on ne savait pas bien s'ils n'étaient pas des démons. Sur des dalles, au bout du lac, un groupe attendait, juste au pied de la pente où le sentier, plus raide, repartait, sculpté en escalier dans les pierres. Enfin des humains. Nous nous sommes approchés, nous les avons regardés, des gens âgés, et ça me rassurait. Nous allions nous engager quand la faim s'est déclarée. Je me suis mis à trébucher. J'ai dit. – J'ai une grosse fringale. Lise répondait d'une voix stressée. – On mangera au col. J'ai trébuché encore. – Écoute. Il vaut mieux manger un truc maintenant, sinon, je ne vais plus faire que des bêtises. – T'as des barres. – Franchement, j'ai trop faim.

Nous nous sommes assis sur des pierres, elle brusquement, fâchée. J'avais préparé des œufs, du lard, ce qu'il fallait pour que ça aille mieux. Un homme nous a hélés. En apprenant d'où nous étions partis, il a eu l'air stupéfait. Je me suis senti un peu fier. On a besoin de ces petites fiertés. Elles font du bien. Elles aident. Il faut se récompenser parfois. Le vieil homme nous a demandé notre destination. Les piolets qui dépassaient montraient bien que nous allions en haute montagne. Vous n'avez pas peur des loups ? a dit le type. Décidément, tout le pays en parlait.

Un coup de tonnerre m'a fait sursauter. Lise a juré. – Oui, a dit le vieil homme. Ça arrive. J'ai regardé autour pour chercher un abri, mais Lise était déjà partie. Entre-temps la brume était revenue. J'avais toujours cette peur de je ne sais quoi. Lise a encore accéléré. Nous ne marchions plus très bien, nos chaussures raclaient les pierres. Nous nous fatiguions. Un autre coup de tonnerre a retenti, lointain, étouffé, ça passerait peut-être à côté. Nous avons pris pied sur une falaise qui semblait tomber tout droit vers le lac en bas, mais la brume cachait l'eau. Peu à peu, nous sommes sortis du brouillard pour entrer dans un calme, un grand calme. Et un silence. Lise a poussé un cri.

Vers la vallée, une énorme masse noire, un peu scintillante, l'œil d'un cyclone. On voyait le col, tout proche de nous, molle étendue de pierre grise, plate. – Moi je resterais plutôt là. – Il y a des installations d'hiver là-bas. – Tu veux t'abriter sous un pylône ? Il n'y avait que nos voix dans ce grand calme. Et nos voix montaient. Une toute première goutte est tombée, puis une deuxième. Nous n'avons plus rien dit, nous avons attendu. Au début, l'averse n'est pas venue. Pas tout de suite, c'était autre chose. Nous avons fait quelques pas, la brume est revenue sur nous, cette fois, grise, épaisse. Tout le ciel était descendu. Une pénombre, et qui s'épaississait encore. – C'est quoi cette histoire. – Jamais vu ça, a dit Lise. C'est l'entrée en guerre du royaume des ténèbres ? Dans cette obscurité n'apparaissaient plus que des formes. Toujours plus noires. Nous nous sommes approchés d'une chose qui ressemblait à un monstre dressé, qui était une sculpture de pierre à partir d'un rocher.

Lise a crié. À mon tour j'ai senti un coup. Autour de nous, un bruit d'objets durs qui frappaient le sol. Cette fois nous avons compris. Ça a lâché dans les derniers mètres avant la chose sculptée. Nous nous sommes collés tout contre, sous son petit toit qui n'abritait pas assez. J'ai soulevé mon sac pour protéger ma tête. Lise aussi. Nous n'avons plus rien fait que rire et rire dans le *tac tac*. Au loin, le tonnerre a grondé. Jamais sous un rocher pendant l'orage, mais que faire d'autre. Parfois, un grêlon dévié frappait ma jambe. Ils étaient énormes. Je n'avais jamais vu ça. Une fois peut-être. Avec mon ami Julien, à Annecy, il y a presque vingt ans. Nous avions vu ça de l'intérieur d'une voiture, le sublime tomber sur le lac, puis tout noircir, mais cette fois, nous étions dedans. Ça s'accumulait. Une couche blanche. Et autour, des ruisseaux qui se formaient, charriaient une mélasse de terre et de grêlons. – Pourvu que ça ne parte pas ! Je criais. – J'espère qu'on ne va pas être emportés. – Quoi ? – J'espère qu'on ne va pas être emportés ! Elle n'entendait pas. Elle avait enlevé ses lunettes. Elle avait un de ces visages ! J'ai attendu, puis répété, plus doucement. – On est trop haut pour ça, heureusement, elle m'a dit. On s'entendait. C'est que ça se calmait. Le bruit baissait. La brume. L'air surtout, l'air devenait moins lourd.

Puis ça a été le silence. Tout ruisselait. Devant nous, le col était tout blanc. Nous sommes passés en titubant. – Désolée si j'ai un peu flippé, dit Lise. Il y a deux ans, j'ai été prise dans un orage, au Cervin d'ailleurs. – Tu crois que j'ai pas flippé ? Nous avons traversé, la brume a continué à s'ouvrir, à s'en aller, nous sommes descendus vers l'autre versant en glissant, en râlant. Le vent s'est mis à souffler, chassant ce qui restait, nous étions trempés. Nous avons posé nos sacs pour nous changer. Il fallait tout remplacer. – J'ai jamais vu ça, a répété Lise. Ils mettent le paquet, les écolos, pour nous faire croire à leur histoire de réchauffement. J'ai ri.

Nous reprenions nos esprits, nous regardions le versant de Cervinia devant nous, gris, désert, barré de métal mort. – C'est vraiment le Mordor ici. – T'avais pas vu en revenant du Breithorn ? On est redescendus en téléphérique. Je n'avais pas vu ça en détail. Ça, c'était une étendue aplatie par les bulldozers dont certains reposaient en ligne le long d'un hangar géant, ou je ne sais quoi. Nous marchions sur une trace défoncée dans la roche, glissante à cause de l'averse. La grêle s'écoulait. Des œufs de caille. Ça tenait du bord de mine ou de Verdun.

Pour la dixième fois, nous nous sommes disputés à propos du bivouac. Dans cet état, il n'en était plus question. Lise a protesté, puis fini par se rendre à mes arguments. Pour atteindre le prochain refuge, il nous a fallu redescendre, traverser, puis remonter. Une piste tracée droit dans la pierraille, raide bon sang. Au-dessus, des falaises rouges et creusées qui se perdaient dans le remous de brume blanchâtre qui revenait. Devant moi soudain, Lise a éclaté de rire. Il y avait un panneau rouge, comme en pleine ville, et dessus, trois dessins de bombe, et l'inscription : attention, explosifs.

Le vrombissement de l'hélicoptère a retenti, tout proche. Je le connaissais désormais. Nous avons continué dans ce qui ressemblait de plus en plus à une carrière. Les restes de grêle coulaient en rigoles boueuses. Des rafales nous frappaient. Le bâtiment s'est dégagé d'un coup à 30 mètres. Pour le rejoindre, la route – c'en était une maintenant – contournait une épaule dont le bord était protégé par une sorte de grille de plastique rouge.

Un cri est venu de la brume. Stop. Une fille dévalait vers nous, droit dans la pente, et criait. – Arrêtez-vous. Elle a pilé. – Mince, c'est vous. Mes lunettes et celles de Lise étaient trempées. Morgane nous avait reconnus la première. – Ne passez pas par là, a-t-elle dit. Montez directement par là d'où je suis venue. Il y a des bulldozers qui peuvent glisser juste au-dessus du chemin. J'ai regardé dans la direction qu'elle montrait, j'ai soupiré, non vraiment, tout mon corps montrait que je m'en fichais, que j'allais continuer. Elle s'est tournée vers moi. – Florian, tu ne fais pas un pas de plus. Son visage était bouleversé. Il était beau. Lise a pris ma main. Le refuge était juste là. Entre, m'a dit Morgane. Il faisait sombre à l'intérieur. Derrière le comptoir, un jeune homme tapotait sur son téléphone. Dehors, j'ai entendu le bruit de l'hélico qui décollait. Enfin, pas tout à fait, il ne s'éloignait pas vraiment, 100 mètres peut-être. Ça a duré un moment puis, enfin, il est parti.

Un homme a poussé la porte d'un grand geste. Il me faisait un peu penser à Vincente, un peu plus épais. Il tremblait. Le visage de Morgane n'était pas seulement trempé par la pluie. – Il s'est passé quoi, a demandé Lise. – Un accident. Juste maintenant. Maud Patoz a eu un accident. Avec un client. La foudre. Maud. Le visage de Lise était vraiment expressif. Comme un idiot, j'ai demandé. – Qui est-ce ? – Il y a même pas deux heures, a repris Morgane. Au Breithorn occidental. Lise poussait des exclamations aiguës. – Maud Patoz. Au Breithorn. C'est. C'est absurde. Un geste de Morgane a interrompu la cacophonie. Elle a fini par se tourner vers moi. Maud Patoz, une jeune guide, une championne de ski aussi. Le genre prodige. Aspi à vingt-cinq ans, un carnet de courses de dingue, des premières, une graine de piolet d'or.

Lise a poussé de l'air entre ses lèvres, elle a grogné un peu. Elle n'a rien dit. Sonnée. Nous l'étions tous à notre façon. Difficile de dire ce que c'était, la grêle, la nouvelle. Je l'étais un peu par mimétisme, je ne savais rien de cette Maud.

Quelques minutes sont passées, puis Morgane s'est assise avec nous. – Qu'est-ce que vous foutez ici au juste ? – On montait au plateau, dit Lise. J'ai grimacé. – Pour aller où exactement ? – Et toi, d'ailleurs, qu'est-ce que tu fiches là ? Morgane m'a jeté un sourire coupant, semblable à ceux de Raffaele. – Moi, je travaille dans ce refuge, mon chéri. Je n'habite plus chez Raffaele. Donc j'ai besoin de thune. Et vous, alors ? – On voulait dormir au refuge vide. Pour économiser, justement. – Pour économiser, super. Et pour monter où ? Vous partez tous les deux maintenant ? Lise a balbutié. – Non, mais c'est plus d'actualité. On voulait faire la traversée du Breithorn. – Super, a dit Morgane. Mais ce n'est pas du tout crédible. Florian l'a faite avec Raffaele au début de l'été. J'imagine pas qu'il reviendrait pour ça. Concertez-vous, au moins, avant de mentir. Tu racontes de la merde. Comme chaque fois que tu prépares une connerie. Et tu sais quoi, je crois que je devine laquelle. – Écoute, a dit Lise, on ne va rien faire du tout. Dis-moi ce qui est arrivé à Maud. J'ai dû pousser sur la table pour me lever. – Tu as l'air crevé, a dit Morgane.

Elles ont parlé de Maud et de son accident. Je n'osais rien dire. Je ne savais rien de l'affaire. Qui c'était. À quel point elles se connaissaient. Pas trop, à ce que je comprenais. Un visage, une voix, un modèle aussi. Une fille comme elles, plus jeune même. Gentille, apparemment. Toujours le mot pour rire, le sourire sur toutes les photos, et même après, une fois l'appareil rangé. Les clients l'adoraient. Elle gérait tout, elle survolait, mais sans les écraser, sans stress. Partir derrière elle, c'était traverser la mer derrière Moïse. La difficulté s'écartait. Elle avait trouvé le style pour performer sans mettre la pression, vous amener à travers les mêmes délires qu'un Raffaele sans devenir la plus terrible des puissances à vos trousses. Le charisme sans avoir besoin de forcer, vous suiviez sa voix, simplement. Maud, elle me l'aurait offert, le Cervin. Et sans souffrance. Et les Drus, et la traversée de la Meije, et celle des Jorasses. Tout un créneau de trucs qu'une pro comme elle aurait trouvé comment mettre à ma portée.

Morgane a sorti une cigarette. Ça m'a rappelé des souvenirs de soirées glauques un peu avant vingt ans. Quand quelqu'un qu'on connaissait mourait bêtement, se suicidait. C'était arrivé quelquefois. Nous restions un peu assommés, un peu rancuniers, parfois aussi l'envie un peu malsaine de plonger dans les idées noires. Je me suis senti déplacé, de trop. – On ne mange pas avant deux bonnes heures, non ? Je vais me reposer.

Je les ai laissées toutes les deux et je suis monté seul dans le dortoir. Nous ne ferions rien. J'ai eu honte d'être plus attristé de ça que de la mort de cette Maud. Je me suis roulé dans les couvertures, quelques images déplaisantes ont voulu venir, puis il n'y a plus rien eu, et quand je me suis réveillé enfin, j'avais très faim. Il était 4 heures du matin. J'avais dormi presque douze heures d'un trait.

44

« Nous ne pouvons continuer cette nuit, dit Boromir.
Croira qui voudra que le vent est à l'œuvre ;
il y a dans l'air des voix terribles,
et ces pierres nous sont destinées. »

J. R. R. Tolkien,
La Communauté de l'anneau

Les derniers nuages ont disparu en début de matinée. Les restes de grêle avaient presque fondu, plus haut, quelques traces blanches serpentaient sur les faces qui vues d'ici n'avaient plus du tout de forme et se dressaient comme un amas de murailles indistinctes. Le soleil insistait. L'accès aux contreforts du Cervin restait autorisé, mais nous marchions sur la pointe des pieds. Morgane s'étonnait d'être là.

Le cirque de Cervinia était sillonné de larges traces le long desquelles se détachaient quelques marcheurs, et parfois le sillage poussiéreux d'une Jeep. L'une d'elles zigzaguait au-dessus de nous sur les flancs nus du contrefort qui se poursuivait vers les falaises du col du Lion. Le vent soufflait parfois un sable qui donnait soif. J'étais surpris, je me sentais léger. L'étape d'hier avait épargné mes jambes. De nombreux touristes poussaient en direction du refuge Duc des Abruzzes. Nous avions dissimulé nos cordes dans nos sacs, mais la pointe des piolets en dépassait. Les gens devinaient sans doute où nous allions. Peut-être quelqu'un nous signalerait-il.

J'avais lu des topos sans parvenir à suivre toutes les consignes du docteur Nuaje. Le Cervin pointait au-dessus de nous, on avait l'impression qu'il s'écroulait, qu'il nous tombait dessus comme une cascade avec ses falaises et ses vires, et tout le no man's land qui entoure ses fortifications. J'avais connu ça un jour en Amérique du Sud. J'étais entré sans le savoir dans le parc de l'Aconcagua, à cette époque fermé ; j'avais fait semblant de ne m'apercevoir de rien et continué vers la grande masse du sommet qui reculait avec mes pas. Dix kilomètres, vingt kilomètres. J'étais ébloui, j'avais dépassé des restes bizarres, bonbonnes de gaz, fusées, je ne sais pas quoi, qui jalonnaient la route. J'avais fini par rebrousser chemin. Fier cependant, étourdi.

Sous le refuge Duc des Abruzzes, Lise a voulu faire un détour, mais Morgane a refusé. S'il y avait une garde, elle serait postée plus haut, au point appelé la croix Carrel. Nous sommes passés devant la terrasse, avec le sentiment que tous les regards nous suivaient. Nous avons rattrapé un groupe de touristes qui parlaient fort et poussaient eux aussi vers la croix Carrel. Deux hommes y déjeunaient, deux jeunes sportifs, très italiens, exactement l'image que je me faisais de policiers en civil. Nous avons fait comme les autres, nous nous sommes arrêtés là, nous avons bu un peu, regardé la plaque commémorative sur le rocher et discuté de l'étrange destin du guide Carrel. Carrel le soldat, le bersaglier, le rival malheureux de Whymper au Cervin, plus tard son complice dans les Andes. Qui était revenu ensuite vers sa montagne pour y connaître une mort de légende. Vieilli, il avait ramené ses clients à travers la tempête jusqu'au bas des falaises, jusqu'ici, puis il s'était effondré. C'était comme dans une histoire.

Deux touristes se sont levés et ont avancé. Nous en avons profité pour les suivre. Bêtement, j'ai lancé, un peu à la cantonade. – On va regarder le chemin un peu plus loin. J'avançais avec la peur, résistais à la tentation, faire comme si de rien n'était, ne pas me retourner. Je m'attendais à être rappelé, à un cri, un sifflet. À un tournant, j'ai jeté un bref coup d'œil en arrière. On ne se souciait pas de nous en bas, un touriste discutait avec les deux jeunes, les occupait. Puis j'ai mieux respiré, à partir d'ici, la caillasse nous masquerait. Je me suis mis à regarder en l'air, Lise aussi. J'ai trébuché. – Ils vont nous envoyer des drones, tu crois ? Morgane elle-même levait les yeux. – Mais vous croyez quoi, tous les deux ? On va être visibles de tout le massif. Demain, on va se promener avec des longues vues pointées sur nous. – Tu as peur qu'il y ait des contrôles côté suisse ? – Ça m'étonnerait quand même, mais ce n'est pas tout à fait impossible. Et ce coup-ci, Florian, personne ne prendra la facture d'hélico en charge. – L'hélico nous déposera direct dans la cour de la prison, dit Lise. Florian aura l'option de sauter s'il trouve ça trop cher.

Ensuite, ça s'est redressé de tous les côtés, et le silence a grossi du bruit de toutes les pierres qui roulaient. Un fameux poids de silence. Nous étions tout à fait seuls, mes deux guides et moi. Sous le col du Lion, j'ai glissé pour la première fois, ça a fait un grand fracas dessous, jusqu'au glacier, et Lise m'a attrapé d'une façon qui a même étonné Morgane. Elles ont eu un bref tête-à-tête dont j'ai cru capter des bribes, Lise devait se calmer, ce n'était pas comme ça qu'on aide quelqu'un à se concentrer, incroyable. – Pardon, a dit Lise. Mais fais gaffe s'il te plaît. Ça suffit d'une morte. – J'y pense aussi, a dit Morgane, tout bas. Hier, je me suis dit que je repartirais jamais. Mais on a beau temps. On fait le Cervin par l'arête du Lion. On est toutes les deux. On va pas se laisser faire, Lise. Elle gagnera pas. J'ai préféré faire oublier que j'étais là aussi. Morgane elle-même, malgré tout ce qu'elle avait fait en montagne, continuait à lever la tête. Ça n'était pas une course vraiment difficile, ça ne posait aucun problème pour quelqu'un d'exercé, mais au-dessus, c'était tout de même une énorme chose qui s'élevait.

Le bruit est venu en premier, juste quand nous dépassions un rocher. Quelques mètres sous le col, nous l'avons pris en pleine figure. Ça nous a entourés, c'est venu dans nos sacs, dans tous nos vêtements. Un vrai blizzard. Morgane a dû m'aider à tirer mes épaisseurs de ma poche puis à trouver mes gants. En me voyant enlever ma veste, elle m'a grondé. – Il faut mettre les épaisseurs l'une après l'autre. Elle m'a aidé à fourrer mes mains déjà raides dans les gants. Mon cerveau faisait comme toujours. Face aux signaux bizarres, il se bloquait. C'est prodigieusement bête parfois, un cerveau. J'ai eu peur de perdre le contrôle, de ne plus rien savoir faire, mais au bout de quelques pas tout est revenu à sa place.

J'ai même ressenti un besoin pressant. Je me suis tourné comme j'ai pu vers l'autre vide et la dent d'Hérens. Quand une rafale de vent m'a tout renvoyé, j'ai poussé un cri auquel Lise a répondu par un grand coup de rire strident. Je me suis remis vers le côté d'où nous venions. Ça a pris un petit moment à revenir. Je sentais que Morgane s'impatientait, et tout à coup elle a explosé. – Mais tu fais ça sur ma corde ? Mais regarde ce que tu fais, merde. Lise s'est remise à rire. – Et voilà, tu redeviens bourrue. Meuf, une corde c'est fait pour être sali ! – Ce n'est pas la peine de le faire exprès non plus. – Tu as vu le vent de l'autre côté ? Lise a pris la main de Morgane. – Mais calme ! – Je n'ai pas envie que ma corde sente l'urine. Lise s'est remise à rire. – Aux arêtes du Brouillard, ce n'était pas seulement de l'urine. Elle s'est tournée vers moi. – L'odeur était atroce, atroce. On a dû couper un bout de corde et faire un nœud.

J'ai fini par regarder l'endroit où nous étions, une échancrure dans l'arête, c'est là que Whymper et Carrel venaient dormir, chacun leur tour, pour étudier la suite de l'itinéraire. Nous avons fait quelques pas parmi les restes de toutes sortes. Je n'étais pas le seul à avoir dû. Mieux valait ne pas trop regarder. Encore récemment, quelqu'un s'était installé. Il y avait la trace d'un bivouac. – C'est quand même cool d'avoir ce sommet pour nous, a dit Lise. La caravane que c'est sinon !

Nous avons continué dans le vent qui nous sifflait un froid que nous ne connaissions plus à force d'été tout le temps. Il me fallait me tenir malgré mes gros gants, et mes mains tout de même raides dedans. Des deux côtés, le vide semblait plonger dans un paysage à la netteté de carte topographique, on avait envie d'y aller à pieds joints. L'arête était barrée de blocs rocheux, de dalles auxquelles je m'accrochais comme je pouvais, parfois en me baissant et en me cramponnant, quand une rafale plus forte me surprenait. De derrière, Lise donnait quelques conseils. – Pense à tes pieds. On dirait que t'en as pas. Prends appui avec tes pieds. Mais le vent m'ôtait la plus grande partie de ma vue. Hors d'un petit tunnel, et sous moi, c'était le flou, presque le noir.

Nous avons vu la dalle briller d'en bas. La fameuse dalle à la corde fixe. Lise et Morgane ont murmuré. Puis nous sommes arrivés tout contre, la corde traînait au sol comme un grand serpent mort. – Putain, ils l'ont enlevée, a dit Lise. Morgane s'est baissée. – Coupée, a-t-elle dit. Quelqu'un est venu ici pour la couper. Elle a tenu dans sa main les gros anneaux qui donnaient une impression de solidité à abîmer une machette. – Mais c'est dingue ! a dit Morgane. Au sommet de la dalle, le bout restant pendait. J'ai posé mon sac. J'avais envie de demander. On fait quoi, mais je savais, je savais bien ce que nous allions faire. – On peut peut-être contourner. – Non, dit Morgane. On ne contourne pas. C'est pourri tout autour. Lise a soupiré. – Bon, j'ai l'impression qu'on va être obligés de s'arrêter quand même.

Mais Morgane regardait le mur de l'air concentré et furieux que j'avais déjà vu la traverser sur le Torre Grande, les dents serrées sur un rictus qui pouvait être aussi un tout petit sourire. – Morgane, a répété Lise. – Au pire, c'est un 5c. C'est pas très long. Ça devrait passer, même en grosses*. Elle s'est tournée vers moi. – Bon, c'est toi qui décides. Si tu te sens, je passe en tête, j'équipe. Lise, tu m'assures ? – Yeaah. J'ai dit. – C'est toi qui vois. Tu es sûre ? – Moi oui.

Elle grimpait avec précaution. Lise a dit que quand même, Morgane, c'était Stallone avec des boucles d'oreilles. – Attention toi, je t'entends. Elle est passée. Ça a été mon tour. Je me suis trouvé contre le rocher. Un premier geste m'a fait immédiatement retomber. J'ai crié en direction du haut. – Tu fais comment ? Les chaussures n'accrochent pas. – Ben tu grimpes, a dit Lise. La voix de Morgane est descendue du ressaut. – Tu prends ton temps, et tu réfléchis. J'assure sec, et c'est tout droit. À quatre mètres du sol, je me suis trouvé coincé avec une main crispée et la tétanie qui arrivait. Respire, secoue tes mains. Facile à dire. Il manquait quelque chose. Je ne trouve pas la prise. J'ai eu le souffle court. Repose-toi dans la corde s'il le faut. Mais c'était comme si la corde n'existait pas, que j'étais seul jeté dans le Cervin, tout m'imposait de m'agripper comme une moule. C'était le Torre Grande qui recommençait. Sur la face nord-est de l'Everest, à 8 600 mètres, Mallory n'avait pas pu passer. Ce fameux deuxième ressaut, bien plus raide que celui où j'étais, sans équipement, après dix jours par -30 ou -40, presque sans dormir, à plus de 7 000 mètres. Sans doute était-il allé jusqu'au pied pour se voir forcé de faire demi-tour, aveuglé par une rage, une déception qui expliquaient peut-être sa chute ensuite. En picorant son cadavre, un gorak avait dû arracher la photo de ses enfants qu'il avait promis de n'abandonner qu'en haut. Il n'était pas passé. Son appareil photo n'aurait rien révélé d'autre. Tenzing et Hillary étaient bien les premiers.

Les cris de Lise m'ont sorti de l'Himalaya. – Tu as une prise pour ta jambe droite, a dit Lise. – Trop petite. – Elle tient, pose ton pied dessus. Elle tient ! – Pas avec ces chaussures. – Elle tient, je te dis. J'ai eu la surprise d'accrocher, j'ai pu attraper la vire, sur laquelle je me suis tiré comme sur une barre fixe, et j'ai surgi sous le relais en rampant avec la grâce d'un horrible lézard, pour me prendre une rafale qui donnait l'impression de m'attendre, jaillie comme un coup avec un fracas qui m'a coupé ce qui me restait de souffle. Qu'est-ce que ça avait été au col nord de l'Everest ? – Avance, a crié Morgane. Avance. Mets-toi au relais. Enfin, c'est ce qu'il m'a semblé comprendre, le vent dévorait les sons, les couleurs. – Tu t'accroupis, a dit Morgane. Tu t'accroupis et tu avances. Nous étions au pire endroit possible, sur une section d'arête un peu dalleuse. Lise est montée à son tour en faisant des grands écarts et de drôles de figures, et en grognant, répétant des jurons. Même pour elle, ce n'était pas si simple.

En dessous, tout était écrasé. Les routes dessinaient des rébus dans le gris, puis c'était déjà le village, minuscule, et les parkings comme des sparadraps sur l'herbe. Nous avons profité d'une accalmie du vent pour nous mettre à l'abri d'un rocher. – Faut vraiment que tu y ailles plus doucement, m'a dit Morgane. Elle haletait un peu elle aussi, entrouvrait les lèvres avec cette expression qui était un sourire malgré elle, dans laquelle un moment j'ai eu envie de me jeter, de m'engouffrer, une montée de baiser violente qui m'a fait presque trembler, et qui s'est évanouie. – Pas de complexe, si tu as besoin de te reposer, tu le fais dans la corde, dans un endroit comme ça, c'est sans problème. – Ça va être jazz, a dit Lise.

Le refuge pendait littéralement par-dessus nous. Sa terrasse sur le vide. C'était une toute petite chose en bois accrochée à un endroit pas possible, qui tenait on ne sait comment dans un vent dingue. Nous avons grimpé le dernier escalier dans les mugissements des planches. Morgane a fait le tour et poussé un cri de colère car les cordes de demain matin derrière le refuge, les fameuses cordes du réveil, pendaient par terre elles aussi. Il allait falloir commencer par un autre 5b, en grosses, en pleine nuit. – Quelqu'un est vraiment venu couper les cordes, a-t-elle crié.

Contre le bâtiment, il y avait un bâton. Une chemise et une paire de chaussettes séchaient en dégageant une odeur que le vent dissipait à peine. – Mince, il y a vraiment quelqu'un. Nous avons hésité. Un autre alpiniste ? Ou quelqu'un d'assez tordu pour monter jusqu'ici trancher des cordes. J'ai demandé si on ne prenait pas un risque en entrant. – Tu veux dire. – On ne sait pas qui est là. Pas quelqu'un de très clair, en tout cas. Le vent s'est remis à tourbillonner, à se lancer comme un écho entre le rocher et le refuge, si fort cette fois que nous avons été jetés contre la porte.

Morgane a mis ses mains en porte-voix pour qu'on l'entende. – Les gens ne deviennent pas fous au point de se battre en montagne. Elle a poussé la porte. Je me suis retenu de dire un mot sur la guerre blanche et le front des Dolomites, et bien avant ça les colonnes qui le même jour s'étaient lancées dans ce délire d'ici et du Hörnli. Oh si, même aussi haut les gens se battaient. Mais il n'y avait personne à l'intérieur. Si ce n'est l'odeur. Oh mon Dieu ! On m'avait prévenu. La pire de tous les refuges des Alpes ! Nous avons mis un moment à reprendre nos esprits. Le vent dehors explosait. Nous avions échappé au pire. – Si c'est comme ça demain, ça ne passera jamais. – Ça devrait se calmer cette nuit.

Morgane a déposé ses affaires. – S'il y avait quelqu'un, il est déjà en train de descendre de l'autre côté. – Pourquoi avoir laissé ça ici. – Peut-être qu'il va descendre par là. – Ou qu'il est enfoncé quelque part dans le Matterhorngletscher, a dit Lise, je ne vois pas comment quelqu'un peut simplement tenir par ce vent. Il y avait des traces de repas. Morgane a murmuré. – J'ai l'impression que quelqu'un est resté plusieurs jours. – Ouais, on dirait que quelqu'un a établi son campement là pour pouvoir tout déséquiper. Au-dessus de Chamonix il n'y a pas si longtemps, une légende de l'alpinisme avait couru de nuit au sommet du mont Blanc pour faire le même genre de chose. Équiper un passage, avait-il dit, ça ne sauvait personne. Ça poussait seulement tout le monde à l'emprunter. Mais faire ça au Cervin, c'était une tout autre histoire.

Nous nous sommes assis pour regarder le topo dont je ne me souvenais que des points clefs. Lise avait fait une fois la voie. Morgane, quatre fois, dont trois avec Raffaele et des clients. Elle savait où étaient les cordes et les échelles en temps normal, les difficultés en plus qu'on aurait. Lise posait des questions et l'écoutait. – C'est toi la cheffe, dit-elle. Sans toi, nous n'aurions rien fait. Nous étions l'un contre l'autre sur les lits, disposés en cercle autour d'un espace central, moelleux, attirant. Le froid, la sueur me donnaient envie de me rétracter, d'être tout petit, de ne plus penser. Au bout de quelques minutes, je n'ai pas résisté. J'ai pris plusieurs couvertures, je m'en suis recouvert. De toute façon nous n'irions nulle part. C'était devenu un délire, le vent dehors.

Le vent trompettait encore quand je me suis réveillé. Nous avions rempli nos bouteilles sous le col du Lion, mais ça ne faisait pas assez d'eau pour tout faire cuire. Morgane a proposé de se rationner. Lise et moi de chercher la neige. Quand nous avons ouvert la porte, j'ai failli changer d'avis, je ne sais pas d'où ce froid était venu après tant de canicule, ni ce qu'il y avait dedans pour qu'il morde si fort à travers polaire et goretex. Les affaires qui séchaient étaient encore là, Morgane avait ajouté une seconde pierre pour les maintenir. – Elle pense qu'il y a peut-être quelqu'un en difficulté sur le Cervin, dit Lise.

Les orages et la grêle des jours passés avaient rechargé les petits névés accumulés sous les rochers. Nous avons fait aussi vite que nous pouvions, puis une fois rentrés, passé plusieurs minutes à sauter sur place, à nous taper sur les épaules. Nous avons continué à grelotter jusqu'à la soupe. Lise avait insisté pour que nous emportions de grosses provisions. Saucisses, spaghettis. Fromage. Elle ne mangeait presque rien pourtant. Elle s'était collée dans un coin, penchée sur son bol, elle faisait peur un peu. Moi, je mâchais et ça passait pas, me forçant à avaler grâce à l'eau de cuisson. – C'est normal, a dit Morgane. T'as déjà dormi si haut ? – En Équateur et au Tibet, oui. – Je suppose que ce n'était pas cette année. Non. Donc c'est normal. C'était le monde à l'envers son espèce de gentillesse. Lise n'arrêtait pas de la regarder. Elle crispait sa mâchoire pour ne pas sourire en voyant Morgane dévorer, presque aussi ogresse que je pouvais l'être lors de mes fringales.

Je me suis recouché. Je me suis tourné et tourné longtemps, puis j'ai sombré dans un demi-sommeil, qui a duré. Un moment, je ne sais pas, les bruits autour sont devenus fous. L'eau s'est mise à rouler dans mes oreilles comme un nuage de gravier, un frémissement toujours plus compact a empli l'espace sonore de coton, et sous mon corps, il n'y a plus eu de sol. Je me suis redressé. Enveloppé dans mon sac de couchage, j'ai rampé vers la terrasse en me tortillant comme une chenille sur ce qui n'était plus le bois mais une étendue blanche, râpeuse, pas même froide. Plus un souffle de vent. Au-dessus, un ciel anormal, un furieux fourmillement d'étoiles rendant la nuit si claire que je distinguais vers l'intérieur du refuge les mains de Lise et Morgane émergeant du tas de couvertures et posées l'une sur l'autre. D'un côté, tout tombait dans un cirque profond comme un cratère, muré par la paroi glacée de la dent d'Hérens, et au fond, la dent Blanche, d'ici rocheuse et sombre, raide comme une grande tour. De l'autre côté, une phosphorescence rose montait de la chaîne qui s'enfilait du Breithorn au mont Rose dans une nuit de camaïeu. Juste au-dessous, les phares des machines ouvraient des grappes d'yeux jaunes sur la longue plaine glacière.

Droit devant, le Cervin lui-même s'inclinait sur moi, noir, luisant, humide. De ce côté, l'obscurité, plus forte, réduisait les formes à de changeantes impressions. C'était peut-être une tour ronde, un rocher, c'était là, flottant, vague et menaçant. Alors je me suis figé. Quelque chose d'encore plus sombre semblait s'élever lentement, produisant au contact de la matière un léger frémissement qui évoquait, dans l'état où j'étais, le frôlement du corps d'un lézard sur un rocher. J'ai cru distinguer des bras, des jambes, ou bien peut-être des nageoires, car le corps de l'être paraissait adhérer au mur par toute sa surface. Et ça bougeait, ça montait, lentement, imperceptiblement, par une succession de tractions calculées et d'arrêts lui faisant reprendre sa sinistre immobilité de gargouille. J'ai eu envie d'appeler le docteur Nuaje là, maintenant. Lui demander. Une substance, une molécule, n'importe quoi pour chasser cette sale peur chimique qui sourdait dans tous mes membres. J'avais beau savoir que ça venait du manque d'habitude, des signaux d'alerte, tout ça, des messages tout cons d'un cerveau qui ne reconnaissait rien et m'intimait de me figer, le savoir ne suffisait pas. J'ai cherché mon téléphone qui n'était nulle part. J'ai gratté mes poches comme un débile. Qu'est-ce qu'il pouvait faire Nuaje de toute façon ? M'envoyer des médicaments par drone ? J'ai voulu rentrer dans le refuge. J'ai buté dans la porte et glissé. Et juré. J'ai entendu des bruits de corps qui s'ébrouent, un grognement. Morgane s'est levée et m'a demandé ce qui se passait. J'ai voulu savoir où nous étions. – Au refuge Carrel. Tu as le mal d'altitude. C'était peut-être ça. La voix de Lise a marmonné. – Fais vraiment attention si tu sors. Des gens sont déjà morts en pissant. Je me suis remis sur le lit et renfoncé comme je pouvais dans l'amas des couvertures.

45

« Parce qu'il est là. »

George Mallory

Ils y reviennent chaque année depuis 1860 : Tyndall, Leslie Stephen, Edward Whymper, tous les plus célèbres tiennent leur conseil de guerre à Zermatt, à l'hôtel Monte Rosa.

Whymper est arrivé d'Italie avec une compagnie improvisée. Un noble anglais, deux guides suisses, un fils et son père qui, silencieusement, jubile. Cela fait des années qu'on se moquait de la drôle d'idée de Peter Taugwalder : attaquer le Cervin par l'arête du Hörnli.

Il ne faut pas perdre de temps. Sur l'arête du Lion, une véritable colonne armée s'avance. À sa tête, Carrel et l'ingénieur Giordano, qui coordonne toute une équipe de maçons et de charpentiers. Les Italiens ont décidé de mettre les grands moyens. Cette montagne, on l'équipera s'il le faut. Des murs, des échelles. En bas, le ministre Quintino Sella lui-même attend. Un message, et il rejoint la colonne. Le Cervin, c'est le dernier espoir de l'Italie, puisqu'on lui a volé le mont Viso.

Alors Whymper et son groupe ont avalé le col de Théodule. Whymper aurait voulu aller plus vite encore, plusieurs fois au cours de la journée, il a jeté sur ses compagnons ce regard méchant qu'on lui connaît, et qui fait peur. Il n'a pas osé parler trop haut car le jeune Francis Douglas est un lord. Alpiniste estimable, paraît-il. Avec ses guides, il vient d'ouvrir l'arête du Cœur sur l'Obergabelhorn. Et un si beau garçon, sombre, un peu narquois parfois. Le frère aîné de Francis sera la grande passion d'Oscar Wilde.

Dans le hall de l'hôtel, Whymper entend le bois de l'escalier craquer. Une haute silhouette, familière. Le révérend Hudson n'est pas seulement grand de stature. Son carnet de conquêtes vaut celui de Whymper. Et quel est votre objectif ? Le Cervin bien entendu ! Hudson est accompagné de son guide, que Whymper connaît très bien. Michel Croz l'a souvent accompagné lui aussi. On ne saurait rêver d'équipe plus forte que celle-ci.

Il y a bien tout de même un petit silence quand Hudson se tourne vers le jeune homme qui vient de descendre l'escalier. Évidemment, Hadow nous accompagne. Il marche bien. Il m'a suivi au mont Blanc pour une ascension éclair. Whymper plisse peut-être les yeux. Il y a dans la démarche de Hadow sur l'escalier de bois quelque chose de chancelant.

Deux jours plus tard, ils montent en file indienne. Edward Whymper en tête. Croz. Peter Taugwalder et son fils, Hudson, lord Douglas, Hadow. Lord Douglas n'est pas très à l'aise. Hadow l'est encore moins. Il a gardé les jambes lourdes d'une course récente au mont Blanc, il n'a pas l'expérience, et surtout, il n'a pas l'équipement. Ses chaussures n'arrêtent pas de glisser. Les autres ne s'occupent que d'avancer. Whymper est impatient. Son sens de l'itinéraire n'est peut-être pas infaillible. Agile, mais pas vraiment montagnard. Il n'écoute pas assez les guides, il les méprise un peu. Autour d'eux le paysage est fou. Des falaises et des falaises et des falaises l'une derrière l'autre comme dans les histoires de tempêtes géantes au Pacifique. Hadow voudrait que tout soit fini. Et il se fait petit, si petit.

Il fait sa conscience petite aussi. Il vit dans une bulle qui va à peine plus loin que ses doigts, il n'y a pas d'autre futur que le prochain pas, pas d'autre espoir que la main de Taugwalder qui prend parfois la sienne, et l'autre qui derrière pousse sa chaussure dans des prises qu'il devrait voir.

Ils ne sont même pas encore aux difficultés. Ils atteignent à peine le point où plus tard il y aura la cabane Solvay. Whymper est de plus en plus agité. Un moment, des pierres ont roulé plus haut, une ombre les a nargués dans le soleil. Croz a dû poser sa main sur l'épaule d'Edward. Ce n'est pas ce qu'il craint, non. Les Italiens sont encore loin du sommet. L'esprit d'Edward semble ne plus contenir que deux choses. Celle qui à mesure qu'ils l'escaladent perd sa beauté, ses formes, ses proportions, n'est plus qu'une éruption de pierre crachant d'autres pierres à l'infini jusqu'au sommet du ciel. Et la colonne, de l'autre côté. Carrel et l'ingénieur Giordano en train d'exhorter une équipe toujours plus grondante de charpentiers et de maçons. Plusieurs dizaines attirés à coups de promesses et d'argent, attachés sur cette arête du Lion. En Amérique en ce moment même, d'autres portent des rails à travers des déserts et des montagnes aussi hautes que celles-ci.

Maintenant il n'y a plus rien que la verticalité. Au-dessus d'eux, le surplomb est infranchissable. Hudson regarde enfin Hadow. Il est possible qu'il regarde aussi Douglas. Il s'évalue. Il n'est peut-être pas trop tard, même ici, pour renoncer. Le Cervin n'a même pas commencé à se défendre. Mais Whymper frémit de rage. Il tend l'oreille, sent la colonne italienne creuser sa voie. Il veut se jeter, s'élancer. Seul Croz parvient à lui faire entendre raison. Croz est le meilleur de ceux qui sont nés et ont grandi dans les Alpes. Le seul dont Whymper accepte d'entendre les suggestions. Le chemin le plus sûr, suggère Croz, traverse la face nord. À partir de ce moment, Hadow ne perçoit plus rien. Sur cette pente, chaque pas est son dernier. Il ne voit pas la roche qui à force de se redresser surgit soudain libre au-dessus d'eux. Le sommet. Whymper et Croz qui se décordent et courent, ni le guide ni l'aristocrate n'acceptent de céder. Un soir beaucoup plus tard, Whymper avouera que Croz l'a battu, d'un petit mètre, mais qu'il s'est effacé, juste avant le tout dernier pas.

D'en haut, Whymper fait rouler des pierres vers l'Italie, il crie, salue Carrel bloqué au pic Tyndall avec sa colonne. Il est vainqueur. Encore faut-il redescendre. La suite de l'histoire est connue. Elle fera plusieurs fois le tour du monde. Whymper se dédouanera plus tard de toute responsabilité. C'est Taugwalder qui fait le choix de la corde. C'est Hadow qui glisse et tombe sur Croz, Hudson et Douglas, qui basculent comme des quilles et s'en vont, *zip*, *gliiiiiiis*, c'est irréel de vitesse. Whymper racontera qu'il n'a fait que s'agripper. Il n'a pas vu, n'a pas compris pourquoi la corde avait lâché. Il n'a vu que les quatre corps sauter de vire en vire, droit dans les 1 200 mètres verticaux de la face nord. En filigrane, il accuse. Taugwalder a-t-il coupé la corde ? Whymper prétendra même avoir senti une menace tout au long de la descente. Faire disparaître le seul témoin ! Quelle tentation pour les Taugwalder ! La postérité adoptera son récit. Les deux Suisses seront noircis. En vérité, diront bien des grands alpinistes, les réflexes du vieux guide ont sans doute sauvé la vie de Whymper. C'est lui le responsable, par son imprudence, par sa hâte. Le scandale est d'un tel retentissement alors qu'à Buckingham même, au cœur de l'Empire britannique, la reine Victoria consulte, s'interroge. Comment détourner ses sujets de l'alpinisme ? Ne doit-elle pas l'interdire ?

46

« C'est la plus grandiose créature du monde,
elle a la fascination d'une femme
et la puissance d'un géant. »

Théophile Gautier à Victor Hugo

Ça passe crème. Même sans les cordes fixes. Nous avons mis plus d'une heure à partir ce matin. Je n'ai rien dit. J'ai même dû calmer Lise. Je préfère que Florian parte réveillé avec le pied sûr. Il était encore un peu confus de la nuit. Je suis allée dehors avec ma frontale, mais il n'y avait plus d'affaires. Quelqu'un était passé les récupérer. En pleine obscurité. Quelqu'un campe vraiment sur l'arête, sans vouloir être vu. Un bon alpiniste, en tout cas. Florian a élaboré une théorie comme quoi ce serait Vincente. Pour le moment, je préfère ne pas réfléchir à ça. La journée va être dure. Il y a deux ans, Lise passait souvent la première. La situation s'est un peu renversée. Cette fois, tout repose sur moi. Elle le sait, d'ailleurs. Je ne sais pas si elle le prend bien. Depuis tout à l'heure, je l'entends râler. Je ne comprends pas ce qui m'est passé par la tête. La peur de ne plus jamais réussir si je ne réagissais pas tout de suite. Le plaisir d'avoir la montagne pour moi, sûrement. Celui de faire une grosse bêtise. Peut-être parce que j'ai envie que tout repose sur moi, justement. Je me sens capable de tout porter. Tout à l'heure, Florian n'a pas réussi à allumer sa frontale. J'ai cru qu'il allait se mettre à pleurer. Il avait changé les batteries il y a trois jours. Je suis sûre qu'il n'a pas mis de sécurité, et que la frontale s'est allumée dans le sac. Il y aura toujours quelque chose avec lui. Raffaele dit que chaque client veut se tuer ou te tuer. Florian, c'est un peu extrême. On ne peut jamais savoir ce qu'il va faire. Dans le doute, il ne faudrait pas monter. En même temps, j'ai l'impression que ça peut passer. C'est un défi. Je suis un peu émue de la confiance qu'il m'accorde. Je ne devrais peut-être pas. Peut-être qu'il ne réalise pas. Quand j'ai vu ces cordes coupées hier, j'ai eu envie de me bagarrer. Non. Vous ne nous empêcherez pas de monter.

Je m'enfonce dans ma course comme dans un tunnel. Sans la frontale, il m'a fallu commencer dans la pénombre. Tout est confus. Derrière, j'ai l'impression que c'est la guerre. Lise n'arrête pas de pousser des cris. Ça grogne, ça râle, ça jouit, ça me chasse, tout à la fois. Avec le vent, les sons fondent en un même chaos. J'avance en sanglier, je fouis. La pierre est de la terre et de la boue, de la neige sale, j'en ai déjà dans la bouche, les oreilles, les yeux. Ça a commencé par un sillon le long d'un névé dans un vide terrible qu'on ne voit pas, d'ailleurs, ils appellent ça le linceul ; Lise a eu l'air de dire qu'elle préférerait attaquer le passage du même nom sur les Jorasses. Elle n'oublie pas de me rappeler que je suis mauvais. J'ai marché tout derrière Morgane dans une sorte de travée boueuse qui tailladait la côte en son milieu jusqu'à un haut talus de pierres. Dans les interstices, mon regard n'accroche qu'une morne grisaille. Sinon quelques prémices de soleil venant de derrière les cols et sculptant dans la nuit des formes grotesques. Lise grogne toujours. Mon baudrier glisse, emporte mon pantalon. Morgane s'est retournée pour m'aider à l'ajuster. Je l'ai eue tout contre moi, sans que rien d'autre me traverse l'esprit que de la gratitude. L'envie de m'accrocher à elle ou de lui baiser les pieds, qu'elle me ramène vivant.

Cette toux et cette colère et cette mauvaise humeur. Le charme de la montagne ou du marathon d'ailleurs, c'est que tu ne peux jamais savoir comment ça va se passer. Là, nous avons le Cervin pour nous seuls – j'inclus Florian – je sors fin prête d'une saison intense – enfin ça devrait passer sans problème et Morgane a envie de manger tous les sommets du monde. Je devrais bénir le ciel de savourer ce spectacle de la montagne et d'elle. Qui n'a pas besoin de parler, elle. Moi, je l'ouvre sans arrêt. Il me faut le répéter. Je suis heureuse. Je ne te saoule pas j'espère. Ça change dès que c'est beau. Elle, il lui suffit de bouger. Ses épaules disent qu'elle est heureuse. Chaque geste et chaque mousqueton qu'elle enfile. Dès ce matin, quand il a fallu tracer là où il y aurait dû y avoir les cordes du réveil. Depuis le temps que j'essaie d'imaginer Morgane heureuse. Peut-être parce qu'elle est si forte et si confiante, je me relâche, je laisse mes propres peurs venir. Florian nous a posé des questions à propos de Maud. Comment lui expliquer. J'ai été encordée une fois avec elle. Il y a longtemps, au supercouloir du Tacul. Ce que j'ai fait de plus dur. Évidemment, c'est elle qui avait tout passé en tête. Avec Morgane, elles ont dû se croiser parfois, en refuge. Se suivre sur des voies. On n'a pas besoin de se connaître comme ceux d'en ville. Suffit de partager une montée. De s'entrevoir aux prises avec le danger. De se rencontrer par hasard, aussi, deux points sur un glacier qui se rapprochent, un salut dans lequel on reconnaît une voix. Putain, Maud. Longtemps, je n'imaginais pas. Ma montagne c'était sans la mort. C'était toujours les autres que ça touchait. Je n'imaginais pas qu'un jour, je n'arriverais plus à trouver le Cervin beau.

Tout va plus lentement depuis que j'ai laissé passer Lise. Peut-être que je n'aurais pas dû. J'ai cru lui faire plaisir.

Je n'imaginais pas qu'elle puisse avoir peur, pas ici. De derrière, je vois la façon dont Florian bouge. D'habitude, ça m'amuse, même dans la rue il donne l'impression d'être sans arrêt sur le point de tomber. Ici, je ne peux pas m'empêcher d'avoir des sueurs froides. En réalité, j'ai le sentiment qu'il sait un peu ce qu'il fait. Il connaît son propre déséquilibre… sauf quand ça devient technique. Tout sur les bras. C'est ma tendance aussi, mais lui, c'est vraiment exagéré, d'autant qu'il ne gère pas bien les gants. Si jamais il zippait… Lise ne met vraiment pas beaucoup de points. Même comme ça, elle va lentement. Mais qu'est-ce qu'elle fout ? C'est quoi, cette traversée ? Oh, Lise, stop, tu vas où, là ?

J'ai profité d'une vire pour me tourner vers Morgane. Tu es sûre que c'est le bon chemin ? Lise partait en traversée, se tortillait dans des glaces qui filaient dans une pente à 70 % striée de lames et de faucilles. Non, a dit Morgane. Nous avons appelé tous les deux, mais le vent a choisi ce moment pour nous lâcher une bouffée qui lui restait en banque. Il a fallu s'y reprendre plus fort. Lise, Lise. Ce n'est pas par là. Lise se cramponnait entre la neige et la caillasse, tout donnait l'air de pouvoir partir en poudre. Elle a répondu avec un ton mauvais. On ne discute pas les choix du premier de cordée. Elle a voulu faire un pas pour continuer, puis est restée bloquée sur une plaque. Morgane a passé la corde autour d'un béquet* puis fait claquer sa voix. Lise, tu reviens. Je ne sais pas combien de temps ça a pris, je suis un peu sorti du truc, j'ai regardé enfin, la pente d'abord, si déformée dans cette perspective qu'une chute paraissait à peine méchante. Au-dessus, une grosse tour, et un tout petit point, ma Morgane, qui bougeait. Morgane, Morgane, il y a vraiment quelqu'un !

J'ai déconné. Ça a été l'occasion de la laisser revenir en tête et j'avoue, de l'admirer d'en dessous, comme au bon vieux temps, pas seulement quand on grimpait. L'engueulade et juste après sa prouesse pour franchir le passage m'ont fait cet effet inattendu et violent qui surprend les premières fois qu'il vous prend en pleine grimpée, quand votre corps se met à répondre à toute la pierre qui le touche, que dans vos mains quand vous agrippez les dalles revient le souvenir tactile d'autres rondeurs dont vous avez eu plein les paumes. Ce n'était pas l'endroit. À cet instant, Florian a émis un bruit, comme le feulement d'un dromadaire, auquel, noblesse oblige, je me suis empressée de répondre, cette irrévérence, nous en avions besoin, moi pour éloigner le rideau de mort et de gravité dont le Cervin m'enveloppait depuis ce matin, lui pour ça aussi sans doute, et simplement pour sortir de son garde-à-vous d'élève en faute et sur le qui-vive. Nous avons commencé à nous réciter du Rimbaud. Ineffables vents, tout ça. Grand poète, Rimbaud, mais, c'est plus ignoré, inestimable pétomane. Ineffables vents. Morgane ne comprenait pas. Puis Florian m'a dit qu'il avait vu quelqu'un plus haut, au niveau des dernières tours du pic Tyndall. Que Vincente nous attendait peut-être quelque part sur le chemin. Je commençais aussi à croire que c'était lui.

Le pic Tyndall est bien passé. Florian s'en est même étonné. Il ignorait être à l'aise sur la neige raide. Je l'ai fait bouder en le cassant un peu. Avec cette qualité de neige, et moi pour faire la trace, il n'avait pas vraiment fait un exploit. Je n'ai pas été sympa. De fait, il ne s'en était pas mal tiré. Parfois, c'est plus fort que moi. Il m'énerve. Il dit des trucs qui ne sont adressés qu'à lui, on a envie de faire des piqûres de rappel, ho, le monde est là. Qu'on n'est pas des personnages dont il joue dans ses rêves. Parce que je suis sûre qu'il est en train de rêver l'ascension pendant que moi je la fais. Il y a vraiment quelqu'un devant. Je ne les suivrai pas dans leur délire à propos de Vincente. Quand nous sommes arrivés au passage qu'on appelle l'échelle de Jordan, je l'ai trouvée tremblante. À demi détachée, comme si l'autre n'avait pas eu le temps de finir le travail. J'ai presque cru qu'il nous faudrait renoncer. Avec Carrel, ils avaient été bloqués là. Impossible de passer ce mur sans l'équiper. Il leur avait fallu faire demi-tour, et c'est là qu'ils avaient entendu les pierres tomber. Whymper et sa cordée les faisaient rouler. Ensuite, Carrel était revenu tracer une voie à travers le versant nord, mais ce n'est pas une option pour aujourd'hui. J'ai pensé à Maud. Nous ne sommes déjà pas si nombreuses. Il faut que je progresse plus vite.

Chez Vincente, Florian m'avait demandé pourquoi j'aimais monter. J'avais répondu : « C'est le seul endroit où on ne nous emmerde pas », et ça m'avait horriblement déprimée. Tu vas rien faire là-haut. Enfin, rien que tu puisses expliquer. J'ai eu envie de dire ce genre de trucs de jeunes, que ça ne s'explique pas, si tu le sens pas c'est pas possible. Mais il y a plein de choses à expliquer. À quinze ans, t'es bizarre, on te rejette, mais tout à coup tu fais un truc qu'ils admirent, tu cours vite, tu grimpes mieux qu'eux. Et tu sens… D'un coup, y a quelque chose qui t'excuse, t'as l'impression d'avoir le droit d'exister. Ou tu peux être comme t'es. Tu te dis que personne va te reprocher de ne pas te maquiller. Et puis il y a le bonheur de forcer. Ça t'est déjà arrivé, Flo, Flo, tu cours parfois. T'as pas complètement sombré, mais songer au marathon, c'est déjà le signe qu'on n'est pas très clean. Tu verras. Ça finira par t'arriver aussi. Les premières fois, on pense au mal de pieds, de jambes, puis quand on passe vraiment de l'autre côté du mur, on découvre ce que c'est ensuite. Quand t'es anesthésié, le shoot d'endorphine. Je dois tenir ça de ma famille. Mes oncles et tantes, de sacrés compétiteurs. L'équivalent de leurs ultras, ils les faisaient aux champis, en passant d'un trip à l'autre, toujours plus profond. C'était un peu différent. L'hallu. Le truc qu'on ne peut pas clamer à tous les vents. Nos substances à nous, elles sont plus qu'autorisées. C'est un peu la gloire si tu finis un ultra ou une grosse ascension. Un vrai, un truc de 130 kilomètres, avec 9 000 mètres de dénivelé, j'en ai tenté un seul, une fois, je me suis écroulée à 10 kilomètres de l'arrivée. Enfin, j'ai quand même fini, mais plus dans les temps, trop tard pour avoir le T-shirt *Finisher*. Je peux te dire, ça n'a rien de normal. C'est plus de la perf mais du chamanisme. Tu essaies de parler à ton corps le langage d'avant la civilisation. Car il peut le faire, il peut tout ça, tes muscles peuvent, c'est le cerveau qui bloque le premier, pour préserver, pour durer. Va voir comme tu courrais avec un ours au cul. C'est une exta mi-glauque mi-lumière. Après 7 000 de déniv, j'entre dans l'espace dual. Alors c'est clair, quand tu passes enfin le final. C'est un peu magique. Magique comme ce que Vincente m'a raconté d'un 8 000. Tu sais, à cette altitude, les grands alpinistes, c'est fini, les athlètes, l'entraînement. Y a des machines de guerre qui flanchent, d'autres, tu sais pas pourquoi, ils vont au bout. Tu fais tes derniers pas le cerveau vide, sans savoir si tu vas réussir le suivant, puis le suivant, le kif, c'est que t'as pratiquement plus rien d'humain. Tu penses, tu ressens simple. T'as réduit toute l'immensité compliquée dans ta tête à quelques petits points. Ce genre d'expérience, ça te montre ce que la bête a vraiment dans le ventre. La bête c'est pas tout à fait toi. Mais c'est quand même ton ventre. Je veux dire, c'est ce toi-là qui sortirait si dehors, ça marchait plus comme maintenant. Je sais pas. Le jour où tu restes bloqué dans une crevasse. C'est quoi le truc en toi qui tient alors que t'as une seule envie, c'est de laisser couler. Ou s'ils nous remettent un fusil à la main et nous balancent dans des tranchées. Des mitrailleuses en face. Des obus qui tombent. Ça peut arriver. T'imagines pas comme ça peut arriver vite. Y a des gens de mon âge, pas si loin, on les a foutus dans un camion, on leur a dit tu vas faire un exercice, on leur a collé des armes dans la main, qui marchaient pas en plus, on les a lâchés dans un champ en face, d'autres gens tiraient pour de vrai. Tu vois un pote, deux potes tomber, tu tires à ton tour. Tu sais même pas quel pays t'envahis. On te dit c'est chez toi. Les autres, ils ont pas l'air d'accord. Tu sais pas. Un jour tout s'arrête autour de toi. T'as envie de savoir un peu qui tu serais. Ne dis pas le contraire. Qu'est-ce que tu foutrais là sinon ?

Bref, nous sommes arrivés. Ça n'a pas été tout à fait la joie, tout était là pourtant, ce fameux sommet, et la façon de le monter, emporté par deux filles, qui m'ont mené « vers les eaux tranquilles, par le juste chemin, à travers les ravins de la mort » (psaume 22). Toute l'année je n'avais pensé qu'à ça. Cette année tant attendue où tous les possibles semblaient se révéler à moi, j'avais concentré ma volonté. Je ne sais pas pourquoi. Sinon qu'une porte pouvait encore s'ouvrir. À répéter, répéter comme une gamme ces réveils, ces gestes, ces pas ennuyeux, je finirais par la faire céder. Et enfin la merveille – il a fallu que Lise me la dévoile avec la formule rituelle, de Jacques Balmat à Marie Paradis, de Zian à Brigitte. Elle l'a dit en riant. – Mon royaume pour toi, Florian. Morgane m'a empêché de m'appuyer sur la croix de fer qui tenait peut-être pas si bien, elle en avait déjà vu une tourner sous la main d'un type qui s'était vautré en jurant, elle avait même ri de l'incident mais ici, risquer de prendre une droite de Jésus, c'était pas trop une option, alors nous nous sommes assis. Un tout petit moment, ça m'a pris, comme ça avait pris Lise et même Morgane, l'instant de relâchement du sommet, de fin de voie, où tout s'engouffre enfin en vous. Mais il était midi, nous avions mis six heures pour monter. Et vite, il a fallu se concentrer pour franchir la mince arête séparant le sommet italien du sommet suisse. À gauche, à droite, devant, derrière, 1 400 mètres à chaque fois. Les pentes donnaient sur d'irréelles miniatures qui capturaient la vue. Le paysage ? On ne le captait vraiment qu'en liberté, plus bas, libre de son pas, de l'oublier parfois. Ici, il fallait garder les yeux baissés.

Bizarre ce contraste entre le sommet italien désert et le sommet suisse où se succédaient les silhouettes. Alors que nous étions au milieu de l'arête sommitale, il y a eu ce cri de l'autre côté. Je l'ai reconnu tout de suite. Raffaele m'en a souvent parlé. Le cri de quelqu'un qui dévisse et hurle comme si ça allait le faire voler. Ça venait du versant Hörnli. Toute la fatigue et la charge mentale de la montée me sont tombées dessus. Il aurait fallu que Lise me relaie, mais tout était verglacé. Je suis sûre qu'elle aussi avait associé ce cri et l'accident de Maud, qu'elle le réentendait avec la voix de sa copine. Et puis la neige, ce n'était pas son fort. Un faux pas, nous plongions tous les trois dans la face nord. Par chance, Florian faisait attention. Il n'avait pas dû entendre. Alors j'y suis allée lentement. Pas après pas. Ne pas glisser. Pas après pas. Ne pas glisser. Nous avons mis presque deux heures à rejoindre l'arête et le rocher. Ouf. Mais ce n'était pas fini.

Je ne sais pas ce qui m'a pris. Après le cri, plus rien ne tenait, chaque pas semblait un saut impossible. J'avais l'impression d'être dans un endroit dingue. L'autre surprise de la montagne, c'est qu'on ne l'apprivoise jamais vraiment, pas même en soi. Il vous revient des vertiges de débutant, des hésitations qui donnent des glissades (quand vous n'êtes pas sûr, vous posez mal le pied, pas assez franchement, ou vous tremblez), qui donnent d'autres hésitations, et la neige redevient cette patinoire sur laquelle vous ne compreniez même pas autrefois que quelqu'un s'y engage. Vous doutez de tout. Les assiettes que vous tenez dans les mains, celles où vous posez le pied. Vous ne pouvez plus vous empêcher de penser à la chute. Un ami grimpeur qui cartonnait en bloc, bien mieux que moi, il passait des voies noires, et que j'avais convaincu de tenter la face nord du pic Coolidge avec moi m'a dit que j'avais un truc à régler avec la mort, qu'on avait tous un problème à venir s'enfiler dans ces endroits sans échappatoire où tout faux mouvement est interdit. Il n'aimait pas cette punition. L'escalade ça devrait être du plaisir. Du soleil, des pierres chaudes, de bons granits qui tiennent sous les mains. Qu'est-ce que je fais là, putain !

47

En basculant côté suisse, nous avons retrouvé la foule. À la queue leu leu, nous nous sommes engagés dans ce passage de neige au-dessus de la face nord, pendant lequel je n'ai pensé qu'au prochain pas. La trace était faite, ça descendait. Morgane nous tenait du dessus. Les gens traînaient, discutaient, inclinaient le buste pour regarder le vide. C'est là que j'ai compris. Le cri. Ce n'était pas un yodel, un cri de joie. Je dois avouer que ça ne m'a rien fait du tout. J'ai continué cette descente de plus en plus pénible. L'arête du Hörnli, une pure horreur. Une file indienne comme sur les photos des ruées vers l'or en Alaska. Les guides de Zermatt, heureusement, étaient déjà descendus. Ils étaient connus pour passer en mode rugby, pour bousculer, ôter les relais des touristes, placer les leurs. On ne pouvait même pas protester. Ça se passait comme ça sur le Hörnli. Les gens se dépassaient, se chevauchaient. On était trop rincés pour penser à tout ce qu'on risquait. Derrière nous, une cordée a fait rouler des pierres. Une est venue frapper mon poignet. J'ai répété. – Ça aurait pu me casser les dents. Ils sont nuls. Morgane a dit. – Ça ne les a pas cassées, tout va bien.

Nous avons fait des rappels. L'horreur encore ! Nous nous sommes sûrement trompés. Pendant presque une demi-heure, Morgane a disparu, elle trouvait pas, la corde était emmêlée, et quand Lise et moi l'avons enfin rejointe, il nous a fallu nous vacher* à trois sur un truc fou, un fil passé dans la pierre, rien pour les pieds. Tout le temps qu'on est restés faire nos manœuvres, j'ai gardé mes yeux et mes oreilles fixés sur le point qui nous retenait. Ça grinçait. Oh oui, je l'entendais, ça grinçait. J'ai commencé à avoir mal au ventre. Nous avons atteint le refuge d'urgence de Solvay. Devant, deux cordées discutaient d'y rester dormir. Moi, c'était pas question. Plus un jour à passer dans cet enfer. Tant d'hélicos se baladaient dans ces airs, ça sentait l'huile, l'essence. Nous avons continué.

Depuis hier il nous tombait dessus. Enfin on le voyait vraiment comme on l'avait imaginé, voulu, rêvé. Derrière nous, un peu déformé encore par la proximité, tout son grand élan. Avec lui tout ce qu'on y était allé chercher et qu'on avait dû voir. On essayait de s'en souvenir. Comme s'il avait fallu être redescendu pour capter, comprendre les beautés qui en haut s'étaient échappées. Ça m'arrivait après coup comme une avalanche de noms et d'images. C'était comme chaque fois. Un prodigieux souvenir de ce qui sur le moment avait été impalpable. Enfin. C'était fait. Je n'arrivais pas encore à m'en réjouir. C'était passé et ça ne réglait rien. C'était un petit pas tout de même, un petit quelque chose dont j'aurais à apprendre en temps voulu.

Juste au-dessus du refuge du Hörnli, Morgane nous a arrêtés. Il était 18 heures. Elles aussi elles étaient là. Toutes les deux. Ces journées nous avaient pressés les uns sur les autres, j'en avais assez d'elles aussi. Vaguement l'idée de la reconnaissance, qui passait dans mon cerveau, ne venait pas vraiment du cœur. Le cœur, il voulait du sucre et du sommeil, des rêves moelleux, de vagues, beaucoup d'espace et de mer, de mer. Comme compagnie, une fille suave. Véra, comme je me la rappelais, Judith à la limite, certainement pas Morgane avec ses épaules nues, friends et coinceurs impeccablement alignés, militaire, chiante. Et Lise avec son air de souris. De junkie de la montagne, du risque et de l'effort. Le moment de se séparer arrivait. Elles, elles coupaient dans le bas de la face pour rejoindre le col du Théodule. Elles le passeraient ce soir pour rejoindre Valtournenche et se préparer à rallier Chamonix où, un message venait d'en informer Morgane, Maud serait enterrée le lendemain en présence d'un peu de presse et de quelques officiels.

Morgane m'a dit. – Ça risque d'être compliqué pour toi de dormir au Hörnli. Elle aussi, elle devait en avoir assez. J'ai dit. – Je peux vous suivre. Elle a eu l'air étonnée. – T'es sûr ? – Si tu m'attends. Elle a repris de son petit ton qui, maintenant qu'on était en bas, me semblait de nouveau dur. – On ne peut pas prendre le risque de rater les obsèques. Je ne pouvais pas m'empêcher d'être vexé. Au vrai, je n'avais aucune envie, remonter, repasser de l'autre côté. Le fond de la vallée m'appelait avec ses maisons et ses bruits comme une porte vers les plaines, ailleurs, Judith, Véra, tout le reste. Oui vraiment j'en avais marre. J'avais envie que ça s'arrête. – Mes affaires sont restées chez Raffaele. – Tu as laissé quoi ? – Quelques vêtements. Non je n'avais rien laissé d'important. Dans ce cas, Lise se chargeait de tout emporter, de me l'envoyer, « à condition que tu raques », ou de me les redonner quand on se reverrait, l'an prochain, dans l'Himalaya qui sait. Ça me convenait. – Et puis, vous avez peut-être envie de vous parler toutes les deux. – Ouais, casse-toi, a dit Lise. Faut vraiment tout te dire. Morgane a hésité. – Tu vas faire comment. – Je vais descendre. – Jusqu'à Zermatt ? – Morgane, tu exagères parfois ma fragilité. – Faut croire. Désolée. – C'est que moi j'en ai marre, si je pouvais dormir là j'hésiterais pas. – Pas la peine de ménager son ego comme ça, a dit Lise.

Morgane s'est avancée vers moi et a posé ses mains sur mes épaules. – Vrai. Tu seras bien prudent ? Une trace de son passé d'infirmière, ou alors elle tenait vraiment à moi. Ça m'a redonné, pas vraiment les larmes aux yeux, mais ça allait dans le sens des pensées fatiguées en moi qui voulaient que je redevienne un enfant. Cette grande fille incassable, je lui aurais embrassé les jambes en disant maman. Ça suffisait, vraiment. J'ai écarté les bras comme si je l'adoubais. – Tu seras guide, ma fille. J'aurais presque eu envie d'ajouter un peu d'emphase, lui dire qu'elle pouvait être heureuse, mais sa grimace a bloqué mon élan. Fallait prendre son temps avec elle. Un vrai chat. Lise a dit. – Bon, j'ai trouvé ça plutôt sympa. – Désolé si je ne vous ai pas aidées. J'aurais préféré partager plus de choses. – On a partagé à fond, dit Lise. Tellement franchement. Je ne l'avais jamais entendue aussi grave. Ça va être super au Manaslu, l'an prochain ! Morgane a retrouvé son air fâché.

On a regardé ensemble vers l'arrière une dernière fois. C'était toujours là. On n'avait pas fait le Cervin, non. Il s'était fait sans nous, il restait. C'était toujours en haut. Nous avons dû penser au cri, qui m'était passé presque à travers, qui restait virtuel pour moi. Pour elles, ça resterait aussi. J'ai dit. – Avant le Manaslu, pourquoi pas tenter le Weisshorn ? Morgane a souri de travers. – Ça c'est possible, mais cette fois tu risques de devoir payer. Elle m'a fait la bise. J'ai dit. – Je dois donc espérer que tu rateras ton exam. Cette fois elle a ri pour de bon. Un rire sonore, un rire de lâcher-prise. – Mais, connard ! On pouvait donc imaginer Morgane heureuse. Elle s'est mise à courir. Lise derrière. Je les ai suivies sur deux lacets, puis j'ai dérapé. Au bruit, Morgane s'est retournée et m'a jeté un dernier regard inquiet, puis elle a plongé sur le côté. Elle est repartie vers tout ce que j'avais envie de fuir à ce moment. Je n'en pouvais plus de la roche, de la neige et de la poussière.

48

« Ainsi, des rêves, naissent les grandes joies de notre vie.
Mais des rêves, il en faut toujours.
Je les préfère aux souvenirs. »

Gaston Rébuffat,
Étoiles et tempêtes

Bon. Ce n'était pas fini. Une grosse descente m'attendait quand même. J'allais à deux à l'heure. Je regardais autour de moi. Il y a eu l'escalier de bois moderne, glissant comme l'esplanade en tek de la Bibliothèque nationale à Paris, jusqu'au métal du refuge, au Hörnli.

Ce refuge, je l'avais fantasmé dès le moment où je l'avais découvert sur une carte, à neuf ans. Cette grosse cabane, ce nid d'aigle perché au plus loin auprès des rêves. Année après année, j'avais poursuivi ma mère pour que nous y allions ; en conséquence, elle avait développé pour ce lieu qu'elle ne connaissait pas une aversion teintée d'horreur. Là, j'y faisais la queue, c'était un simple élément du décor. Pour se faire servir, il fallait prendre un numéro. Tout était organisé. Tout préparait au lâcher du matin vers le Cervin, aussi féroce et fébrile qu'une vague d'assaut, une confusion de corps hébétés et se bousculant : d'abord, les guides de Zermatt et leurs clients, puis les autres, qui atteindraient le sommet dans l'après-midi et reviendraient parfois tard le soir. Aujourd'hui même, on en attendait encore quelques-uns.

Le temps que ma bière arrive, le soir s'est installé. Sur la terrasse, les gens s'agitaient. C'était un Coréen qui était tombé. Il montait seul. On le lui avait dit. On lui avait dit de renoncer, plus tard, on lui avait dit de revenir. Ça ne doit pas arriver si souvent ce genre d'accident. Combien. Deux fois ? Cinq fois l'an ? Je n'osais pas parler de la voie italienne déséquipée. De l'homme ou de la femme qui nous y avait précédés, qui traversait peut-être comme Lise et Morgane vers le glacier du Théodule. Qu'elles fassent attention ! Qu'elles ne le rattrapent pas ! Ça et les loups, et Raffaele à l'arrivée pour leur crier dessus.

Il y a eu encore un événement bizarre. Quelqu'un qui m'a regardé, qui est venu vers moi. Dans cette grande foule, je lui disais quelque chose. Où avions-nous pu nous croiser ? J'ai dit quelques noms de refuges. Ça ne collait pas. Puis il s'est avéré qu'on se connaissait de tout autre chose, une conférence, récemment. Il m'a dit qu'il m'avait écouté avec intérêt, et que c'était pas mal tout de même. Et aussi ce que j'avais tout juste fait. Décidément, on a besoin de ces petites fiertés.

J'ai quitté la cabane et continué sur un sentier aussi large qu'une route. Des bancs tous les 200 mètres. Je me suis arrêté plus bas, au niveau d'un ressaut, au point précis où, quand j'avais dix ans, ma mère avait décidé que nous ferions demi-tour. Un endroit large, un endroit plat. Ma mère avait eu peur par anticipation d'un vide que promettait la carte. Elle n'aimait pas le vide. Ni les vagues ni les torrents, aucune de ces bouches d'ombre où elle m'imaginait me précipiter. Elle aimait l'herbe douce, les fleurs, les alpages et toutes leurs couleurs, mais malgré tout elle avait suivi ce qui n'était encore que mes imaginations d'enfant. Là-haut. Là-bas sur la carte. En râlant, elle s'était forcée. Terrifiée dès qu'il y avait un précipice, mais vaillante avec les dénivelés. Plus que moi, bien plus que moi, elle qui ne marchait jamais. À cet endroit, nous avions crié l'un sur l'autre. Moi si fort, si insolemment que d'autres marcheurs avaient manqué d'intervenir, un homme s'était même avancé. Ma mère avait dû l'arrêter. Ma grand-mère venait de mourir.

Il faisait vraiment sombre à présent. Vers l'est un grand ciel bleu se préparait. Vers l'Italie, les glaciers n'étaient qu'une mare luisante. Lise et Morgane y couraient peut-être déjà. Je ne distinguais que les bandes noires des pistes suivant le treillis des remontées. Au-dessus, le rond jaune des phares trouait la fin de brume. Il y avait une dameuse. Il y en avait plusieurs entre le grand plateau et le col du Théodule. J'ai pensé à ce fameux refuge dont la glissade vers la Suisse rongeait tant Raffaele. Il était là quelque part derrière les cubes des installations. J'attendais presque que les machines soudain s'alignent et fassent front pour l'arracher à ses bases et le pousser sur les pistes. Tenez, les Suisses, vous le voulez, prenez-le. Ça aurait été drôle, ça aurait été quelque chose, ça ne s'est pas passé comme ça. Les machines ne se sont pas jetées sur les machines. Elles ont continué à glisser dans la neige grise plus haut encore, à avancer et reculer, comme convulsant, et au-dessus par intermittence une lueur blanche s'allumait comme le faisceau d'un phare au niveau du Petit Cervin.

La face nord du Cervin était derrière moi. D'ici, elle paraissait aussi pénible que son histoire. C'était nu et ça n'inspirait rien. Oh, comme j'en avais assez.

L'hélicoptère ronflait depuis tout à l'heure. Je l'avais entendu se perdre dans la fosse où rampe le glacier du Cervin, puis il est arrivé. Il avait l'air de monter, pas tout à fait vers le Hörnli, droit sur moi on aurait dit. Je ne sais pas ce qui m'a pris, à force de m'imaginer des histoires, j'ai cru que c'était pour moi, je me suis accroupi dans les pierres et je n'ai plus bougé. Quel idiot ! Comment aurais-je pu imaginer, aussi. Il s'est approché à un peu moins de 100 mètres, au bout du petit plateau, comme s'il voulait se poser. Deux hommes ont sauté avec une sorte de sac de patates ou de noix qu'ils ont déposé derrière un rocher. Puis l'hélicoptère est remonté, droit vers le refuge cette fois. Je n'ai pas réfléchi. Je suis allé voir ce qu'ils avaient laissé de si mou. Je me suis approché.

Le bruit de l'hélicoptère m'est arrivé dessus. Son vent m'a aveuglé. Ils revenaient. Mon cerveau avait compris avant moi. Je me suis simplement tourné, comme au moment où on m'avait hélitreuillé avec Ambroise. Je n'ai pas regardé ce qu'ils faisaient, comment ils traînaient *ça*. Leurs voix dans le bruit des pales. La sensation que ça s'éloignait. Puis quelque chose est tombé sur mon épaule, et j'ai hurlé. Un homme, un sauveteur, mais tout comme un puzzle. Il y avait seulement son visage là. Je connaissais cette barbe égyptienne. Il parlait italien. – Florian, *ma* qu'est-ce que tu fais là ? demandait Raffaele. Qu'est-ce que *lui* faisait là ? – Ça va ? Je leur avais dit de faire attention. Ces idiots. Foutre ça en plein sur le chemin ! Ça va, tu es sûr ? Il voyait bien que ça n'allait pas. Il avait demandé à rester pour ça, sans savoir que c'était moi. L'hélicoptère faisait du surplace. – Il faut qu'on te descende ? Quoi ? Monter là-dedans ? Monter avec *ça* ? Il a sorti une fiole de génépi. Je l'ai bue aussi vite que le capitaine Haddock. – Tu peux descendre seul, tu crois ? J'ai hésité. Il n'y avait plus de danger, mais la nuit venait. J'étais loin, haut. Il allait faire froid. Raffaele voyait que je venais de loin. Il devinait. Je me sentais pris en faute, qu'est-ce que j'étais allé foutre là-haut, moi qui tenais à peine debout sans trébucher ? Alors, j'ai pointé le doigt derrière. – J'ai fini par y monter. Je n'ai pas dit comment, ni avec qui. Il m'a juste fait un signe de pouce levé, l'hélicoptère repartait.

Alors je me suis enfui. Je me suis arrêté une seule fois. Pour vomir. Je ne sais pas si j'ai vomi ma fatigue, autre chose, ce que j'avais entrevu. Plus tard, j'ai tout reconstitué. Ils étaient allés chercher le corps enfoncé dans le glacier avec un sauveteur qui était guide aussi, qu'ils devaient ramener au refuge où il avait sans doute un engagement, et comme ils n'avaient pas voulu atterrir devant tous les touristes en traînant *ça* dans leurs filets, ils avaient d'abord fait le détour pour déposer la chose dans un endroit préservé, croyaient-ils, de tout regard curieux. Mais quand ils étaient revenus, je m'approchais pour me pencher. Je suppose en tout cas. Cette fin de journée, je n'ai plus jamais su ce qui était vrai ou ce qui se passait dans ma tête, car il y en a eu, des choses, à travers ma tête pendant la descente. Je n'ai pas pu déterminer non plus si l'homme qui m'avait relevé était vraiment Raffaele, ou bien une vision, une invention de ma fatigue.

Je suis arrivé dans les arbres et les fleurs, ma mère avait raison, pourquoi ça ne rentrait pas, qu'est-ce qui m'empêchait de comprendre une fois pour toutes que l'essentiel était là, dans le soir des vallées. Oh, c'était le plus bel instant. Dans le village, j'étais dans un tel état que la foule s'est écartée. Mes pieds ! Je préfère ne pas en parler. Dans le train, je me suis endormi. Les femmes quittaient le wagon. Un contrôleur m'a parlé, j'ai dit que je venais du Cervin, il m'a fait un signe du pouce lui aussi. J'ai reçu un message de Lise qui arrivait en vue de Cervinia avec Morgane, et qui maudissait chaque pierre du sentier. Elles avaient décidé de reprendre leurs sorties. Leur prochain objectif : la face nord du Badile. Si ça passait, les Jorasses.

J'ai tout retraversé dans l'autre sens et par-dessous. À Visp, j'ai changé de train. Le prochain était direct pour Bâle. On a plongé dans le grand tunnel du Lötschberg, sous la montagne, sous la lumière, avec les monstres et les secrets, les histoires connues de tous et celles encore à venir, des coffres, des cavernes, des boyaux qui promettaient là-dessous autant d'énigmes et d'aventures que sur le sommet. J'ai compris que tout n'était pas réglé.

J'y reviendrai, je ne pourrai pas faire autrement. Je me jetterai, je me transformerai. Il n'y aura pas de mot fin avant la fin.

À la sortie du grand noir un autre message est arrivé. Ambroise avait reçu la facture d'hôpital. Encore 3 700 francs suisses, en plus des 3 200 d'Air Zermatt pour l'évacuation. L'assurance ne paierait pas tout. Il ferait le calcul. Je n'aurais sans doute pas plus de 2 500 euros à lui rembourser. Beaucoup ! Tant pis ! Beaucoup moins que le prix d'une expédition dans l'Himalaya. Là-bas, il faudrait faire plus attention. Il m'en parlerait bientôt autour d'un verre, avec Judith. Elle aussi me reverrait volontiers. Me reverrait, simplement ? Il faudrait éclaircir l'affaire. Et d'autres points peut-être aussi. Qui elle était. Ce n'était pas si clair. Ambroise finirait par parler.

Quoi qu'il en soit, ça en ferait, des choses à raconter. Nous avions tant à prévoir. Des sommets de 7 000 accessibles à condition de se préparer. Ou même pourquoi pas le Cho Oyu. Un 8 000 ! Ou bien le Manaslu. Ou bien, ou bien, on irait droit au cœur des origines, au Baltoro dans le Karakoram, le Pakistan, ça mariait bien montagne et autres mystères, et le K2 était si haut, si impossible. Ça ferait tant à vivre, tant à écrire, oui.

Je suis arrivé chez moi très tard. Je me suis endormi pour de bon, goulûment, la hâte de me réveiller tout neuf et de m'y mettre enfin.

Remerciements

À mes guides tout d'abord : Gabriele, Stéphane, Elsie.

Et à tous ceux qui ont eu la patience de m'accompagner. Julien bien sûr, Antoine malgré l'affaire de la corde. Romain. Baptiste, l'autre Antoine. Orlando, Claudiane. Tatienne qui autrefois me fit perdre mon souffle sur les pentes de Zermatt.

À Aurélie des Cimes, pour m'avoir fait comprendre que la montagne est le seul endroit où l'on vous laisse en paix, et pour ses textes aussi beaux que le bleu.

À Nicolas Chemla, frère d'écriture, compagnon, motivateur.

À mes parents, qui ont supporté et sont bien obligés de supporter toutes mes imprudences.

Puisqu'il en faut beaucoup, de l'énergie et de la patience pour me supporter, des remerciements tout particuliers à mon éditrice, Magali Langlade, et à toute l'équipe des éditions Belfond. Je ne serais pas allé bien loin dans cette autre ascension qu'a été l'écriture de ce roman sans elles !

Glossaire

Ancrage par corps mort : point d'ancrage (sac, piolet) enterré profondément dans la neige et retenu par la masse et la cohésion du sol. On y passe une sangle sur laquelle on peut accrocher un mousqueton pour s'assurer.

Aspi : aspirant guide.

Becquet, béquet : petit rocher saillant d'une paroi autour duquel on peut passer une corde pour s'assurer.

Dégaine : ensemble de deux mousquetons reliés par une courte sangle. Un mousqueton est accroché à la paroi, et dans l'autre on fait passer la corde.

Système de cotation : F : facile ; PD : peu difficile ; AD : assez difficile ; D : difficile ; TD : très difficile ; ED : extrêmement difficile.

Friend : type de coinceur à cames mobiles qui s'adapte à la largeur d'une fissure et se bloque dedans afin de servir de point d'ancrage.

Grosses (en) : chaussures d'alpinisme lourdes et rigides sur lesquelles on peut fixer des crampons. Moins précises que des chaussons d'escalade.

Leader : passer en tête.

Machard : nœud d'auto-assurage que l'on tient d'une main lors d'une descente en rappel. Si on le lâche, la descente s'arrête.

Moraine : bande de graviers, de fragments de roche qui, sous l'effet des mouvements de la glace, se sont accumulés au pied d'un glacier ou sur ses flancs.

Piton : sorte de gros clou que l'on plante dans une fissure pour servir de point d'ancrage.

Pontet : anneau de sangle sur le baudrier dans lequel on passe un mousqueton pour assurer son compagnon de cordée.

Rimaye : crevasse se formant à la limite supérieure d'un glacier.

Varappe : (désuet) escalade.

Vacher, vache : s'attacher avec une sangle à un point d'ancrage, auquel on peut se suspendre.

Vire : petite plateforme rocheuse sur laquelle on peut se tenir debout.

Zipper : glisser, riper.

Sources des citations

Page 15 :
Gao XINGJIAN, *La Montagne de l'âme*, traduit du chinois par Noël et Liliane Dutrait, Éditions de l'Aube, 1995.
Page 19 :
« Puisque la montagne ne vient pas à nous, allons à la montagne. » Citation faussement prêtée à Mahomet.
Page 21 :
Alphonse DAUDET, *Tartarin sur les Alpes,* Gallimard, coll. « Folio », 1997.
Page 25 :
Friedrich NIETZSCHE, *Humain, trop humain* (2e partie), Gallimard, Folio essais, 1987.
Page 29 :
Jean-Jacques ROUSSEAU, *Les Confessions*, livre I à IV, Larousse, 2011.
Page 31 :
Henri ROUGIER, *Au pays de Zermatt*, Éditeur LEP, 2002.
Page 33 :
Victor HUGO, *Œuvres complètes*, *En voyage*, tome II, « Alpes et Pyrénées », texte établi par G. Simon, Librairie Ollendorff, 1910.
Page 39 :
PÉTRARQUE, *L'Ascension du mont Ventoux*, traduit de l'italien par Victor Develay, La Librairie des Bibliophiles, 1880.
Page 43 :
Reinhold MESSNER, *All Fourteen 8000ers*, Mountaineers Books, 1999.

Page 49 :
André Gide, *Journal 1889-1939*, Gallimard, coll. « Bibliothèque de la Pléiade », 1939.
Pages 55, 79 et 87 :
Alexandre Dumas, *Voyage dans les Alpes*, Guérin, 2022.
Page 59 :
Leslie Stephen, *Éloge de la marche*, traduit de l'anglais par Thierry Gillyboeuf, Rivages, 2017.
Page 67 :
Mark Twain, *Ascensions en télescope*, traduit de l'américain par Béatrice Vierne, Hoëbeke, 2019.
Page 71 :
Roger Frison-Roche, *Histoire de l'alpinisme*, Arthaud, 1996.
Page 97 :
Mark Twain, *Ascensions en télescope*, traduit de l'américain par Béatrice Vierne, Hoëbeke, 2019.
Page 113 :
Ernest Hemingway, *L'Adieu aux armes*, traduit de l'américain par Maurice-Edgar Coindreau, Gallimard, 1972.
Page 121 :
Paul Bonhomme, *Raide vivant*, Paulsen, 2020.
Page 127 :
Henri Maldiney, *Ouvrir le rien. L'art nu*, Encre marine, 2010.
Page 137 :
Reinhold Messner, *All Fourteen 8000ers*, Mountaineers Books, 1999.
Page 147 :
Victor Hugo, *Œuvres complètes, En voyage*, tome II, « Alpes et Pyrénées », texte établi par G. Simon, Librairie Ollendorff, 1910.
Page 151 :
Projet de chemin de fer du Cervin déposé par Leo Heer-Betrix et Xaver Imfeld, 1890 (site du club alpin suisse : https://www.sac-cas.ch/fr/les-alpes/le-cervin-passera-t-il-sous-le-joug-du-capital-31202/).
Page 173 :
René Daumal, *Le Mont Analogue*, Gallimard, coll. « L'Imaginaire », 1981, Paris.

Page 177 :
Nicolas CHEMLA, *Murnau des ténèbres*, le cherche midi, 2021.
Page 193 :
Julien GRACQ, *Le Rivage des Syrtes*, Éditions José Corti, 1951.
Page 215 :
H. P. LOVECRAFT, *Les Montagnes hallucinées*, traduit de l'américain par Jacques Papy, dans le recueil *Dans l'abîme du temps*, Denoël, coll. « Présence du futur », n° 5, juin 1954.
Page 217 :
Pierre MAZEAUD, https://www.lepoint.fr/societe/pierre-mazeaud-je-trouve-qu-il-n-y-plus-de-sens-de-l-etat-14-10-2018-2262851_23.php#11.
Page 219 :
Marion POITEVIN, *Briser le plafond de glace*, Paulsen, 2022.
Page 233 :
Arthur RIMBAUD, *Correspondance*, « Lettre de Gênes du 17 novembre 1878 », *Le passage du Gothard.*
Page 243 :
J. R. R. TOLKIEN, *La Communauté de l'anneau*, traduit de l'anglais par Francis Ledoux, Christian Bourgois Éditeur, 1972.
Page 255 :
George MALLORY, « Parce qu'il est là ». Réponse à un journaliste du *New York Times* qui lui demande « Pourquoi gravir l'Everest ? », 1923.
Page 259 :
Lettre de Théophile GAUTIER à Victor Hugo en 1868.
Page 273 :
Gaston RÉBUFFAT, *Étoiles et tempêtes*, Arthaud, 1954.

Éditions Belfond,
92, avenue de France, 75013 Paris.
Pour le Canada,
Interforum Canada, Inc.,
1055, bd René-Lévesque-Est,
Bureau 1100,
Montréal, Québec, H2L 4S5.
ISBN : 978-2-7144-0363-6
Dépôt légal : janvier 2024

Composition et mise en pages
Facompo à Rouen

CET OUVRAGE
A ÉTÉ ACHEVÉ D'IMPRIMER
SUR ROTO-PAGE
PAR L'IMPRIMERIE FLOCH
À MAYENNE EN DÉCEMBRE 2023

N° d'impression : 103751
Imprimé en France